KB009512

천 개의
목격자

황민구

일러두기

이 책의 에피소드는 실제 사건을 바탕으로 재구성한 것입니다. 등장인물의 나이, 직업, 성별 등은 실제와 다르게 상당 부분 각색하였음을 밝힙니다.

추천의 말

황민구 박사는 강력 사건의 현장 사진과 CCTV 영상을 분석하는 <그것이 알고 싶다>에 출연한 전문가로 알려져 있다. 하지만 실제로는 그 외에도 명품 가방 판별, 도박판 밑장 빼기 수법 확인, 강아지 얼굴 대조 등 다양한 분야의 영상을 분석해 왔다. 얼핏 들으면 사소한 사건 같지만 황민구 박사는 늘 '당사자에겐 일생일대의 사건'이라며 최선을 다해 의뢰인의 억울함을 풀어 주려 노력했다. 이 책에는 약 10년간 3,000개 이상의 사진과 영상을 분석한 법영상분석 전문가가 겪은 생생한 경험담이 고스란히 담겨 있다. 일상에서 벌어지는 크고 작은 사건들이 그의 영상 분석을 통해 어떻게 진실을 찾아가는지, 그리고 그 과정에서 황민구 박사가 터득한 인생철학은 무엇인지 엿볼 수 있는 좋은 기회다.

/ 도준우 SBS 시사교양 PD《그것이 알고싶다》유튜브 채널 담당

과학 수사 드라마, 영화를 보면 마법의 버튼 몇 개를 눌러서 한 번에 근사한 비주얼로 범인을 잡는 장면이 나온다. 하지만 실상은 너무 다르다. 법영상분석은 마법이 아니기 때문이다. 수많은 노력으로 단단해진 경험을 해 본 사람만이 영상 속 숨은 진실을 밝힐 수 있다. 이 책은 황민구 박사의 마법 같은 모험담이 담긴 게 아니다. 과학적인 진실 규명을 위해 많은 영상 증거 분석으로 고군분투해 온 그의 경험과 삶의 현실이 기록되어 있다.

/ 성지훈 국방부 조사본부 영상 분석 감정관

사건 속에 숨겨진 단 하나의 진실을 찾는 집요함, 어둠 속에서 옳음을 외칠 수 있는 신념. 그의 정의를 읽고 싶은 사람에게 이 책을 강력 추천한다.

/ 이지훈 영화 촬영 감독《방법 : 재차의》《살아남은 아이》

서문

내가 만난 수천 개의 목격자와 희망

"CCTV 확인해 봐."

사건을 조사할 때 늘상 들려오는 말이다. 당시 현장에 있었던 사람들의 말로는 사건을 명확하게 재구성할 수 없다. 기억은 시간이 지남에 따라 흐려지기도 하고, 한쪽에게 유리한 방식으로 가공되기도 하기 때문이다. 실제로 법원에서는 증인석에 앉은 목격자들이 한 가지 장면에 대해 상반된 진술을 해서 종종 문제가 되기도 한다. 그래서 수사 기관이나 재판부에서는 더 명확한 목격자를 찾는다. 그것이 바로 CCTV나 블랙박스와 같은 영상 기록 매체다.

영상은 과학적이다. 시간이 지난다고 해서 흐려지거나 오염되지 않는다. 그것이 원본 그대로의 데이터라면, 그날의 정확한 진실을 고스란히 담고 있을 거다. 하지만 여기저기서 구해 온 사건 영상은 카메라의 각도와 화질 상태에 따라서 즉각적인 증거가 되지 못할 가능성이 있다. 어떤 영상은 너무 흐리고, 어떤 영상은 누군가가 조작해 놓았을 수도 있고, 어떤 영상은 인물의 움직임뿐만 아니라 주변에 비친 것이나 그림자 등을 보며 증거가 될 만한 부분을 면밀하게 분석해야 할 때도 있다.

지금까지 수천 개의 목격자를 만났다. 이 목격자들은 억울하게 교도소에 갇힌 사람의 무죄를 밝혀 주거나, 범죄를 숨기려는 자에게 채찍질을 가하기도 했다. 이들이 품고 있는 진실의 힘은 강력하다. 나는 그들이 목격한 장면이 사회에 제대로 알려져야 한다는 굳은 사명감을 가지고 영상을 분석했다.

나 황민구는 단 하나의 진실을 밝혀내는 법영상 분석가다.

한창 이 책의 원고를 집필하던 시기에 건강검진을 받았다. 40대에 접어드니 몸 이곳저곳이 예전과 같지 않았다. 소견서를 읽어 내리던 중, 머리에 혹이 있으니 상급 병원의 정밀 검진이 필요하다는 굵은 글씨를 보았다. MRI 검사 결과, 내 뇌의 특정 위치에 물혹이 생겼다고 했다. 지금 상태에서는 관찰만 할 뿐 특별한 수술을 할 수 있는 단계는 아니라고 해서 안도했다. 그런데 의사의 한 마디가 나를 굳게 했다. "물혹이 커지면 신경을 눌러서 앞이 보이지 않을 겁니다."

신은 나를 위대한 베토벤처럼 만들고 싶은 것일까? 베토벤은 청력을 잃어도 악보를 볼 수 있으니 작곡을 할 수 있었지만, 영상 분석가에게 시력을 빼앗으면 할 수 있는 게 아무것도 없어진다. 너무나도 잔혹한 시련이어서, 눈을 쓰지 않는 다른 일을 찾아봐야 하는 건 아닐지 고민에 빠질 정도였다.

그 와중에도 계속해서 원고를 썼다. 숨 가쁘게 현업에만 집중한 터라 한 번도 내 일을 돌아본 적 없었는데, 이 책을 만들며 나는 내 일에 더욱 자부심을 품게 됐고, 삶에 대한 나름의 철학까지 생겼다. 세상이 나에게 이 책을 쓰게 한 이유가 무엇일지에 대해 곰곰이 생각해 보았다.

나를 찾아오는 의뢰인들은 모두 '희망'을 가진 사람들이다. 그 희망은 언제나 나를 모니터 앞에 앉게 한다. 끔찍한 영상들 앞에서 눈을 감고 싶을 때, 이 안에 누군가에겐 간절한 진실이 담겨 있다는 생각을 하면 다시 눈이 떠졌다. 하나의 영상 파일을 붙들고 씨름하며 '네가 본 게 뭐야. 도대체 어떤 일이 있었던 거야.' 집요하게 묻다 보면 어느 순간, 정답이 있는 구간이 섬광처럼 내 눈을 스치고 지나갔다.

이 일련의 과정을 책으로 소개하고자 슬프고, 통쾌했고, 때로는 엉뚱했던 내 작업의 이야기를 정리해 보았다. 이 책에 담긴 많은 의뢰인에게 부디 실례가 되지 않길 바라며, 우리가 함께 밝혀내고 기뻐했던 진실이 그들의 삶을 언제나 지켜주길, 독자분들에게는 경각심과 마음 따뜻함을 동시에 줄 수 있길 바란다.

Contents

Part 2. 살려 달라는 말

Part 3. 감정서에 적지 못한 날

PART 1 보일 때까지 보는 일

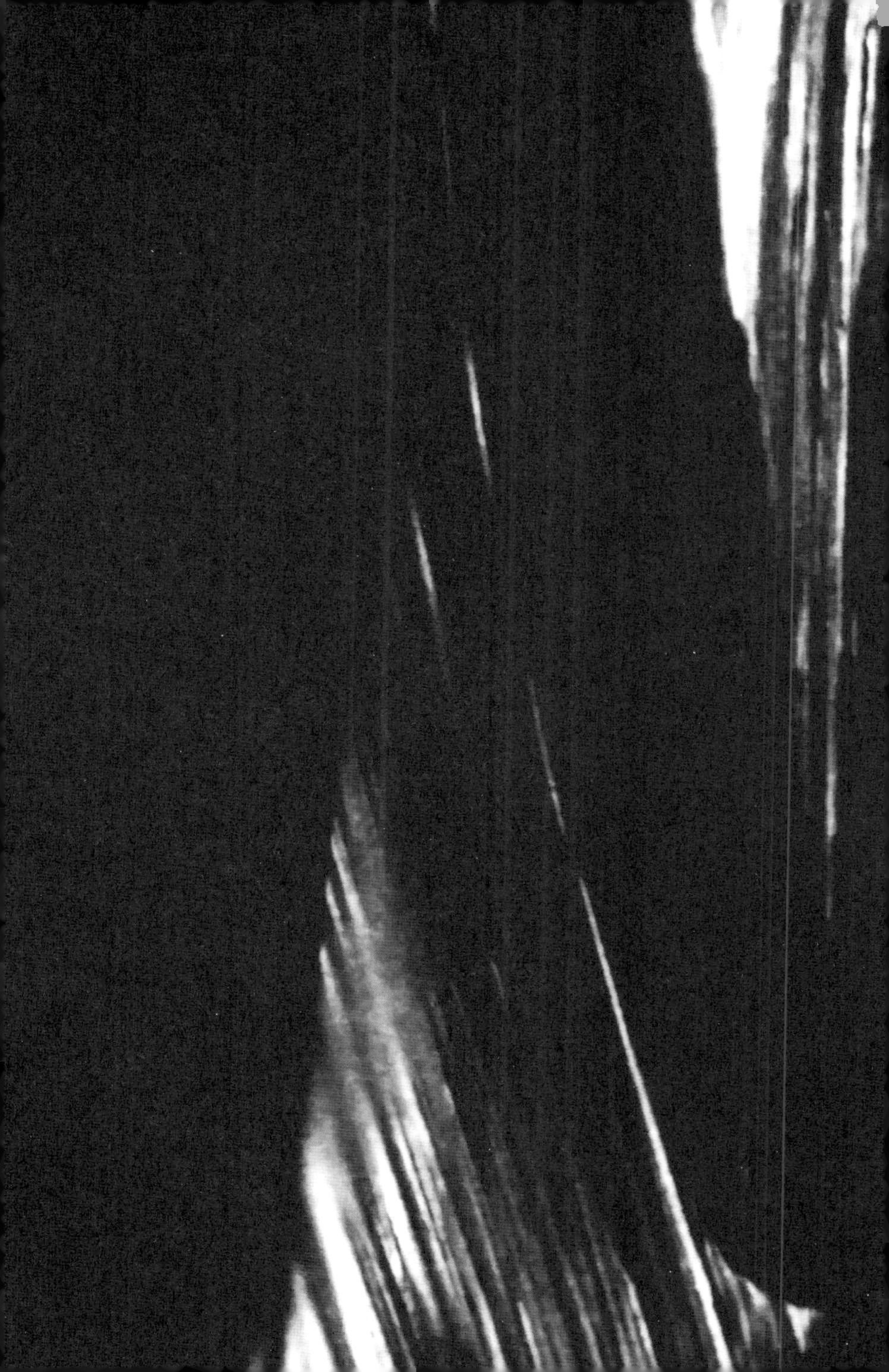

No. 001

뒤바뀐 운전자

영상은 시간을 있는 그대로 기록하는 유일한 장비이다. 다큐멘터리 채널을 보던 중 전문가들이 선정한 세계의 발명품 순위를 보았다. 나는 순위를 맞히기 위해 머리를 굴렸다. 전화기? 컴퓨터? 인터넷? 비행기? 인류가 만든 발명품에 혼자 순위를 매겨 보았다. 사진, 영상 기술은 당연히 10위권 안에 들어있을 것으로 예상했지만 15위였다. 나에게 영상은 범인을 잡거나 억울한 사람의 누명을 풀어 주는 중요한 진실의 도구이기에 순위가 높을 거라고 기대했던 것이다. 꼭 사건 규명에 사용되지 않더라도 영상은 시간을 있는 그대로 기록하는 유일한 장비다. 마치 타임머신과 같기에 15위는 너무 과소평가된 게 아닐까 하는 아쉬움이 남았다. 순위를 매긴 전문가들에게 억울한 사건이 생겼을 때, 영상이 그들을 구해 준다면 아마도 순위가 좀 더 오르지 않을까?

날도 춥고 하늘도 흐린 날, 나는 증인을 서기 위해 차를 몰아 강릉 법원으로 향했다. 우중충한 그날의 재판은 내 인생에 큰 내상을 주었다. 나는 그날 이후 한동안 주화입마[1]에 빠졌다. 내 일에 자괴감도 들고 영상 분석가가 존재해야 하는 이유가 무엇인지에 대한 의문이 들어서 심신이 혼돈에 빠진 것이다. 그날을 자꾸 회상하긴 싫었지만 재판장의 목소리는 계속해서 머릿속에 맴돌았다.

"다른 국가 기관에서는 영상 분석이 안 된다는데, 당신은 어떻게 분석을 한 거죠? 당신은 특별하다는 건가요?"

이 사건은 감옥에 있는 피고인의 아들이 나를 찾아와서 맡게 되었다. 20대로 보이는 젊은이는 아버지가 감옥에 계시는데, 억울한 판결이라고 아무리 주장해도 소용없었다는 말을 어렵게 꺼냈다. 모든 기대를 내려놓았지만 혹시나 하는 마음에 나를 찾아온 것 같았다. 울지도 않고 화내지도 않고 남의 일 얘기하듯 덤덤하게 말하는 그는 기묘하게 느껴지기까지 했다. 그는 내게 USB를 건넸다.

"한 번만 봐 주시겠어요?"

나는 웃으며 말했다.

"여러 번도 볼 수 있어요."

농담을 건네도 그는 초지일관 무덤덤한 표정이었다.

USB에는 블랙박스 영상이 담겨 있었다. 그의 아버지의 차량과 100미터 정도 떨어진 거리에서 주행하고 있던 차량의 블랙박

1 심리적인 원인 등으로 인해 몸속의 기가 뒤틀려 통제할 수 없는 상태.

스였다. 당시 피고인은 사고 차량을 운전 중이었고 조수석엔 지인이 탑승한 상태였다. 영상 후반부쯤 갔을까. 블랙박스 속 피고인의 차량과 맞은편에서 오고 있는 차량이 정면으로 충돌하면서 피고인의 조수석에 타고 있던 지인이 사망하게 되었다. 피고인과 맞은편 운전자는 모두 음주 운전 상태였다. 나는 젊은이의 아버지가 음주 운전을 했다는 말을 듣고 인상을 찌푸렸지만 맞은편 차량 운전자도 음주 운전이었다는 말에 마음이 조금 누그러졌다.

이야기를 들어 보니 억울할 만한 상황이었다. 피고인은 정상적인 차선 내에서만 주행했다고 주장했고 상대 차량은 피고인이 중앙선을 넘어왔다고 주장했다. 이 판단의 1심 결과는 피고인이 중앙선을 넘은 것으로 끝났다. 그 이유는 조사 결과, 피고인 차량의 비산물[2] 다수가 중앙선을 넘어 있었기 때문이라고 판시[3] 되어 있었다. 그리고 피고인은 음주 운전에 중앙선까지 넘어 동승자를 사망케 한 죄로 수감 생활을 하고 있었다.

하지만 내 눈에 감지된 사건 영상은 이 재판에 참여한 모두가 잘못된 결과를 도출했다고 말하기 위해 몸부림치고 있는 것처럼 보였다. 조작되지 않은 영상은 거짓을 이야기하지 않는다.

2 날아서 흩어진 잔해.
3 어떤 사항에 관하여 판결하여 보임.

그 어떤 증인보다도 그날의 진실을 있는 그대로 진술하는 것이 영상이다. 그 증언을 편하고 알기 쉽게 전달하는 것이 영상 분석가인 내가 하는 일이다. 나는 영상에 담긴 그날의 진실을 해방해 주었다. 사건 장면이 멀리 촬영되어 있어서 화질을 개선하고 확대 보정했으며 컬러 패턴을 증폭하여 중앙선의 주황색을 도드라지게 출력하였다. 그 결과 진실의 세계로 해방된 영상은 활짝 웃고 있었다.

피고인은 중앙선을 넘지 않았다. 오히려 맞은편 음주 운전 차량이 중앙선을 넘어온 장면이 명확하게 식별되었다. 직원도 분석 결과를 보더니 흥분해서 어떻게 수사 기관이나 법원이 이렇게 억울하게 사람을 감옥에 보내냐며 "박사님이 꼭 도와주셔서 무죄 판결 받아 주세요."라고 했다. 나는 이 사건이 무죄 판결이 나오지 않을 경우 내가 종종 인터뷰하는 탐사 보도 채널에 제보할 생각까지 했다. 지금은 21세기이기 때문이다.

재판 증인석에 앉았다. 매번 느끼는 것이지만 증인석의 중앙 앞에는 판사가 있고 좌측에는 검사가, 우측에는 변호사가, 뒤로는 방청객이 쳐다보고 있어서 사람을 옥죄는 분위기이다. 하지만 자주 증인석에 앉다 보니 이제는 시키지 않아도 증인 선서문을 왼손에 들고 자연스럽게 오른손을 들어올리곤 한다. 변호인은 내가 분석한 방법과 과정 및 결과를 설명해 달라고 했다. 10

여 분 동안 피고인이 중앙선을 넘지 않은 것을 설명하고 다음 질문을 기다렸지만 변호사는 더이상 질문이 없다고 했다. 나는 더 질문하라는 눈빛을 보냈지만 그는 서류만 쳐다보고 있었다. 검사의 질문이 시작됐다.

"국가 수사 기관이나 감정 기관에서 판독이 불가능한 부분을 증인은 어떻게 분석했다는 건가요?"

증인이 국가 기관보다 기술이 뛰어나냐는 말까지 덧붙이며 나를 살살 긁었다. 검사의 모든 질문은 나를 깎아내리는 데 집중되어 있었다. 그놈의 국가 기관 소리는 열 번은 들은 것 같았다. 나는 조금 짜증이 나기 시작해서 다음과 같이 이야기했다.

"사람이 아파서 병원에 갈 때 국립 서울대병원만 가는 건 아니잖아요. 삼성병원도 있고 아산병원도 있고 길병원도 있습니다. 이 병원들이 수술에 쓰는 장비들은 비슷합니다. 수술하는 의사들의 능력과 기술에 따라 진단과 처방 및 수술 방법이 다를 수 있다는 게 중요한 거죠. 아프면 무조건 서울대병원을 가야 합니까? 거기서 나온 진단은 무조건 맞다고 말할 수 있나요?"

내 말에 검사는 더이상 질문하지 않았다. 재판이 조금씩 이상한 방향으로 흘러간다는 걸 느꼈다. 선명하게 화질을 개선하여 중앙선을 넘어가지 않은 장면을 법원 빔 프로젝터로 투사하고 있고 우리 모두가 그걸 보고 있는데, 그들에게 중요한 건 영상이 아니고 영상을 분석한 황민구였다. 세계 15위에 빛나는 영상 속 진실보다 그것을 보이게끔 해 준 황민구를 신뢰할 수 있는가를 문제 삼았다. 그들이 왜 그러는지 재판 내내 혼란스러웠다. 뒤이은 판사의 질문에 나는 곧바로 의자를 박차고 나가고 싶어졌다. 검사가 했던 질문을 반복했기 때문이다. 국가 기관에서는 분석이 안 된다는데 어떻게 저런 결과가 나올 수 있느냐. 당신이 영상의 화질을 개선하면서 없던 것이 생겨 상대 차량이 중앙선을 넘어간 것처럼 보일 수 있는 것이 아니냐. 나는 피고인이 무조건 범인이어야 한다는 의금부 속 증인 신문을 받는 기분이었다. 한 시간 내내 황민구에 대한 신뢰 문제, 다른 국가 기관은 안 된다는데 영상이 분석되는 게 말이 안 된다는 것에 해명을 하고 앉아 있자니 짜증이 나기 시작했다.

그렇게 쓸데없는 대화가 오가던 중, 나는 희미한 희망의 빛을 발견했다. 배석 중인 두 명의 판사가 사건 영상을 보며 내 이야기에 고개를 끄덕이고 있었기 때문이다. 사건 기록을 보며 고개를 끄덕이는 그들의 행동은 매우 긍정적인 신호였다. 반복된 질문에 대한 답을 하고 나가려는데 판사가 다음과 같이 물었다.

"그런데 조사 기관에서는 피고인의 차량 유실물이 중앙선을 넘었기 때문에 피고인의 차량이 중앙선을 넘은 게 맞다고 하는데, 어떻게 생각하나요?"

마지막 질문까지 나를 힘들게 했다. 있는 그대로의 시간을 기록하는 영상이 그날의 진실을 말하고 있는데 비산물의 위치가 그리 대수인가? 차량이 충돌했을 때 운전자가 창밖으로 수십 미터 날아가는 영상도 본 적이 있는 나는 할 말이 없었지만 짧게 입을 뗐다. "차량끼리 충돌한 세기, 위치, 자세, 회전력, 유실물의 무게 등에 따라 얼마든지 사방에 튈 수 있을 것 같습니다."

법정을 나와 차량 앞에 서는 순간 가슴이 울컥해졌다. 내가 내상을 입었다는 걸 알게 된 것은 운전석 창문에 비친 내 얼굴을 보면서부터였다. 표정은 어눌했고 처량해 보였다. 한동안 차에 타지 못하고 멀리서 담배를 태우고 있는 변호사만 바라보았다. 그는 담배 한 대를 피우고 차를 몰아 법원을 빠져나갔다. 나는 가만히 서 있었다. 아무리 영상 분석을 해서 증거를 보여줘도 국가 기관에서 일하는 감정관이 아니라는 이유로 나를 믿어주지 않는다면 내가 이 일을 할 필요가 있을까? 나라는 사람은 세상에 필요한 존재인가? 차선을 넘지 않았다는 걸 증명했는데도 피고인이 유죄를 받는다면 나는 정말 무의미한 일을 하고 있었던 걸까? 다른 일을 찾아봐야 하는가?

이날 나는 강릉까지 간 김에 그곳에서 휴가를 즐길 계획으로 친한 형과 동행했었다. 그 형은 불의에 민감하고 말을 직설적으로 하는 사람이었다. 재판을 마치고 차량 앞에 선 형은 담배를 입에 물고 쌍욕을 해 댔다.

"이게 뭔 재판이냐? 개판이지? 나나 우리 가족이 저런 상황에 놓일 수 있다는 상상을 하니까 무섭더라. 아무도 말을 들어주려고 하지 않네. 왜 너에 대한 이야기만 하는 거야? 영상에 뻔히 보이잖아. 안 넘어간 게."

그는 몇 개비의 담배를 더 피우더니 술을 마시러 가자고 재촉했다. 나는 술을 먹으며 형에게 내상 입은 내 심정을 고백했다.

"내가 하는 일은 이 세상에 필요 없는 일인 것 같아. 그만하는 것이 낫겠어. 영상 속 진실은 세상에 중요하지 않은 모양이야."

우리는 하염없이 술잔을 비웠다. 다음 날은 산에 갈 계획이었다. "강원도는 산이지."라고 말하며 환선굴로 향하는 길에는 수십 개의 고부랑길을 지나야 했다. 우리는 계속해서 멀미와 사투를 벌였고 중간중간 교대로 오바이트를 하며 전날의 심적 고통을 잊을 수 있었다. 육체적인 고통은 심적인 고통을 잠재울 수 있다는 것을 다시금 깨닫는 순간이었다.

휴가에서 돌아와 연구소에 접수된 사건들을 하나씩 열어 보았다. 나는 내상이 심해 모든 사건을 분석할 자신이 없었다. 의뢰인과의 상담에도 소극적일 수밖에 없었다. 이걸 분석해서 감정서를 만들면 뭐 하겠냐는 생각에, 쓸데없는 데 시간을 허비하는 것 같아 다른 일을 찾기 위해 여기저기 창업 사이트를 뒤적거렸다. 창업해서 돈을 벌 생각을 하니 시간도 잘 갔다. 나는 그렇게 점점 나를 낮췄으며 돈이나 벌어 잘 먹고 잘살기를 원하는 평범한 가장이 되고 싶었다.

미적지근한 평온이 찾아왔을 즈음, 모르는 번호로 전화가 걸려 왔다. 010으로 시작하는 번호를 보는 순간 그 사건의 피고인일 거라는 직감이 들었다. 무죄를 받았구나, 감옥에 들어가지 않았구나, 하는 기대감에 마음이 들떴다. 아니나 다를까 그는 "감사합니다."를 반복하며 대법원 최종 무죄 판결을 받아 전화를 드린다고 했다. 강릉에서 횟집을 하는데 한번 오시면 감사 인사로 크게 대접하겠다고 말씀하셨지만 나의 머릿속에는 '내 영상 분석이 사람을 살렸다. 죄 없는 사람이 감옥에 가는 것을 막았다.'라는 생각밖에 들지 않았다. 통화가 끝난 후에는 벅차오르는 마음을 가라앉히려고 한동안 침묵하며 생각을 정리했다. 당장 뭔가를 해야 할 것만 같이 신이 났다. 정신을 차리고 바탕화면 속 창업 폴더를 휴지통에 넣었다. 그리고 판결문을 읽었다. 거기에는 내 이름이 가득했다.

이 사건 이후 인류가 만든 세계 15위의 발명품은 억울한 사람의 한을 풀어 주는 진실의 도구란 사실을 몸소 깨달았다. 따라서 세상엔 내 일이 꼭 필요하다는 걸 다시금 느끼며 남다른 사명감이 생겼다. 이후에도 이날의 사건을 계속 되새기며 영상 분석을 하고 있다. 이제는 법원에서 반복되는 신문 사항 중 황민구가 누구인가에 관한 질문도 개의치 않게 되었다.

주화입마에서 헤어난 무협지 속 영웅들은 기가 폭주하여 날아다닌다. 나도 주화입마에서 헤어났기 때문에 나를 비하하는 질문을 받을 때면 입에 모터가 달린 듯 주둥이가 가만히 있질 못하고 날아다닌다. 쓸데없는 질문을 받아치기 위해 다다다다…!

No. 002

그래도 내가 하지 않았어 1

법이라는 것이 참 아이러니하다. 억울한 사람이 없게 해야 하는 것이 법이지만 가끔 무고한 사람이 법의 심판을 받는 경우가 있다. 무고한 20대 남성이 화성 연쇄 살인 사건의 범인으로 몰려서 억울하게 수십 년 투옥 생활을 했다는 기사를 보면 법이 제대로 작동되긴 하는 것일까 의심스럽다. 뒤늦게야 진범이 잡혀 그는 무죄로 풀려났지만 꽃다운 청춘의 몇십 년을 교도소에 갇혀 있어야 했다. 이 분통함을 어찌 풀리오. 신이 주신 한 인생을 사회가 만들어 놓은 시스템에 의해 빼앗겨야 한다면 누군들 기꺼이 순응할 수 있을까? 이런 사람들이 내 주변에 맴돌고 있다. 그들은 간절한 눈빛으로 살려 달라며 나에게 손을 내민다. 그들에게 내 온기를 나눠 주고 싶지만 괜한 희망을 주는 것이 아닐까, 하는 생각에 망설여진다. 하지만 나도 모르게 자꾸만 그들을 돌아보게 되는 건 왜일까?

"교수님. 방송인 ***을 아시나요?"

쉬는 시간에 한 여학생이 손을 들고 물었다.

"최근에 성추행으로 유죄 판결 받고 수감 됐대요. 교수님께서 이 사건도 하셨나요? 기사에 나오는 영상 분석 사건들은 교수님이 거의 다 하시는 것 같아서…. 궁금해요. 얘기 좀 해 주세요."

핸드폰을 열어 기사를 검색해 봤다. 내가 맡은 사건은 아니라 해 줄 이야기가 없었다.

"처음 보는 사건이라 모르겠는데요."

학생은 계속해서 의심의 눈초리를 보냈다. 유명인의 스캔들에 대해 이러쿵저러쿵 알고 싶어 하는 눈치였다.

강의를 마치고 집으로 오는 길에 문득 아까 그 학생이 말한 사건이 생각났다. 그 방송인은 어떤 추행을 했을까? 기사를 찾아봤지만 피의 사실이라 제대로 된 내용이 없었다. 정말 억울하다면 나에게도 연락이 오겠지, 하며 핸드폰을 닫았다. 예상은 다르지 않았다. 얼마 후 이 사건의 관계자가 내게 전화를 걸어왔다. 나를 만나 사건의 진실을 밝히고 싶다는 것이었다. 사건이 궁금했던 차에 의뢰가 들어와서 반가웠다.

"외부로 유출되면 안 되는 영상이라… 보안이 철저히 지켜지겠죠?"

중년 남성은 나에게 신신당부하며 USB를 만지작거렸다.

"따로 컴퓨터에 저장할 건 아니니 걱정 안 하셔도 돼요. 정식으로 의뢰하시게 되면 계약서에 보안과 관련된 내용들이 있으니 믿으셔도 됩니다."

내 말에 안심이 되었는지 그는 힘주어 잡고 있던 USB를 사뿐히 내 손바닥에 내려놓았다.

"그런데 수감 중인 사람이 젊은 방송인이라고 들었는데 선생님하고는 어떤 관계인가요?"

변호인이면 인사할 때 명함을 꺼내 서로 교환하는 것이 통례이지만 의뢰인은 그러지 않았다. 여느 의뢰인들과 같이 심각한 표정으로 내 눈만 바라보기에 묻지 않을 수 없었다.

"피고인의 삼촌입니다. 그 녀석은 그런 애가 아닌데 수감되고 가족들이 충격에 빠져 제가 이렇게 나서고 있습니다."

나는 짧게 아, 라고 말하며 USB를 컴퓨터에 꽂고 영상을 재생했다.

아침 6시경, 영상 속에서는 남자 두 명과 여자 두 명이 술을 먹고 있다. 그러던 중 피고인이 된 남자는 자리에서 일어나 화장실로 이동한다. 화장실은 남녀 공용으로 사용하는 협소한 곳이고 칸막이로 남자 칸과 여자 칸이 나누어져 있다. 이때 피해자라고 주장하는 여자도 자리에서 일어나서 남자를 따라 화장실로 이동한다. 남자는 뒤를 돌아보지 않았으므로 여자가 뒤따라오는 것을 인지하지 못한 채로 화장실에 들어간다. 이후에 여자도 화장실에 들어간다.

영상이 여기까지 재생되었을 때 의뢰인은 말문을 열었다.

"남자가 먼저 화장실에 들어간 후에 여자가 따라가는 거 맞죠?"

뻔히 보이는 장면을 물어보기에 딱히 할 말이 없었다.

"보시는 것과 같이 남자가 먼저 화장실에 들어가고 여자가 따라가는데, 무슨 문제가 있나요?"

의뢰인은 피해자 진술 조서를 보여줬다. 피해자 진술서의 중요한 항목에는 형광펜으로 표시가 되어있었다. 그중 별표 쳐진 문장은 이렇게 쓰여 있었다.

「내가 화장실을 가는데 피고인이
나를 따라서 화장실로 들어왔어요.」

피해자가 경찰 조사에서부터 법원까지 계속 일관되게 주장한 바였다. 나는 의뢰인에게 다소 답답하다는 표정을 지으며 물었다.

"이 영상 재판부에서 안 봤나요?"

의뢰인은 목소리를 높여 말했다.

"봤죠. 법정에서 다 같이 보고 변호사님도 강하게 어필했어요. 근데 받아들여 주지 않고 조카를 수감했어요. 징역형으로. 세상에 이럴 수 있나요?"

나는 덤덤하게 말했다.

"네. 이런 일이 종종 있어요. 그 심정은 직접 당하신 분들만 알죠."

육안으로도 뻔히 보이는 장면을 보고도 재판부는 피해자 진술의 문제점을 인식하지 못했다고 하니, 영상에서 다른 증거를 찾아야 한다고 생각했다. 하지만 피의자가 정말 범인일 수도 있다는 생각 또한 염두에 두고 영상을 봤다.

"피해자가 어떤 성추행을 당했다고 하나요? 누구의 말이 맞는지를 따져 봐야 해서요. 의뢰인에게 불리할 수도 있어요."

의뢰인은 천천히 설명해 주기 시작했다.

"조카가 화장실로 자기를 따라왔고 자기가 먼저 여자 칸에 문을 열고 들어가 문을 닫았는데 갑자기 조카가 문을 밀고 들어와서 덮쳤다고 했어요."

그는 사건 현장 사진을 보여 주며 구체적인 상황을 설명했다. 심지어는 가족들을 동원해서 여자 칸 문을 밀었을 때 앉아 있는 피해자의 다리에 문이 닿아 사람이 들어올 수 없다는 것을 입증한 재현 영상도 보여줬다. 하지만 그 어떤 증거도 재판부의 마음을 돌릴 수는 없었던 것 같았다. 사건의 진실을 밝히기 위해선 영상 속에서 확실한 증거를 찾아야 했다. 화면에는 많은 진실이 숨겨져 있다. 일반인이라면 보지 못하는 것들이 내 눈에는 명확한 증거로 보인다.

"여기 이거는 뭔가요? 화장실 입구에 문 아래로 내부가 보이는데."

무언가를 찾은 것 같아 의뢰인에게 물었다.

"이거 뭐죠? 어, 이런 것이 있었네. 뭐지?"

영상을 확대해 자세히 살펴보자 문 아래에 있는 직사각형의 통풍구를 발견했다. 가로로 이격을 둔 프레임들 사이로 화장실 내부 바닥이 비치는 것을 볼 수 있었다.

"선생님 잠깐만요. 피해자와 피고인이 화장실에 들어갈 때 발이 보이는지, 어디로 향하는지 확대해 볼게요."

나의 예측이 맞았다. 두 인물이 화장실 문을 열고 들어가 문을 닫으면 통풍구로 내부 바닥이 보였다. 이 안에서 두 인물의 움직임을 파악할 수 있었다. 나도 모르게 흥분되기 시작해 가슴에서는 '유레카, 유레카!'를 외치고 있었다.

"통풍구 쪽 화질을 개선하고 실험하면 누구의 말이 맞는지 알 수 있을 것 같아요. 정답은 지금 말할 수 없어요."

의뢰인에게 진실 규명을 향한 작은 희망을 전달했다.

"정말요? 누명을 벗을 수 있는 거예요? 어떻게 통풍구가 있는 것을 찾으셨어요? 저와 가족들은 이 영상을 수백 번 돌려 봤는데도 전혀 몰랐는데 역시 전문가는 다르네요. 고맙습니다. 박사님."

계속해서 감사를 표하는 의뢰인을 보니 너무 희망에 가득 차 있는 것 같아 조금은 경각심을 심어 주기로 했다.

“결과가 불리할 수 있어요. 조카가 거짓말한 거면 어떻게 하실 거예요?”

그는 자신 있다는 듯 말했다.

“저는 조카를 믿습니다. 기대하겠습니다.”

나는 이렇게 자신에 찬 의뢰인들이 가장 무섭고 두렵다. 반대의 결과 때문에 나를 곤란하게 하는 의뢰인들과 지금도 전쟁 중이기 때문이다.

영상 분석을 시작했다. 통풍구의 음영 패턴을 도드라지게 만들기 위해 디테일 증폭 필터링을 걸었다. 그리고 통풍구 사이에 있는 인물들의 다리 형상 윤곽선을 명확하게 하기 위한 에지edge 검출 실험도 진행하였다. 통풍구 너머로 남자가 화장실 문을 열고 들어가 남자 칸으로 이동하는 장면이 식별되었다. 이후 뒤따라온 여자는 여자 칸으로 문을 열고 들어간다. 이후 몇십 초가 흐른 뒤, 여자의 발은 여자 칸에서 나와서 남자 칸 쪽으로 이동했다. 여자 칸으로 들어간 사람은 아무도 없었다. 여자 주장대로라면 남자는 피해자가 앉아 있는 여자 칸으로 문을 열고 들어가야 한다. 하지만 영상에는 그 반대의 장면이 담겨 있었다. 여자가 문을 열고 나와서 남자가 있는 칸으로 들어가는 장면 말이다. 진실의 문이 열리는 순간이었다. 의뢰인 조카의 말이 진실에 더 가까웠고 여자의 진술은 모두 거짓이었다.

"연락받고 황급히 달려왔습니다. 결과가 나왔다면서요. 어떤가요? 조카가 그러지 않았죠?"

의뢰인은 내게 말할 시간을 주지 않았다. 어차피 좋은 결과를 전달할 것이기에 조금 뜸을 들이고 싶은 생각도 들었다.

"네. 진실을 보여 드릴게요. 같이 보시죠."

나는 짧게 말하고 분석된 영상을 재생시켰다. 화면을 보는 그의 눈은 초롱초롱했고 점점 얼굴빛이 밝아지기 시작했다.

"여자 칸에 들어간 사람이 없네요. 아무도 피해자 칸에 들어가지 않았어요. 조카는 들어가지 않았잖아요. 이 나쁜 것. 이 못된 것!"

그의 환희 속에는 분노가 섞여 있었다. 억울하게 수감 중인 조카와 고통 속에 지내는 가족들을 생각하니 분통이 터졌을 수도 있겠다고 생각했다.

"침착하시고 제 말 잘 들으셔야 해요. 여기서 끝난 게 아니에요. 이제 시작이에요. 이 증거 영상이 탄핵 당하지 않게 조심해야 해요."

가끔 설레발치며 분석한 결과를 여기저기 흘려서 탄핵의 빌미를 주는 의뢰인들이 있기에 주의를 주었다. 내 말을 경청한 의뢰인은 말했다.

"물론이죠. 그렇게 해야죠. 그럴 일 없습니다."

항소 전에는 영상을 절대 공개하지 말고, 후에 어떻게 활용해야 하는지를 설명해 주었다. 그는 계속 고개를 끄덕이며 대답했다. 빨리 가족에게 분석 결과를 전달하고 싶어 발을 동동거리는 의뢰인을 보내준 후 내 자리에 앉았다. 법원에서 나를 증인 신문할 날을 기다리며 달력을 살폈다. 하지만 법원에서는 연락이 없었다. 아마도 증거가 명확해 따로 증인 신문을 하지 않았을 수도 있겠다고 생각했다.

몇 개월 후, 요주 인물인 그 여학생이 말을 걸어 왔다.

"교수님. 영상 분석을 해 주셨다면서요? 그때 사건 모르신다면서…. 그 방송인 무죄 나왔다고 기사 뜨던데. 왜 거짓말하셨어요? 너무해."

잠깐 어리둥절했지만 곧이어 학생이 무엇을 말하는지 떠올릴 수 있었다.

"무죄 받았어요? 정말이에요?"

나는 놀라 물었고 학생은 기사를 보여줬다. 무척 기뻤지만, 한편으로는 기사를 통해 결과를 확인하니 섭섭하기도 했다.

"교수님 왜 거짓말하셨어요? 학생들을 가르치시는데 그래도 돼요? 에이, 참."

학생은 겁도 없이 나를 거짓말쟁이로 몰아갔다.

"그런 게 아니고요. 말할 수 없는 그런 것이 있었어요."

억울해서 무고함을 풀고자 자초지종을 설명하였지만, 학생은 웃으며 말했다.

"알아요. 알아요. 변명 안 하셔도 돼요."

저 말에 분통이 터질 것 같아 나도 모르게 굵은 목소리로 말했다.

"학생 이름이 뭐라고 했지? 곧 기말고사라 출석부에 체크 좀 해 놓게."

교수가 학생에게 겁줄 용도로 이만한 게 없다. 단순히 겁만 줄 용도로. 말 많은 말괄량이 학생은 그 후로 정숙한 숙녀가 되었다. 나는 그렇게 억울함을 풀었다.

No. 003

CCTV에서 멀어지는 실종자

나는 정신이 복잡하거나 아무것도 하지 않고 조용히 있고 싶을 때 종종 영화 <캐스트 어웨이>를 본다. 비행기를 타고 가던 주인공이 무인도에서 살아남는 생존 과정과 사랑하는 연인을 그리워하며 무인도를 탈출하는 계획을 그리고 있는 영화다. 한적한 무인도의 배경에 푸른 바다, 당장이라도 쏟아질 것 같은 밤하늘의 별들은 나의 지친 눈과 머리를 식혀 주는 안식처가 되곤 한다. 심지어는 비행기 속 답답함을 잊고자 핸드폰에 이 영화를 다운받아 시청할 때도 있다. 비행기 추락으로 주인공이 무인도 생활을 하게 되는 영화를 비행기 안에서 보다니. 나를 지켜본 지인은 놀라며 혀를 내둘렀지만 내 취향이 그렇다는 거다. 변태는 아니다.

그렇다고 누군가가 당장 영화와 같은 무인도에 데려다준다고 하더라도 하루 이상 있고 싶지는 않다. 무인도에 살 수 없는 이유 중 하나는 '외로움'이다. <캐스트 어웨이>에서도 주인공은 외로움에 지쳐 탈출을 계획한다. 나도 아마 무인도에 떨어진다면 사랑하는 가족이 너무도 그리울 것이다. 그립다 못해 내가 아는 모든 지식을 동원해 탈출 계획을 세울 것이다. 그런데 무인도가 아니라, 탈출할 수 없는 망망대해에 혼자 버려지면 무엇을 할 수 있을까?

해경 측에서 급하게 미팅을 요청했고 내 사무실로 해경 세 명이 찾아왔다. 그들 중 한 명은 낯이 익었다. 생각해 보니 예전에 선박 화재 사건으로 CCTV 분석 요청을 했던 담당 경찰이라는 게 기억이 났다. 같이 온 다른 분은 그의 직속 상관이라고 자신을 소개했다. 사건 해결에 여러 번 도움을 줘서 감사하다고 내게 인사하셨다. 나는 머쓱한 웃음을 지으며 빨리 영상을 보자고 재촉했다. 공문에 자세한 내용이 적혀 있었지만 읽어 볼 시간도 없이 CD가 재생되었다. 그들은 영상을 보면서 내용을 설명하기 시작했다. 무슨 사건일까 궁금해졌다.

영상 속 화면은 해양 경비선 외부에 설치된 CCTV에서 촬영된 것이었다. 화면에는 경비선의 함미[1]가 담겨 있었고, 경비선 주변에는 끝없는 파란 물결과 파도로 만들어진 수평선이 보였다. 그 외에는 아무것도 존재하지 않았다. 경비선은 목적지를 향해 항해하고 있었다. 그러던 중 젊은 해경 한 명이 함미에 나타났다. 그는 '해양 경찰'이라고 적힌 검은색 티셔츠를 입고 있었다. 그가 함미에 있는 구명정에 올라가 무언가를 하는 행위가 식

1 군함의 뒤 끝.

별되었다. 정확히 무슨 행위를 하는지는 신체 일부가 구조물에 가려져 있어 명확하게 보이지 않았다.

그러던 중 갑자기 그가 보이지 않았다. 감쪽같이 사라졌다. 영상 속 함미를 샅샅이 확대하여 살펴도 그가 보이지 않았다. 나는 영상을 최대한 확대하며 그를 찾고자 했으나 확실히 사라졌다. 이때 해경 중 한 분이 손가락으로 해수면을 지목하였다. 검은색 피사체가 물속에 들어갔다 나왔다 하는 장면이 반복해서 보였다. 선미 쪽 프로펠러가 만든 물살로 검은색 피사체는 경비선에서 멀어지고 있었고 물거품과 파도에 의해 수면에 올라왔다 사라지기를 반복했다. 나는 설마 하는 생각에 해경들을 쳐다봤다. 그들은 고개를 끄덕였다. 젊은 해경이 물에 빠진 것이다. 경비선이 점점 멀어지며 그는 화면에 점 하나 찍힌 듯한 크기까지 작아졌다. 그리고는 완전히 사라졌다. 이후 경비선 내의 CCTV에서는 그를 찾아볼 수 없었다.

그는 구명조끼를 입고 있지 않았다. 핸드폰은 경찰이 보관하고 있는 것으로 봤을 때 핸드폰도 갖고 있지 않았다. 맨몸으로 바다에 빠진 것이다. 영상을 확인한 결과, 주변에는 섬도 존재하지 않았다. 사면이 수평선인 바다 그 자체였다. 실종된 지 15일이 지났다고 하니, 안타깝지만 그가 살아 있을 가능성은 0%에 가까웠다. 한동안 넋이 나간 채 영상을 보고 있는 나에게 해경들은 분석할 내용을 말하기 시작했다. 의뢰 내용은 검은색으로 보이는 피사체가 실종자인지, 즉 사람인지에 대한 것이었다. 안타까운 죽음을 순직 처리하기 위해 바다에 빠진 것을 명확히 해야 한다는 것이다. 어딘가에 살아 있는 사람을 사망으로 처리할 수 없고, 순직 처리도 어렵기 때문이란다.

나는 정신을 다잡고 분석이 가능한지를 살펴보았다. 화질 개선을 하더라도 얼굴과 티셔츠의 글자까지 식별하는 데는 한계가 있는 영상이었다. 다만 수면에 있는 것은 영상 속 노이즈나 바다의 이물질의 크기와는 상당히 다르다는 점은 분석할 수 있었다. 아울러 화질을 개선하여 특정 구간에서 실종자가 마지막 위치한 지점 및 사라진 시점에 바다에 있는 피사체와의 관계성, 수면에서 유동적인 패턴 등을 고려하여 해당 피사체가 실종자일 가능성이 높다는 분석이 가능했다. 나는 해경들에게 분석이 가능하니 빠른 시일 내에 보고서를 작성해 드리겠다고 전달하였다.

나는 부두에서 3시간 넘게 어선을 타고 바다에 나가 낚시를 해 본 경험이 있다. 육지에서 3시간 떨어진 바다에서는 아무것도 보이지 않는다. 사면을 둘러봐도 나의 위치를 가늠할 방법이 없다. 밤이라면 별을 보고 위치를 파악할 수 있겠지만 낮 시간대 바다 한가운데는 공포 그 자체다. 이런 곳에서 실종자는 구명조끼도 입지 않은 채로 사라져 가는 경비선을 바라만 봐야 했던 것이다. 방향을 알 수 없는 바다에서는 구명조끼가 없다면 아무리 수영할 줄 아는 해경이라 해도 죽음만을 기다리는 사형수와 같다. 몸에 힘이 빠져 더이상 수영을 할 수 없는 시점이 바로, 죽음이 다가온 순간이 될 것이다.

실종자는 하염없이 경비선으로 손을 흔들고 소리를 질렀을 거다. 무모하지만 자신의 수영 속도보다 몇십 배 빠른 경비선 쪽으로 죽을 힘을 다해 헤엄쳤을 수도 있다. 수많은 사망 사고 영상을 봐 왔지만 이렇게 끔찍한 죽음은 상상해 본 적이 없다. 나는 화질 개선 과정에서 그의 오열에 가까운 행동이 식별될까 봐 두려움에 떨기도 했다. 실종자의 부모들은 아직도 아들이 살아 돌아오기를 기다린다고 했다. 희망을 품고 있다고. 내가 해줄 수 있는 일은 파도 속의 피사체가 실종자인지 분석하여 순직 처리를 도와주는 것뿐이다. 그를 살릴 방법은 없다. 〈캐스트 어웨이〉 속 주인공은 희망을 가졌고 그 희망으로 무인도를 탈출할 수 있었다. 하지만 내 사건 속 실종자는 할 수 있는 것이 아무것도 없었다. 신은 그를 그렇게 데려갔고 나는 케이블 방송에서 가끔 나오는 〈캐스트 어웨이〉를 다신 보지 않는다.

No. 004

나의 10% 능력

법영상분석이 무엇인지 언론에 홍보되면서 점차 각종 사건 사고들에 대한 문의가 많아졌다. 나는 '어떤 사건이라도 의뢰인들에게는 일생일대의 사건이다.'라는 사명감으로 모든 상담과 테스트를 성실하게 진행한다. 그런데 시간이 지나면서 하고 싶지 않은 의뢰들이 점점 많아졌다. 귀찮아서가 아니다. 이유 없이 그냥 하기 싫은 일이 있듯이 종종 나에게도 '그냥'이라는 이름을 붙여 하고 싶지 않은 분석들이 있다.

'그냥'이란 이름을 붙이는 대표적인 사건은 내가 발휘할 수 있는 능력이 10%도 안 되는 사건들이다. 이러한 사건들은 분석을 하더라도 판독 불가가 나올 가능성이 매우 크다. 판독 불가는 '모르겠다.'라는 뜻이다. 그러니 의뢰하지 말라는 말을 잘 전달해야만 한다. 그래서인지 이런 이야기를 할 때는 직설적으로 말하는 편이다. 내가 매몰차게 말할 때마다 의뢰인들은 의심의 눈길을 보내곤 한다. 혹시 상대측에서 사주했나요? 혹시 검찰이나 경찰에게 전화를 받았나요? 혹시? 혹시? 돈 낭비하지 않게 도움을 주려는 선의가 도리어 의심의 대상이 되곤 한다. 그래도 좋게 말해서 돌려보낸다. 언젠가는 나의 선의가 밝혀질 거라고 믿으며.

내가 못 하겠다는데도 의뢰하는 사람들은 거의 없었지만, 간혹 꼭 해야겠다는 의뢰인들도 있었다. 내 이야기를 듣긴 한 건지 의심이 되는 의뢰인들이다. 더 직설적으로 이야기를 해야 하나, 하고 생각해 봐도 그 이상의 방법은 생각이 나지 않았다. 나는 재차 물었다. 대화가 오가는 내내 판독 불가가 나올 수도 있다고 다섯 번 이상은 말했다. 하지만 그들은 그래도 하고 싶고, 해야만 한다는 답을 돌려주었다. 황민구 박사님을 믿는다고도 말했다. 꼭 해 주실 거라 믿는다고. 나는 그래도 의뢰인들에게 좀 더 생각해 볼 시간을 주고자 하루만 더 고민해 보겠다고 했다. 그러나 하루도 지나지 않아서 의뢰인은 전화를 걸어 왔다.

이러한 의뢰인들은 대부분 유가족이다. 나에게 있어 부모나 자식을 잃은 유가족은 그 누구보다 어려운 분들이다. 그분들 앞에서는 항상 작아진다. 더 많은 이야기를 들어주려다 보니 대화 도중에 나도 모르게 점점 몸이 앞으로 기울기도 한다. 하지만 나의 능력으로는 도저히 도와줄 수 없을 때, 스스로 자책감이 들기도 한다.

한 부모님이 나를 찾아왔다.

"박사님, 꼭 도와주셔야 합니다."

어머니의 첫마디에 부담감이 밀려왔다.

"제가 도와드릴 수 있는 일이 있으면 뭐든지 도와드리겠습니다. 편하게 말씀하세요."

내 말에 어머니는 뭔가 말하려고 했지만 화면에 사건 영상이 나오자 울컥하며 말을 잇지 못했다. 옆에 있던 아버지가 입을 열었다.

"박사님. 얼마 전에 사랑하는 아들을 하늘로 보냈습니다. 그 아이의 죽음의 원인을 풀고자 이렇게 찾아왔습니다."

두 분이 유가족이라는 것을 듣고 자세를 바르게 고쳤다. 그리고 의뢰인의 말을 토씨 하나 빠뜨리지 않고 전부 상담 일지에 기록했다.

CCTV 영상에는 아들과 친구가 등장한다. 오피스텔 엘리베이터에서 내린 두 사람은 말다툼을 하고 있었다. 서로 삿대질을 하고 머리채를 잡는 장면도 나온다. 두 사람은 상당히 흥분한 상태였다. 주먹이 오가는 일촉즉발의 장면이 바로 나와도 무리가 없는 타이밍이었다. 그러던 중 유가족의 아들이 친구에게 끌려 엘리베이터에 태워지는 장면이 CCTV에 찍혀 있었다. 의식이 없는 채로 고개를 떨군 아들의 머리에서 피가 흘러 바닥에 흩어지고 있었다. 아들의 피 흘리는 장면을 본 유가족의 눈에는 눈물이 고였다. 영상을 보던 어머니는 더이상 참지 못하고 엉엉 울며 회의실을 나가셨다. 그래도 아버지는 힘을 내어 영상을 보고 계셨다. 말도 이어갔다. 프레임별로 의심되는 부분을 설명해 주시느라 울고 있다는 것도 잊고 계신 듯했다.

"아버님. 아버님 얼굴에 눈물이 흐르고 있어서요. 조금 쉬었다 할게요."

나는 두 분이 안정을 취하도록 여유를 드리려 했다.

"아닙니다. 한시가 급해요. 눈물 흘리지 않도록 노력해 볼게요. 잠시 와이프 상태를 보러 나갔다 오겠습니다."

두 분을 보니 내 가슴도 뭉클해졌다. 나는 회의실에서 혼자 멍하니 영상을 보며 기다렸다. 곧이어 두 분이 손을 잡고 들어와 자리에 앉았다.

"경찰에서는 사건을 검찰로 송치했습니다. 죄명은 상해치사입니다. 그리고 피고인이 된 친구는 도주의 우려가 있어 구속되었으며 모든 죄를 시인했습니다."

아버지는 말을 이었다.

"피고인은 피해자를 폭행한 것을 인정하였고 그 과정에서 머리가 미상의 물체와 충격하면서 피해자가 기절했다고 진술했습니다. 사인은 뇌출혈입니다. 하지만 이러한 폭행과 머리에 충격이 가해지는 장면은 CCTV 사각 지역에 있어 기록되어 있지 않았어요."

피고인이 모든 범죄 사실을 시인했다는 말에 내가 할 수 있는 일이 있을지 의문이었다. 주변의 CCTV에는 해당 사건이 있을 때 두 사람의 그림자만이 기록되어 있었다. 사건이 명확하기에 내가 도와줄 수 있는 것이 무엇인지 조심스레 물어봤다.

"아버님, 범인이 모든 걸 시인했는데 제가 해드릴 것이 어떤 게 있을까요?"

"박사님, 이건 과실치사가 아니라 명백한 살인입니다. 고의로, 살해할 목적으로 내 아들을 죽인 거예요."

"네? 살인이요? 실수로 밀친 것이 아니라 일부러 죽이려고 했다는 건가요?"

"네. 그렇습니다. 이 자료를 보시면 아실 거예요."

아버님은 10페이지 정도의 문서를 내게 건넸고 거기에는 30여 가지의 질문 사항이 있었다. 나는 천천히 내용을 읽어 내려가기 시작했다. 그 안에는 사건 당시 사각 지역에서 비친 그림자를 분석한 결과, 고의로 아들을 죽이고 있다는 내용의 도화圖畵가 삽입되어 있었다. 이 내용에 타당성이 있다는 것을 검증해 달라는 게 그들이 여기 찾아온 이유였다.

나는 그분들을 도와 드릴 수 없다는 걸 직감했다. 살인죄란 명확한 목적과 동기로 피해자를 죽이려는 의도성이 입증되어야 한다는 것을 알고 있었기 때문이다. 하지만 사건 CCTV에서는 당시 장면이 사각 지역으로 인해 기록되어 있지 않고, 전후에 두 사람 간의 행동들만 담겨 있었다. 유가족은 내게 물었다. 엘리베이터에 옮겨지는 아들의 얼굴에 피가 묻어 있는지. 팔꿈치는 어떤지. 바지에 혈흔이 있는지. 피고인의 손에 흉기가 있는지. 피고인이 웃고 있는지. 피고인의 행색이 어떤지. 의도적으로 죽일 계획이 있었는지 등등. 유가족은 계획된 살인이라는 걸 입증해 달라고 했다. 하지만 나는 관심법을 쓰는 궁예가 아니다. 표정과 행색만으로, 손에 무언가가 들려 있다는 것만으로 살인 의도 여부를 입증할 수는 없었다. 사건을 기록한 영상이 있어도 의도성은 사람의 심리이기에 영상에서 보여지는 행동 패턴만으로 완벽하게 검증할 수는 없다.

유가족은 나를 뚫어져라 보고 있었다. '당신이라면 입증할 수 있을 것이다.'라는 확신의 눈빛이었다.

"저는 판독이 불가능합니다. 죄송합니다."

그런데도 그분들은 내 이야기를 듣지 못한 듯 대답했다.

"박사님, 언제까지 분석할 수 있으시죠?"

"아버님, 말씀드렸지만 제가 분석할 수 있는 능력이 안 됩니다."

나는 절제된 목소리로 판독이 안 된다고 반복해서 말했다. 치열한 공방전이 지속되었다. 유가족에게 더욱 적극적으로 판독 불가의 사유를 전달했다. 나도 조금씩 흥분하기 시작하자 옆에 계신 어머니가 눈물을 펑펑 쏟아내며 말했다.

"박사님마저 이러시면 우리 아이의 죽음을 풀 수 있는 방법이 없잖아요."

안타까운 마음에 고개를 푹 숙였다. 내가 할 수 있는 일이라곤 그분들의 이야기를 묵묵히 듣는 것밖에는 없었다.

정확히 하루가 지나고 상담했던 시간대에 전화가 왔다. 어제 그 어머님이었다. 간단한 인사를 나눈 뒤에, 어렵게 말을 꺼냈다. 영상 분석으로는 입증이 어려운 내용이라 선뜻 의뢰를 받을 수 없다고. 어머님은 그래도 황 박사님이 할 수 있는 모든 걸 해서 분석 보고서를 만들어 달라고 부탁하셨다. '모든 것'의 의미를 물었다. 장황하게 설명하셨지만 결국에는 영상에서 찾을 수 있는 모든 단서를 분석 보고서로 만들어 달라는 내용이었다. 상당히 추상적이고 난해했지만 그분의 마지막 말에 의뢰를 수락하고 말았다.

"안 되는 것은 안 하셔도 돼요. 그래도 영상 속 모든 내용을 분석 보고서로 남기고 싶어요. 죽은 아이를 위해서 할 수 있는 모든 증거를 만들어 놔야 해요. 이걸 안 하면 평생 한으로 남을 것 같아요. 제발 해 주세요."

어머님이 나에게 분석을 요청한 이유는 사건의 진실을 찾기 위한 것도 있지만, 하늘에 있는 자식에게 부모로서 최선을 다하는 모습을 보여 주고 싶었기 때문이었던 것이다. 나에게 영상 분석을 의뢰한 것은 어머니로서 할 수 있는 모든 것 중에 하나이고, 이렇게라도 해야 자식의 죽음을 위해 최선을 다한 부모가 될 수 있어서 미안한 마음을 덜 수 있다고 생각하는 것 같았다. 언젠가 만날 아들에게, 엄마는 최선을 다했다는 말을 하기 위해서는 내가 필요했던 것이다. 나는 내가 할 수 있는 10%가 별 게 아니라고 생각했지만 유가족에게는 아주 큰 능력이라 생각하니 그분들에게 부끄러운 마음이 들었다. 나는 최선을 다해서 사건 영상 분석을 진행했다. 물론 그림자 부분은 판독할 수 없다고 기재했고, 사고 전후에 식별되는 현상들만 분석하였다. 분석 결과에서 특별히 내세울 만한 것은 없었다. 단편적으로 보이는 것들을 더욱 명확히 하는 것일 뿐.

직원이 계약서와 의뢰서를 유가족에게 전달한다고 했다. 그리고 분석 비용을 얼마나 받아야 하냐고 나에게 물었다. 돈을 받을지 말지 반나절을 고민했다. 피해자가 꿈에 나타나 나에게 화내지 않을까, 하는 상상도 했다. 하지만 내 직원은 이것 역시 다른 사건들과 동일하게 청구해야 한다고 내게 단호하게 말했다. 이때 나는 직원의 필요성을 새삼 느꼈다.

No. 005

궁예를 보았다

나의 일은 누구를 대변하는 게 아니다. 누구를 대변하는 건 변호사들의 일이다. 나의 일, 즉 영상 분석을 통해 식별되는 사항을 있는 그대로 감정서에 기재하는 일은 신중에 신중을 기해야 한다. 나는 가끔 나의 일을 물어보는 사람들에게 이렇게 대답한다.

"디지털 영상을 수술하는 의사라고 보시면 돼요."

이렇게 이야기하면 이 분야를 잘 알지 못하는 사람들이라도 대다수는 고개를 끄덕인다. 제대로 보이지 않는 병든 영상을 치유해서 보이게 만들거나, 영상 속에 보이는 특정한 패턴을 해부하는 것이 내가 하는 일이다. 그런데 얼마 전부터 의뢰인들이 이상한 말을 하기 시작했다. "어디서는 분석 된다고 했어요.", "어디서는 제가 유리하대요.", "어디서는 이길 수 있대요."

나처럼 영상 분석을 하는 곳이 있는 것은 알았지만, 의뢰인들이 들렀던 곳에서 이와 같은 말을 했다며 나에게 감정을 요청하는 일이 늘어나니 조금 짜증이 났다. 나는 이러한 말들에 별로 개의치 않고 의뢰인과 함께 영상을 보며 어떠한 수술이 필요한지를 찾아 헤맸다. 그런데 이렇게 말한 의뢰인들의 감정물은 모두 판독 불가의 상태였다. 수술할 수 없는 암 말기의 상태인 것이다. 이런 감정물을 도대체 누가 분석할 수 있겠느냐고 나는 따져 묻기도 했다. 해당 감정물은 국립과학수사 연구원이나 대검찰청 디지털포렌식 센터 등의 공공 감정 기관에 가더라도 판독 불가가 확실할 것이다.

그런데 의뢰인은 "그분께서 된다고 했다."라고 말한다. 대충 누구인지 예상이 가는 사람들이 있다. 나는 그러면 거기 가서 좋은 결과를 받아 오시라고 말한다. 하지만 그들은 이 사건은 황민구 박사님이 맡아야 한다고 대답한다. 그 이유는 간단하다. 내가 유명하기 때문이라는 것이다. 영상 분석을 잘해서가 아니라 유명해서, 라는 말은 나의 가슴에 상처를 내었다. 상처를 준 그분들에게 내가 할 수 없는 일을 왜 강요하냐고 따지며 싸운 적도 종종 있다. 심지어 그들은 내게 경찰이나 검찰에서 연락을 받아 본인의 사건을 회피하는 것이 아니냐는 누명도 씌운다.

나는 다시 생각해 본다. 그들이 된다고 했던 감정물이 진짜 분석이 가능한 것인지. 그러나 내가 아는 상식으로는 불가능했다. 이것을 분석할 수 있는 사람은 관심법을 쓰는 애꾸눈 궁예밖에 없을 거다. 보이지 않는 것, 관심법을 써야만 볼 수 있는 감정물을 나에게 분석하라는 건 사기꾼이 되라는 것과 같다. 하지만 나는 전문가다. 이런 것에 흔들리지 않고 나의 일과를 보내던 중, 관심법을 쓰는 궁예의 보고서가 내 눈앞에 그 존재를 드러내기 시작했다. 그 보고서는 관심법의 마구니가 되어 억울해하는 의뢰인들이 가져온 것이었다. 찬찬히 내용을 읽어 보니 이 감정서의 주인은 앞에서 언급한, 판독 불가라고 돌려보낸 사람들이었다. 결국 그들은 '판독 불가'를 '판독 가능'으로 만들어 줄 사람을 찾아갔던 거다. 읽는 내내 도통 무슨 말을 하고 있는지 이해할 수 없었다. 그건 변호인 의견서가 아니라, 의뢰인이 주장하는 말에 살까지 붙여 준 엉터리 글에 불과했다.

그 논리도 희귀했다. '바지에 손을 넣어 팬티는 만졌으나 성기를 만지지는 않았다.', '바지에 손을 넣은 것은 맞지만 팬티를 접촉하지 않았을 개연성이 있다.' 등 관심법 그 이상이었다. CCTV 영상에는 가해자가 피해자의 바지 안, 음부 쪽으로 손을 넣는 장면이 버젓이 기록되어 있었다. 그럼 성추행이다. 사건은 이 장면 하나로 종결이다. 이보다 더 명확한 증거가 어디 있을까? 바지 한가운데에 손을 넣어 음부 쪽에 가해자의 손이 볼록하게 튀어나온 영상을 보고도 저렇게 막무가내로 우기는 능력은 경이로울 정도였다.

이뿐만일까? 나는 이런 감정서가 여기저기 돌아다니고 있는 것을 다양한 경로로 포착했다. 얼마 전 어떤 의뢰인은 피고인이 되어 본인이 범행을 저지르지 않았다는 것을 입증해야만 하는 상황이 되었다고 나를 찾아왔다. 그는 핸드폰 속에 그날의 진실이 담긴 영상이 있는데 지워졌다고 하였고 나는 복원업체를 소개해 줬다. 다행히도 중요 증거가 되는 영상을 복원할 수 있었다. 그 영상에는 피해자와 검사가 주장하는 바와 정반대의 장면이 기록되어 있었다. 변호인은 이를 증거로 재판부에 제출하였다. 그러던 중 의뢰인이 나에게 전화를 해 왔다. 상대측에서 영상이 조작되었다고, 증거로 사용하면 안 된다고 항변했다는 것이다. 나는 의뢰인을 안정시키고 영상이 조작되지 않은 것을 입증할 수 있으니 너무 걱정하지 말라고 달랜 후, 내 전공을 살려 원본 여부를 분석한 보고서를 변호인에게 전달했다. 내 경험과 데이터에 의하면 해당 영상은 원본일 가능성이 90% 이상이었다. 그런데 얼마 후 다시 의뢰인이 나를 찾아왔다. 그는 바로 울 것만 같은 표정으로 감정서 한 부를 내밀었다. 나는 이 보고서가 아직도 기억에 생생하다. 내용은 이러하다.

「나는 감정물이 원본인지 아닌지 판독할 수 없다. 그러나 황민구가 원본이라고 했던 데이터에는 문제가 있다. 황민구가 사용한 기법에 대한 논문을 확인한 결과 오류가 존재할 수 있고, 그러니 원본이 아닐 수도 있다.」

이것이 그 감정서의 요지였다. 본인은 분석이 불가능하지만 황민구는 잘못됐다. 감정서라기보다는 내 연구물과 논문을 리뷰한 것이다. 오류가 존재할 가능성을 제기하며 원본으로 단정하면 안 된다고 했다. 나는 헛웃음만 연발했다. '리뷰서'의 마지막에 '리뷰어'의 이름을 보고 누가 쓴 글인지 알 수 있었다. 잠시나마 분노가 치밀기도 했다. 하지만 이 쓰레기 글을 보고 흥분하는 것은 나에게 이득이 될 게 하나도 없다고 생각하며 마음의 안정을 취했다. 그가 나를 리뷰하고 내가 감정한 비용의 세 배는 더 받은 것을 재판 기록을 통해 확인했다. 이게 더 화가 났지만 다시금 마음을 다잡았다. 그는 이 분야 석사다. 박사 학위가 없다. 내게 영상 위변조를 자문한 적도 있는 인물이다. 참고로 석사와 박사 학위는 하늘과 땅 차이다. 아직까지 8년 동안 박사 학위를 취득하지 못한 동료들도 즐비하다. 석사는 2년의 과정을 마치면 대부분 학위를 취득한다. 교수와 싸우거나 졸업할 마음이 없다면 다르겠지만 말이다.

박사 논문은 박사 이상의 교수님들 총 다섯 분이 세 번에 걸쳐 심사한다. 심사 과정에서 우는 이들도 있고 중도 포기하는 사람들도 있다. 그만큼 혹독하다. 해외 SCI[1] 논문은 어떨까? 보통 이 분야의 해외 석학들이 6개월에서 1년 이상 걸쳐 논문을 심사한다. 그래서 권위 있는 논문에 내 연구가 등재된다는 건 그만큼 가치가 있다고 인정받는 것과 같다. 가끔 TV 광고에서 '어느 학회에 등재된 기술'이라고 홍보하는 이유가 여기에 있다. 내가 분석한 이 사건의 영상은 나의 박사 논문과 SCI 논문 4편의 결과를 토대로 하였다. 이 논문들의 심사 기간을 합치면 6년이 넘는다. 그런데 석사가 내 논문과 연구 성과를 한 달도 안 되는 기간 읽어 보고 리뷰한 다음, 오류가 있을 가능성을 제기한 것이다. 가끔 지인 중 대기업 연구원으로 있는 박사들에게 이런 일을 이야기할 때면 다들 어이없어하며 누구냐고, 이름을 대라고 한다. 그가 주장한 오류라는 것도 실험 샘플이 적기 때문이라는 구차한 이유만 달아 놨다. 알고리즘은 손도 못 대고 내가 했던 연구의 샘플이 너무 적기 때문에 오차가 있을 가능성을 제기한 것이다. 이 부분은 심사 과정에

1 Science Citation Index. 미국 클래리베이트 애널리틱스(Clarivate Analytics)가 과학기술 분야 학술잡지에 게재된 논문을 바탕으로 구축한 데이터베이스. 과학기술 분야에서 가치가 높게 평가된 학술지에 게재된 논문.

서 서브 데이터로 심사를 마친 상황인데 논문의 글만 읽고 혹세무민惑世誣民하는 격이다.

결과적으로 이 의뢰인은 유죄가 나왔다. 그 유일한 증거가 증거로 채택되지 않았다고 한다. 나는 화가 나서 왜 나를 증인으로 부르지 않았냐고 물었다. 의뢰인의 변호사는 양측을 모두 불러 증인 심문하자고 요청했지만 상대측에서 동의하지 않았다고 한다. 판사는 아마도 증거의 무결성 입증에 문제가 있다고 보고 증거로 사용하지 않은 것 같았다. 의뢰인은 몇 번씩 전화하면서 억울하다고 그 석사를 욕해댔다. 그러나 판결은 끝났기에 도와줄 수 있는 것이 별로 없었다. 가끔 그는 나에게 메일을 보내면서 울분을 토했다.

나는 이런 일을 겪으면서 많은 것을 깨달았다. 내가 더욱 강해지지 않으면 관심법을 쓰는 궁예와 나를 이용해 돈벌이하는 이들이 더 활개칠 것이라는 걸. 내가 그들을 말려 죽이는 방법은 더 많은 일을 하면서 그들에게 다가가 결정적인 순간에 박살 내는 것이라는 걸 깨달았다. 언젠가는 그들과 법정에서 마주할 날이 있을 것이다. 그날을 위해 나는 오늘도 루테인을 두 알 입에 털어 넣는다. 그들과 마주칠 날을 기대하며.

* * *

그날만을 학수고대하던 나에게 희소식이 들려왔다. 그들 중 한 명과 법정에서 싸울 기회가 생긴 것이다. 나는 흥분된 상태였다. 재판부에서 양측 감정인을 불러 증인 선서를 시켰다. 나의 증인 신문이 먼저 시작되었고 상대측은 조목조목 나를 공격했지만 역공으로 모두 받아쳤다. 내 공격을 듣다 보니 진실에 다가가는 것을 느꼈는지 상대측에서는 더이상 질문을 하지 않았다. 이제 그의 차례이다. 나는 방청석에 앉아 우리 측 변호인이 질문하는 내용에 대해 그가 뭐라고 하는지를 즐기기로 했다. 그의 대답은 횡설수설 그 자체였다. 영상 속 특정 피사체의 위치를 다르게 지목했고, 영상 분석 프로그램으로 포토샵을 사용했다는 낯 뜨거운 대답을 늘어놓는가 하면, 법영상 전용 영상 분석 툴을 사용하지 않은 이유에 대해 다음과 같이 대답했다.

'영상 분석 툴이 없어도 내 눈에는 잘 보입니다.'

여기서 그는 끝났다. 방청석에서 야유 소리가 흘러나왔다. 심지어 변호사는 그에게 도대체 감정료로 얼마를 받았기에 이런 엉터리 답을 하느냐고 화까지 내다 판사에게 제지당했다. 이후에 그는 영상 속 내용이 오래돼서 기억이 나지 않지만 그때는 정확히 봤다는 말만 반복했다. 재판을 마치고 그는 퇴장했다. 얼마 후 나도 다른 방청객들을 따라 나가던 중,

이를 지켜보던 중년의 남성이 이렇게 말하는 것이 들렸다.

"궁예야 뭐야!"

No. 006

그래도 내가 하지 않았어 2

강의 시간에 사건 영상을 틀어 놓고 영상 분석 과정을 설명할 때면 학생들은 눈이 동그래져서 본인이 탐정이라도 된 듯 질문을 쏟아낸다. 몇 년 동안 강의를 하다 보니 학생들이 하는 질문의 8할 이상은 내 예상을 벗어나지 않는다. 그중에서도 모두의 탄식을 자아내는 영상은 단연 성추행 사건 영상이다. 남녀를 가리지 않고 성추행 영상을 볼 때면 그들의 바쁜 입은 순간 조용해진다. 내가 사건을 설명하는 내내 곳곳에서 한숨 소리가 들린다. 가방에 달린 물병이 지나가던 여성의 엉덩이를 쳐서 성추행으로 오해 받은 사건, 밀집된 지하철에서 벌어진 성추행에서 진범은 도망가고 억울한 사람이 범인으로 몰린 사건, 하지도 않은 일인데 피해자가 무고誣告하여 징역형을 살다가 영상 분석을 통해 간신히 무죄를 받은 사건 등 지금까지 수많은 성추행 사건을 다뤘다. 이 예시 사건들은 모두 대법원 확정 판결로 무죄가 되었던 사건들이다. 그들이 무죄를 받기까지는 2~3년 혹은 그

이상이 걸릴 때가 많다. 대법원 확정 판결까지 그들은 매일같이 긴장하며 수명이 단축되는 삶을 살아간다.

나는 변호인이 아니다. 궁예처럼 관심법을 쓰지도 않는다. 영상 분석을 통해 식별되는 것만을 알릴 뿐이다. 그러다 보니 실제로 피해자를 성추행하고도 나를 찾아와 촬영 각도상 손이 엉덩이와 떨어져 있다고 엉터리 주장을 하며 이를 분석해 달라고 하는 철면피도 있었다. 그래서 명확하고 과학적으로, 의뢰인의 손이 피해자의 엉덩이를 쓰다듬는 장면을 화질 개선 및 시뮬레이션해서 의뢰인에게 돌려주었다가 엄청난 항의를 받은 적도 있다. 그들은 내가 자신의 변호사가 되어 주길 원한 것 같지만 사람을 한참 잘못 본 것이다.

한 중년 여성이 나를 찾아와서 의뢰를 부탁했다.

"박사님만 한 아들이 있는데 사고를 쳐서 상담 왔어요. 아들은 20대에 경찰 공무원을 준비하는 꽃다운 청년이에요."

나와 띠동갑이 넘는데 또래로 봐 주시니 나는 기분이 좋아지기 시작했다.

"아들은 그날 친구들과 새벽까지 술을 먹고 취한 상태로 인도를 걷고 있었어요. 이때 맞은편에서 팔짱을 끼고 걸어오는 여자와 남자가 보이시죠?"

"네. 그렇게 계속 설명해 주세요."

"두 사람이 오고가는 과정에서 사건이 발생했어요. 아들은 술에 취해서 고개를 숙이고 걷다가 마주 오는 여자와 어깨를 부딪혔다고 해요."

영상을 보면 아들은 의뢰인의 주장처럼 고개를 숙인 채로 걸어오고 있었다.

여자는 자신과 어깨를 부딪히고 지나간 사람을 돌아보았고, 그녀와 팔짱을 끼고 있던 남자가 그에게 다가가 항의하는 장면이 영상으로 확인되었다. 곧이어 그들은 서로의 멱살을 잡고 쌍방 폭행을 시작했다. 이후에 출동한 경찰은 의뢰인의 아들과 남자 모두를 연행해 갔다.

"문제는 여자가 제 아들과 교행[1]하는 과정에서 제 아들이 음부를 2회 움켜잡고 가는 성추행을 했다고 진술했어요. 공소장에도 그렇게 기재되어 있어요."

"성추행이요? 폭행이 일어난 이유가 아드님이 성추행을 했기 때문이라는 건가요?"

"네. 박사님. 제 아들은 성추행범으로 입건되고 조사를 받은 후 기소되었어요."

---

1 사람이나 동물, 자동차 따위가 오고 감.

사건 장면을 기록한 CCTV 영상을 두 번 돌려 보고 나서야 뭔가 잘못되었다는 것을 감지할 수 있었다. CCTV는 인도 바로 옆 가게에서 촬영된 것이라 거리가 매우 가까워서 당시 상황이 뚜렷하게 기록되어 있었다. 화질 개선을 하지 않은 원본 영상만으로도 느린 재생으로 보면 아들의 손이 명확하게 보일 정도였다. 그리고 그 손은 여자의 음부 근처에도 가 있지 않았다. 교행 당시 의뢰인 아들의 손은 피해자 오른쪽 허리 쪽으로 허공을 가르며 지나가고 있었다. 내가 필요할지 의문일 정도로 명확한 장면이었다. 나는 의뢰인에게 물었다.

"경찰에서 CCTV 안 봤나요? 검찰은요?"

"다 보셨다고 해요. 그런데 잘 안 보인다고 하세요. 피해자가 일관되게 진술하고 있으니 재판 가서 따지라고 하네요."

무덤덤한 의뢰인의 대답에 나는 깊은 한숨을 내쉬며 천장을 올려다봤다. 그들은 느린 재생조차 해 보지 않고 이십 대의 청춘을 재판정에 세운 것이다.

"왜 그러세요? 우리 아들이 정말 만졌나요?"

"지금 아드님은 어디 있나요?"

"집에서 틀어박혀 밖으로 안 나와요. 세상이 싫대요."

정상 재생 속도에서는 교행 과정이라 빠르게 지나가서 잘 보이지 않지만, 느린 재생만 해도 피고인의 손이 어디 있는지 확실히 보였다. 느린 재생으로 영상을 틀어 주자 의뢰인은 깜짝 놀랐다.

"손이… 손이… 안 닿았잖아요."

기쁨에 가득찬 의뢰인은 핸드폰을 꺼내어 후들대는 손으로 아들에게 문자를 보냈다. 의뢰인은 내게 정식으로 의뢰를 부탁하고 돌아갔다. 그것도 잠시, 두 시간이 지났을까? 의뢰인에게 전화가 왔다. 그리고 담당 변호사를 바꿔 주었다. 변호사는 내게 이렇게 말했다.

"이런 사건은 합의 보고 형량을 줄이는 게 방법인데요. 괜히 영상 분석해서 재판부나 피해자 측 심기 건드리면 곤란해질 수 있습니다."

면전이었으면 언성을 높였겠지만 유선상이라 차근차근 변호사를 설득했다.

"진실이 기록되어 있어요. 제가 재판부를 설득할 수 있으니 저를 증인으로 불러 주세요."

변호사는 알겠다고 하며 전화를 끊었고 의뢰인은 정식으로 사건을 접수했다.

나는 만반의 무장을 하고 재판에 참석했다. 국회 청문회를 해도 나는 누구든 이길 자신이 있었다. 정상적인 사고를 하는 사람이라면 말이다. 하지만 그날 사건 담당 검사는 정상적이지 않았다. 내 분석을 들은 검사는 뜬금없는 질문을 했다.

"증인. 음부의 영역이 어디까지인지 말씀해 보시겠어요?"

나는 당황해 무슨 말을 해야 할지 몰랐다. 그런 나를 보고 검사는 다시 질문했다.

"음부라는 것은 성기와 그 주변 신체 영역을 포괄할 수 있는 건데 증인이 말하는 음부는 어떤 것인가요?"

할 말이 없거나 잘못을 인정할 때면 아무 말도 안 하는 것이 현명한 것일 수 있다. 검사는 영상 속 피고인의 손이 음부에 닿지 않는 것을 보고 그들의 실수를 인정하기는커녕 음부 주변의 허벅지나 엉덩이 등의 일부를 음부로 볼 수 있지 않느냐는 주장을 하고 나선 것이다. 그 말을 들은 판사는 눈살을 찌푸렸다. 나는 드라마의 한 대사를 인용하여 읊었다.

"음부 위치가 거기라 거기를 음부라고 했는데, 거기가 왜 음부냐고 하신다면 음부로 보여 음부라 했습니다."

방청객에서 웃음소리가 나기 시작했고 판사는 검사를 제지하였다. 검사의 표정이 어두워지자 변호사는 긴장하며 나를 노려보았다. 그렇게 한바탕 소동이 있고 난 후, 의뢰인에게 잘 될 거라는 말을 하고 차를 몰아 집으로 향했다. 얼마 후 의뢰인의 전화가 왔다. 법정을 나서자마자 전화하는 거라며, 밝은 목소리로 무죄라고 외치셨다. 하지만…

피고인은 2심에서 유죄가 나왔다. 벌금 500만 원에 성범죄예방 교육 이수 및 취업 제한 명령까지. 그는 경찰 시험뿐만 아니라 공무원 시험까지 응시가 불가능해졌다. 그의 꿈이 한순간에 사라진 것이다.

변호인과 의뢰인이 방심한 사이에 검사는 공소장을 바꿨다. 피고인의 손이 피해자의 음부에 닿지 않았지만 음부 쪽으로 뻗은 것으로 보았을 때 추행할 의도가 있었으나 미수에 그쳐 '강제추행 미수'로, 그 이후에는 미수를 빼고 '미상의 신체 부위에 접촉하였을 것이다.'로 바꿨다고 한다. 미상의 신체 부위? 내가 졌다. 도와줄 방도가 없다. 피고인과 여자는 부딪히면서 어디든 닿았기 때문이다. 음부는 아니더라도.

수업 때 졸고 있는 남학생들이 있으면 이 사건을 이야기해준다. 그러면 자다가도 벌떡 깨서 내 얘기에 집중하다가 한숨까지 푹 내쉰다. 효과가 아주 좋은 샘플이라 외부 강연이나 세미나가 있으면 한 꼭지에 꼭 넣어 둔다. 영상 분석을 하면서 이렇게 허무한 적이 또 있을까? 나는 많은 이들에게 이 사실을 알려야만 한다는 사명감이 들었다. 명심하길. 인생을 망치지 않으려면 사전에 조심, 또 조심하는 수밖에 없다.

No. 007

밑장을 빼면 영상이 다르다

아들이 초등학교 시절, 마술에 빠져 하루 종일 카드를 손에서 떼지 않았던 때가 있었다. 처음에는 어설펐지만 손동작 하나하나가 귀엽기도 하고, 마술사가 되려는 녀석의 행동이 기특하기도 했다. 연습을 꾸준히 한 아들은 점점 카드 다루는 것에 능숙해져 갔다. 아들은 와이프와 나에게도 마술을 보여 주었고 우리가 놀라워하는 모습을 보며 뿌듯해하더니, 더욱더 마술에 빠져들었다. 아들은 자기가 하는 마술을 신기해하는 관객의 반응에 '재미'라는 마법에 걸린 것 같았다. 카드 마술의 스킬은 더욱 대범해져 영화 타짜에 나오는 주인공들이 할 만한 카드 바꿔치기 기술까지 선보였다. 아들의 마술은 친척들과 친구들에게도 소문이 났고, 이 때문인지 학교 발표회 때 마술 쇼까지 하며 아들은 자기 능력을 한껏 발휘했다.

영화 속에서나 볼 수 있는 타짜들의 기술은 그냥 영화의 소재일 뿐 나의 삶과는 무관했다. 고스톱을 해 본 지도 5년은 더 된 것 같다. 그러던 중 한 법무법인에서 사건을 의뢰한다며 나를 찾아왔다. 영상 속에는 카지노 게임 테이블이 하이 앵글로 촬영되어 있었다. 의뢰인에게 여기가 어디냐고 물으니 그는 캄보디아라고 답했다. 캄보디아는 앙코르 와트로 유명한, 죽기 전에 꼭 가보고 싶은 나라였다. 하지만 영상 속 피고인은 자연과 역사의 신비를 간직한 캄보디아에서 오로지 테이블에 올려진 카드에만 빠져들어 있었다.

그는 3일 동안 약 60억을 탕진했다고 한다. 나는 잃은 돈의 액수를 듣는 순간 귀를 의심했다. 60억? 3일 동안? 그 돈이면 캄보디아에서 죽을 때까지 하고 싶은 걸 다 하며 살 수 있을 거다. 그는 돈 많은 중견 기업 사장이니 그 가치가 얼마인지를 모르겠지만 나에게는 천문학적인 금액이다.

변호사는 의뢰인이 사기를 당한 것 같다고 했다. 사기를 당했어도 도박은 도박이고 도박죄로 처벌을 받아야 하는 것이 아닌지 되묻자 그는 사기도박을 당했다면 도박죄가 성립되지 않는다고 했다. 정당하게 도박을 하게 되면 도박죄로 처벌받지만, 상대방의 돈을 뺏기 위해 속임수를 써서 돈을 갈취할 목적이 있었다면 정당한 게임이 아니기에 피고인은 사기당한 피해자가 되는 거라는 설명이었다. 법에 대해 조금은 알고 있다고 자부했지만, 법의 미묘한 세계에 내 이해가 부족함을 다시 한번 깨닫게 되었다.

내 머릿속에는 아직도 60억이라는 큰돈의 여운이 가시질 않았다. 의뢰인은 CCTV 영상 속 딜러와 피고인이 하는 게임에서 밑장 빼기를 한 증거를 찾아 달라고 했다. 피고인과 딜러가 벌인 게임은 '바카라'라는 것으로, 받은 카드 수의 합이 9에 가까운 사람이 이기는 게임이었다. 매우 간단해 보이지만 영상 속 그들의 표정과 행동 패턴은 올림픽 금메달 전과 흡사할 정도로 긴장감이 넘쳤다. '밑장 빼기'라는 단어는 영화 〈타짜〉의 고니(배우 조승우 분)를 통해 알게 되었다.

'아귀한테는 밑에서 한 장. 정 마담도 밑에서 한 장. 나 한 장. 아귀한텐 다시 밑에서 한 장. 이제 정 마담에게 마지막 한 장.'

지금 의뢰인은 영화 속 한 장면을 분석해 달라는 것과 같았다. 3일 동안에 벌어진 모든 게임 중, 딜러가 밑장을 빼는 장면을 과학적으로 검증해 달라는 것이다. 어처구니가 없었으나 늘 그렇듯 정말로 피고인이 사기를 당했다면 그는 60억을 날리고 감옥까지 가야 하는 신세이기에 그에게는 일생일대의 사건일 것이었다.

나는 밑장 빼기의 유형과 패턴을 공부했다. 각종 언론에 나온 기술자들의 인터뷰와 시연들을 토대로 공통적인 패턴을 찾아다녔다. 실마리가 풀리지 않던 중 변호인은 보여 줄 것이 있다며 내게 변호사 사무실로 와 달라고 요청했다. 그의 사무실에는 열 명에 가까운 담당 변호사들이 앉아 있었다. 그중, 변호사처럼 보이지 않는 일반인 한 명이 앉아 있었다. 길거리에서 마주칠 수 있는 아주 평범한 40대 아저씨였다. 그는 변호사와 내 앞에서 타짜의 기술들을 보여주기 시작했다. 섞여 있는 카드에서 홀수 카드를 뽑기도 하고, 한 가지 색상의 카드를 뽑기도 했다. 이를 지켜보던 변호인들과 나는 '와!' 하는 감탄사만 연발했다. 마술쇼를 보는 것 같았다. 그래도 나는 일을 해야 하기에 그의 손동작 하나하나를 유심히 살폈다. 마술쇼에 빠진 변호인들은 관객이었지만, 나는 영상 분석가다. 그는 환호하는 변호인들을 더욱 즐겁게 해 주기 위해 갖가지 밑장 빼기 기술을 선보였다. 그러다 그는 나에게 허점을 보였다. 밑장 빼기에서 발생하는 오점을 찾은 것이다. 끝났다.

사무실에 도착한 나는 밑장 빼기의 오점이 영상에 식별되는지 정밀 분석에 들어갔다. 일치했다. 그가 보인 허점은 CCTV 영상에도 존재했다. 그 허점이 있을 때 어김없이 피고인은 졌다.

나 스스로도 조금 소름이 돋았다. 그 허점은 두 가지였다.

1. 밑장을 빼면 팔꿈치가 올라간다.

2. 밑장을 빼면 겹친 카드의 밑면이 살짝 들린다.

피고인이 큰돈을 잃을 때마다 딜러에게선 이 두 가지 패턴이 발견되었다. 나는 영상 분석을 통해 특정 카드를 뽑을 때 딜러의 팔의 각도와 높이, 방향 등을 객관화하였고 카드 밑면의 미세한 픽셀 변화를 데이터화하여 그래프로 출력하였다. 그 결과는 분석 보고서에 고스란히 담겼으며 이를 받아 본 변호사는 화색이 되었다. 이후 나는 법원에 출석해서 판사와 검사에게 내용을 자세히 설명해 주었다. 대체로 질문이 없었고 무난했다. 피고인은 무죄를 받은 후에도 사기 친 가해자들을 찾기 위해 추가로 몇 번 더 도움을 요청해 왔다. 최근에도 이 사건을 다루는 기사를 보았다.

이 사건이 있고 난 후, 방송국 인터뷰가 있을 때 간혹 밑장 빼기 이야기를 하곤 했다. 그러다 보니 이 내용에 관심을 가진 제작진이 밑장 빼기와 관련된 콘텐츠 제작에 나를 전문가로 초빙해 분석 요청을 하기도 했다. 밑장 빼기 관련해서는 도가 튼 상태이기에 모든 장면 속 속임수를 낱낱이 분석함으로써 검증해

냈고 제작진은 모두 놀라워했다. 어떻게 분석했는지 묻는 제작진에게 0.03초의 비밀을 설명하였다.

영상은 통상적으로 0.03초마다 한 장면을 기록한다. 그렇기에 타짜가 영상에서 그 찰나를 기록되지 않게 하려면 그의 손은 0.03초보다 빨라야 한다. 내가 구해 준 피고인의 경우에도 이상하게 보였던 타짜의 속임수가 영상으로 정밀하게 분석 가능했다. 만약 타짜가 0.03초를 속이려면 무협지에 나오는 고수들의 손놀림과 같아야 할 것이다. 그 정도가 되면 나에게 오기 전에 어벤저스에 합류해야 하겠지만.

내가 밑장 빼기 분석 전문가가 된 것을 모르는 아들은 와이프에게 자신이 개발한 카드 밑장 빼기 마술을 선보였다. 와이프는 너무 신기해하며 아들의 카드 마술을 촬영해서 나에게 보냈다. 아빠도 놀랄 거라는 목소리가 영상에 담겨 있었고, 아들은 자신만만하게 "보내 봐요."라고 하고 있었다. 한창 다른 사건으로 영상 분석 툴을 켜 놓은 상태였다. 나는 와이프가 보내 준 영상을 프로그램에 띄웠고 아들의 밑장 빼기 패턴을 과학적으로 검증하여 그 증거를 와이프에게 보내 줬다. 아들은 아니라고 발뺌했지만 명확한 증거 앞에서 이내 표정이 어두워지며 울 것 같은 표정으로 진실을 털어놓았다. 그리고 나는 와이프에게 욕을 한 바가지 먹고 말았다. 직업병이라는 변명을 하였지만 와이프의 목소리는 더욱 커지기만 했다.

No. 008

건축학개론

그날도 매주 있는 사진학 강의를 위해 일찍 차를 몰아 성남으로 떠났다. 강의가 저녁에 있어 시간을 잘못 맞추면 도로에서 몇 시간을 있어야 하기에 늘 강의 시간보다 2시간 정도 일찍 학교에 도착해서 저녁을 먹곤 했다. 하지만 어쩐 일인지 그날은 차가 하나도 막히지 않아 너무 빨리 성남에 들어섰다. 나는 시간을 때우기 위해 영화관으로 방향을 틀었다. 그날은 컨디션이 좋지 않아서 여유 시간이 생기니 아무것도 안 하고 어두침침한 곳을 찾고 싶었다. 팝콘과 콜라를 들고 가장 빠른 영화 티켓을 구매한 후 상영관으로 들어갔다.

〈건축학개론〉. 가장 빨리 상영하는 영화라 선택의 여지가 없었다. 나는 학부 때 건축공학을 전공했다. 건축학개론은 학부 때 필수 과목이었다. 나는 건축 설계를 세부 전공으로 선택했기에 다양한 공모전에 출품했고 여러 입상 경력을 갖게 되었다. 입상을 위해 3, 4학년 때는 매일 작업실에서 담배와 커피에 찌

들어 살며 설계 도면과 모형을 만들었다. 학부 때 친구들은 모두 건축사가 되거나 건설 회사에 자리를 잡았다. 그때는 지금과 달리 취업이 잘 돼서 여기저기 원서를 넣고 합격한 회사를 고르는 재미가 있었던 시절이다. 나는 취업 원서를 넣지 않고 사진 공부를 위해 대학원에 진학하며 건축과 인연을 끊었다. 내 머릿속에 남은 건축 관련 기술은 사라진 지 오래였다. 그런데 그날 〈건축학개론〉을 보게 된 것이다.

영화를 보는 내내 어쩜 저렇게 건축학도의 삶을 잘 그려냈을까? 하는 생각이 들었다. 건축학도들은 사진을 많이 촬영한다. 현장 답사에서 보게 된 건축물을 상세하게 담기 위해서는 사진만 한 것이 없기 때문이다. 나는 당시 동아리에서 사진을 배웠기 때문에 답사에서 촬영한 건축 사진은 내가 으뜸이었다. 한번은 교수님이 수업 중 학생들이 보는 앞에서 건축 잡지에서나 볼만한 사진들이라며 나를 추켜세워 주셨다. 그때부터 학과에 소문이 나서 매번 졸업 전시 모형은 내가 촬영하게 되었다. 사진에 더 관심이 커진 시기도 이때였던 것 같다. 영화 속 남자 주인공과 여자 주인공은 함께 건축학개론 수업을 듣고 첫사랑을 꽃피운다. 하지만 그들은 서로 감정을 숨긴 채 속마음을 열지 못했다. 모든 첫사랑이 그러하듯 겁이 너무도 많은 시기였기 때문일까. 그들은 서로의 사랑을 확인하지 못하고 시간이 흘러 일상 속에서 재회하게 되며 각자의 과거를 회상한다.

영화를 보는 내내 나는 나의 과거를, 나의 첫사랑을 떠올렸다. 여느 영화와 같은 멋진 스토리는 아니다. 그녀를 처음 본 날은 2000년 6월 초, 건축과 1학년 때다. 선배들과 철야 작업을 하다가 머리를 식힐 겸 게임방에 들어가 스타크래프트를 하던 중, 선배들의 집중 공격을 받아 게임에서 나가게 되었다. 아마도 짜고 친 것 같다는 생각이 아직까지 가시지 않는다. 심술이 나서 옆의 선배를 툭툭 쳤지만 게임에 집중하느라 나를 신경 쓸 겨를이 없어 보였다. 멍하니 선배가 하는 게임을 지켜보자니 내 모니터에 잔여 시간이 흐르고 있어 뭐든 해야 했다. 화면에는 채팅방 아이콘이 있었다. 말 상대가 없던 나는 아이콘을 클릭해 대화할 상대를 찾았다. 처음 등장한 사람은 '아미'라는 닉네임을 쓰는, 그녀였다. 얼굴도 보지 못했고 목소리도 들을 수 없었지만 나는 그녀와 시간 가는 줄 모르고 여러 대화를 나눴다. 그러던 중 한 선배가 내 어깨를 툭툭 치며 게임 시간이 끝났으니 작업실로 돌아가자고 했다. 나는 황급히 그녀에게 내일 이 시간에 다시 보자고 말했다.

다음날 하루는 상당히 길었다.

"선배, 오늘도 철야 작업할 거죠?"

"야, 당연한 거 아니야? 왜, 하기 싫어?"

그 말에 어두워야 할 내 얼굴에 미소가 가득하자 그들은 나를 의아하게 쳐다보았다.

"게임방도 갈 거죠?"

"그러면 그렇지. 일은 안 하고 놀 생각만 하네, 이 녀석."

밤이 다가왔고 설레는 마음으로 정해진 시간에 선배들과 게임방에 왔다. 어제 진 게임의 복수 따위는 필요 없었다. 나는 선배들과 게임을 시작함과 동시에 제일 먼저 죽어 줬다. 그리고 채팅방에서 그녀를 기다렸다. 정해진 시간이 지났으나 그녀는 들어오지 않았다. 나는 게임에 열중하는 선배의 담배로 손을 뻗었다. 라이터를 켜려는 순간 '딩동' 하며 그녀가 들어왔다. 이런 설렘과 기다림은 처음이었다. 타이핑을 하려는데 손가락이 마음대로 움직이지 않았다. 그녀와 한 시간 넘게 다양한 대화를 나누고 조심스레 연락처를 물었다. 두 번째 설렘이었다. 그녀도 내가 마음에 있었는지 연락처를 줬고 나는 용기를 내어 전화했다. 어떤 목소리일까? 생각할 시간도 없이 그녀는 전화를 받았다. 처음에는 서로 서먹했지만 몇 마디 오가자 우리는 그 누구보다 친해졌다. 나는 더이상 게임방에 가지 않았고 우리는 밤새 통화를 하며 서로를 알아 갔다. 지금이었으면 스마트폰으로 사진을 주고받거나 영상 통화를 할 수도 있었겠지만, 그때의 핸드폰은 그냥 통화만 되는 깡통이었다. 핸드폰에 카메라도 없으니 말해 무엇할까. 그렇게 우리는 얼굴도 모른 채 사귀게 되었다. 지금 그런 일이 나에게 있다면 그녀를 사기꾼으로 의심부터 했을 것이다. 로맨스 스캠[1]?

두 달 정도 흐른 뒤, 나는 그녀를 만나기 위해 모아둔 돈을 챙겨 영등포역에서 동대구역으로 갔다. 그녀는 경상도 아가씨였다. 태어나서 처음으로 집에서 가장 멀리 혼자 떠난 여정이었다. 돈이 없던 학창시절, 내세울 거라곤 건강한 신체밖에 없었기에 다섯 시간이나 되는 무궁화호를 입석으로 탔다. 그녀를 볼 생각에 몸은 힘들지 않았지만 그때 당시는 스마트폰이나 태블릿이 없었던 때라 너무나도 지루했다. 내가 가진 소지품은 노래 스무 곡이 들어 있는 MP3 플레이어와 스포츠 신문 두 부뿐이었다. 스무 곡의 노래를 수십 번 반복해서 들으니 환청이 들릴 정도였고 봤던 신문을 다시 보니 손에 검정 잉크가 묻어 손바닥이 시커멓게 됐다. 그래도 설렘에 행복했다. 동대구역에 도착하여 나는 그녀에게 전화했고 주변에 통화하는 젊은 여자들을 한 번씩

1 SNS나 애플리케이션을 이용해 불특정 다수의 이성에게 접근하여 상대와 계속적으로 친분을 쌓은 뒤 결혼이나 사업 따위에 자금이 필요하다며 상대에게 돈을 요구하는 사기.

훑어보았다. 많은 여자들 중 분홍 니트에 청치마를 입은 한 여자가 나를 쳐다보는 것을 느꼈고 그녀에게 다가갔다. 그녀는 수줍어하며 말했다.

"민구 씨?"

"네. 저예요. 아름 씨?"

그녀는 다정하게 내 손을 잡아 줬다. 가슴이 뛰기 시작했다.

〈건축학개론〉을 보는 내내 나의 첫사랑의 기억이 생생하게 떠올랐다. 나는 영화에서처럼 함께할 집을 그려 줬고, 어떤 집에 몇 명의 아이와 살고 싶은지 말하는 그녀를 보며 모형도 만들어 줬었다. 이런저런 추억이 내 눈앞에 파노라마처럼 보이기 시작했다. 영화가 끝날 때쯤에는 추억에 푹 빠져 함박웃음을 짓고 있었다. 어둠 속에, 혼자 있고 싶었던 그 공간에 마치 그녀가 내 옆에 앉아 팔짱을 끼고 있는 것 같았다. 너무 행복한 시간이었다. 한 번씩 회상하는 과거는 삶의 활력이 되어 준다.

그날 사진 수업은 '교수님의 첫사랑 이야기'로 대체했다. 내 이야기 보따리에 학생들은 자지러지며 비명을 질러대는가 하면, 장난기 많은 학생들은 쓸데없는 질문도 했다. 내 〈건축학개론〉 이야기가 끝날 때쯤 한 학생이 물었다. "첫사랑 만나고 싶지 않으세요?" 나는 웃으면서 대답했다.

"이따 보기로 했어요. 늦으면 주차장으로 열 시 넘어서 오라네요. 애들 잘 시간이라고."

No. 009

가상 현상

내가 아는 친한 형은 술을 마실 때면 그렇게도 사진을 찍어댄다. 음식이 나오면 찰칵, 술이 나오면 찰칵, 건배를 하면서 찰칵. 술 취하면 나와 함께 어깨동무하며 한 컷. 그의 핸드폰에는 내 사진이 아마도 수백 장 정도 있을 거다. 그날의 우리를 가장 선명하게 기록하는 건 사진이다. 사진 속에서 형은 술에 취해 얼굴이 붉어져 있고, 나는 재미있는 표정을 짓기 위해 혀를 내밀고 있다. 술이 깨고 나서 형이 보내준 사진을 보면 단 1초의 생각도 하지 않고 바로 삭제 버튼을 누른다.

사진은 너무나 솔직해서 무섭다. 그날의 모든 일을 기록하고 있는 무서운 녀석이다. 하지만 내 기억은 조금씩 녹슬고 있다. 한 달 전의 일도 가물가물하다. 와이프는 우리가 어디를 함께 갔다 왔다고 하는데, 나는 그랬던 적이 없었다고 하며 다툰 적이 있다. 누구의 말이 맞는지 확인하기 위해 핸드폰을 뒤적거리며 와이프의 말이 맞았다는 것을 알아채고는 황급히 화제를 돌린 적도 있었다. 그만큼 내가 기억하는 것들은 이제 불분명해지고 서서히 삭제되고 있다. 이를 살릴 방법을 찾아야 했다.

나는 필름 시절을 살았고, 사진 동아리에서 사진을 필름으로 배웠다. 군대를 전역하고 대학교를 졸업할 때쯤에는 디지털카메라가 조금씩 대중화되었지만, 그 당시 디지털카메라의 해상도는 매우 낮아 필름 사진을 따라잡을 수 없었다. 그러다 보니 사진 동아리에서 출사 때 빠질 수 없는 것은 필름이었다. 사진을 열심히 촬영한 사람이 누구고 농땡이 치며 수다만 떤 사람이 누구인지는 촬영이 끝난 후, 각자의 롤 필름 개수를 세어 보면 바로 알 수 있었다. 열심히 찍었다고 거짓을 고한 자에게는 뒤풀이에서 소주 3잔을 연거푸 마셔야 하는 삼배주가 기다리고 있었다. 필름은 전장의 총알과도 같았고, 잃어버려선 안 되는 탄피였으며, 마구 허비하면 안 되는 돈이었다.

작품을 만들기 위해서는 다양한 풍경을 담는 연습이 필요했다. 그래서 사진을 공부할 때 출사는 필수다. 우리 동아리 또한 지겹도록 출사를 나갔다. 그중 가장 기억에 남은 출사는 동아리에서 선후배들과 여름에 9박 10일 동안 전국을 돌아다니며 세상과 마주했던 원정 출사이다. 무려 9일 동안 이십 대끼리 어울려 다니며 집에 들어오지 않는다는 것은 그 당시 부모들로선 허락하기 쉽지 않은 일이었다. 원정에 합류한 여학생들을 보면 얼마나 필사적으로 부모님과 싸우고 나왔는지, 그 표정에서부터 알 수 있었다. 우리는 학생들이라 원정에 들어가는 비용도 최소한으로 걷었다. 그래서 잠은 텐트나 마을 회관, 교회 등에서 잤고 아침은 라면, 점심은 없었으며, 저녁은 술과 안주로 때웠다. 생각해 보니 열흘 동안 밥보다 술을 더 많이 먹은 것 같다. 우리는 원정 내내 술에 찌들어 있었다. 술이 깰 때쯤 되면 어김없이 밤이 찾아왔고, 밤은 길기에 술을 또 마셔야만 했다. 이 원흉은 대부분 갓 전역한 예비역 선배들이었다. 그들은 술자리를 피하는 후배들에게 가차 없이 코펠에 부은 소주를 강제로 마시게 했다. 우리의 동기애는 강제로 먹은 술에 체해서 토하는 서로의 등을 두드려 주며 싹텄다. 가끔 동기 중 한 명은 선배에게 대들기도 했지만, 그에게 돌아온 것은 소주가 찰랑이는 코펠뿐이었다. 안주는 새우깡 부스러기.

술에 취하면 길가 아무 데서나 잠들었는데, 아침에 일어나 보면 주변은 전쟁터였다. 술이 덜 깬 상태에서 아침은 쪼그려 앉아 라면을 먹어야만 했다. 점심밥은 없었기 때문에 모두들 달려들어 라면으로 배를 채웠다. 그리고 짐을 가방에 때려 넣고 다음 일정을 위해 걸었다. 옷이 더러워지면 근처에 물이 나오는 곳을 필사적으로 찾아서 물로 헹구고 대충 짰다. 가방에 매달아 놓으면 타는 듯한 햇살 때문에 1시간도 안 돼서 옷이 바짝 말랐다. 매일 같이 이런 생활을 하다 보니 사진을 찍을 기운도 없었고, 찍고 싶은 대상도 보이지 않았다. 날씨는 왜 그렇게 더운지, 정수리부터 흘러내린 땀이 목에 메고 있는 카메라 줄을 적시고, 땀이 마르며 피부가 벗겨지는 고통까지 찾아왔다. 그때부터는 다들 카메라를 가방에 넣었다. 전쟁에서 총을 버리는, 완전한 패잔병들의 모습이었다. 목적지인 푸른 바다와 산수화 같은 폭포에 도착했을 때, 그늘에 들어가서 아무 말 없이 그 광경을 감상했다. 장난기 있는 선배들이 분위기를 띄우면 원정대는 금세 함박웃음에 왁자지껄해졌다. 그리고 천천히 가방에서 카메라를 꺼내어 눈에만 담긴 아까운 풍경을 기록했다. 필름을 갈거나 장착하는 기계음에 더해, 어디가 멋지게 나올지 서로 묻고 흥분하는 소리가 여기저기서 들려왔다. 우리 원정대는 뭔가를 쟁취한 듯 셔터를 눌러대며 뿌듯해했다.

밤이 되었다. 그날은 조금 달랐다. 노지가 아니라 초등학교 교실에서 하룻밤을 자게 되었다. 바닥은 옛날 마루라 촉감이 좋고 찬기가 있어서 더위를 식힐 겸 드러눕기 좋았다. 짐을 풀고 나서 선배들은 우리를 불러 모았다. 서로를 볼 수 있게 대형을 갖춰 앉으라고 했다. 그중 가장 연배가 있고 사진을 사랑하는 고문 선배가 '가상 현상'을 시작하겠다고 했다. 난 그게 무슨 말인지 몰라서 옆에 앉은 선배에게 물어보았다. 선배는 쉿, 하며 "다른 선배들 하는 거 먼저 봐." 하고 귓속말을 했다. 먼저 시작한 선배는 우리의 고문 선배였다. 선배는 오늘 본인이 셔터를 눌렀던 장면을 설명해 주었다. 무엇을 촬영했는지 전부 기억해 내서, 어떤 느낌으로 어떻게 촬영했는지를.

가상 현상: 현상되지 않은 필름에
무엇이 담겨 있는지를 상상해 보는 것.

다들 그날 있었던 곳을 모두 기억해 냈고, 사각형의 프레임에 무엇을 담았는지 자세히 설명했다. 그들을 신기하게 쳐다보던 중, 내 차례가 되었다. 십여 명이 동시에 나를 응시했다. 다른 사람들처럼 저렇게 잘 말할 수 있을지 걱정되어 잔뜩 긴장한 나머지 목소리는 떨렸고, 더듬더듬 말을 이었다.

처음에는 나도 내가 무슨 말을 하고 있는지 알 수가 없었다. 그런데 조금씩 말을 이어 가다 보니 내용이 다듬어지기 시작했다. 목소리도 정상적으로 돌아오고 몸도 떨리지 않았다. 내가 본 광경과 사각형 프레임에 담은 장면들이 저절로 나를 이끌었다. 내 눈앞에는 나를 지켜보는 사람들이 사라지고 극장 속 스크린에 투영된 것처럼 오늘의 풍경이 투사되고 있었다. 어찌나 생생한지 촬영 당시 내 옆에서 시끄럽게 울어 대던 매미 소리도 들리는 듯했고, 훈훈한 바람이 내 피부에 닿는 것이 느껴질 정도였다. 아늑히 멀리 보이는 바닷가에는 큰 어선 한 척이 물보라를 일으키며 화면 우측으로 이동 중이었다. 셔터를 누를까 말까

고민하던 중, 갈매기가 순간 포착되어 셔터를 누른 기억이 났다. 어깨가 햇살로 타들어 갈 것 같았지만 순간을 담기 위해 화면에만 집중했었다.

타임머신을 탄 것처럼 사진을 촬영할 당시의 모든 오감이 생생하게 느껴지는, 이것이 '가상 현상'이었다. 그리고 출력된 사진은 가상 현상을 하게 하는 촉매제의 역할을 해 주었다. 사진은 단순히 그날을 기록으로 남기는 데 국한된 것이 아니었다. 진정한 백미는 사진을 보며 오감을 발동시켜 그 당시를 투영시키는 가상 현상을 하는 데에 있었다.

최근에 나는 사진 프린터와 앨범을 구매했다. 수많은 디지털 사진 파일을 정리하며 그 중 몇 장을 프린터로 출력했다. 잉크가 마르도록 침대 위에 놓아 두었는데 내 옆을 지나가던 딸이 건조 중인 사진을 발견하곤 오빠와 엄마에게 들고 가서 보여 주었다. 먼발치서 가족들을 바라보았다. 그들은 사진 속 장면을 보면서 그날 있었던 일들을 이야기하기 시작했다. 내가 만든 타임머신을 탄 그들의 표정에는 행복이 가득했다.

No. 010

어쩌다 명품 가방 진별사

어느덧 와이프와 결혼한 지 벌써 13년이 훌쩍 지났다. 와이프는 사치를 모르고 돈을 아껴 쓰는 스타일이다. 50만 원 이상 나가는 물건을 살 때면 그녀는 겁에 질린 양 안절부절못하고, 자기의 운명이 걸린 듯 살지 말지 수일에 걸쳐 쓸데없는 고민을 한다. 어느 날 바보 같은 그녀는 나에게 수줍은 눈빛으로 “가방 하나만 사 주면 안 돼?”라고 물었다. 생각해 보니 나는 와이프의 가방이 무엇이고 어떤 색상인지 기억하지 못했다. 한 번도 관심을 가져본 적 없었다. 그래서 티나지 않게 와이프 가방을 자연스럽게 훔쳐보았는데 가방을 보자마자 나는 빚을 내서라도 명품 가방을 하나 사 줘야겠다는 다짐을 했다. 가방은 너덜너덜 그 자체였고 색도 바래져 있으며, 심지어 표피가 벗겨져 빈티지한 느낌까지 들었기 때문이다.

와이프는 이월 상품을 파는 아울렛에 가자고 했다. 가격은 50만 원대 정도로 생각 중이라고 나에게 미리 이야기했지만, 그런 명품이 있을 리는 만무했다. 와이프는 2시간가량 둘러보았으나 별로 내키지 않아 했다. 나는 차를 돌려 명품의 성지인 백화점으로 향했다. GU*** 매장에 들어선 아내는 눈이 동그래졌다. 그리곤 10분도 안 되어 원하던 가방 하나를 발견한 듯했다. 오로지 그 가방만 바라보며 다른 곳에는 시선을 두지도 않았다. 괜히 시간만 허비하고, 다리도 아프고, 진작 여기로 올 걸 하는 후회를 여러 차례 했다. 나는 영상 속 사건 단서를 찾은 것과 같이 저거구나, 하고 알아차렸다. 과감하게 결제를 했다. 진짜 비싸긴 비쌌다. 만약 우리 집에 도둑이 들면 훔쳐갈 건 저것밖에 없을 것 같았다.

와이프가 가방을 살피고 흠집을 찾으며 직원과 대화하는 동안 나는 매장 한구석에 놓인 의자에 앉아서 아내를 기다렸다. 앉아서 본 아내의 얼굴은 너무나도 행복해 보였고 그녀를 바라보는 나도 행복했다. 주변을 둘러보니 가방을 구매한 사람들에게서 공통된 행동을 발견할 수 있었다. 또 직업병이 도진 것이다. 모두들 구매하려는 가방을 핸드폰으로 찍고 있었다. 한 면만 찍는 게 아니라 마치 증거물을 찍듯이 구석구석 놓치지 않고 사진을 찍어댔다. 이 장면을 보고 과거에 맡았던 한 사건이 내 머릿속을 스쳐갔다.

1~2년 전인가, 한 의뢰인이 메일을 보내왔다. 메일에는 의뢰인의 억울해 죽겠다는 심정이 그대로 담겨 있었다. 그는 수천만

원짜리 에*** 가방을 매장에서 구매했다고 한다. 내가 보았던 사람들과 같이 의뢰인도 구매한 가방의 상태를 사진으로 구석구석 남겼다. 의뢰인은 그 가방을 집으로 가져왔고 수일이 지나서 사건이 터지고 말았다.

의뢰인은 가방을 사용하다 지퍼 부분에 미세한 흠결을 발견하고 애프터서비스를 받기 위해 가방을 구매한 매장으로 가져갔다. 접수를 마친 뒤 수리된 가방을 찾을 날만을 기다리고 있었다고 한다. 그런데 의뢰인에게 날벼락 같은 연락이 왔다. 의뢰인이 구매한 가방은 수천만 원짜리 가방이 아닌 짝퉁 가방이라는 것이다. 분명히 의뢰인은 매장에서 가방을 샀고, 매장에서도 카드 결제된 것을 확인했다고 한다. 하지만 매장에서는 본인들이 판매한 가방이 아니라고 하는 것이다. 졸지에 의뢰인의 수천만 원이 허공에 사라질 위기에 처했다. 물론 그것이 그의 전 재산은 아니었을 테지만 늘 그랬듯이 어떠한 사건인들 의뢰인 본인에게 일생일대의 사건이 아닌 게 있을까?

의뢰인은 구매 당시 촬영했던 사진과 지금 갖고 있는 가방의 사진 두 장을 보내왔다. 육안으로 봐서는 뭐가 뭔지 구분이 잘 가지 않았다. 같은 형상에 같은 패턴을 가진 가방. 그속에서 그것들만이 가진 숨겨진 DNA를 찾아야 했다. 틀린 그림 찾기 같았다. 단서를 찾아야 한다는 생각에 명품 가방에 대해 공부하기 시작했다. 인터넷에서 명품 가방의 특성을 검색하여 논문 한 편을 써도 될 정도의 자료를 수집했다. 그리고 자료들과 사진 속 가방을 수 없이 비교하며 그것들만이 가진 DNA 검출 방법을 찾아 헤맸다.

그러던 중 나는 몇 가지 실마리를 찾아냈다. 가방 표피의 미세 주름 패턴, 수제로 꿰맨 실밥의 두께, 길이, 간격이 바로 내가 찾아 헤매던 DNA였다. 명품의 핵심은 장인이 수작업을 한다는 것. 수작업은 사람에 따라 미세한 차이가 발생하므로 100% 동일한 제품이 없다는 것. 이게 바로 정답이었다.

분석을 위한 실마리는 찾았기에 내 전공인 영상 처리를 시작했다. 주름 패턴을 대조하기 위해 화질 개선을 통한 디테일 증폭 실험이 진행되었다. 실밥의 형태와 길이, 두께, 간격을 정량적으로 이미지에서 계측했다. 그 결과는 매우 만족스러웠다. 의뢰인은 거짓말을 하지 않았기 때문이다. 가방을 구매할 당시 사진 속 가방과 현재 가방의 DNA 패턴이 일치한 것이다. 하나가 아닌 수십 군데의 패턴이 일치하여 99.9% 같은 것으로 볼 수 있었다. 허공에 사라질 뻔한 수천만 원의 행방을 찾을 단서가 나온 것이다. 분석 결과와 데이터를 의뢰인에게 전달했다. 누가 봐도 같은 것이라는 것을 보여주기 위해 분석 결과 사진을 큼직하게 삽입했다. 가방을 좀 아는 지인들에게 삽입 사진을 보여주자 모두들 하나같이 탄성을 질렀다. 이 정도면 사진을 통한 명품 가방 감별사를 해도 될 것 같은 생각이 들었다.

의뢰인의 경우 현장에서 촬영한 사진이 있어 억울함을 풀 수 있었지만 만약 현장에서 가방을 촬영한 사진이 없다면 환불받을 길은 요원하다. 경찰에 신고하더라도 지금 가방이 구매 당시 가방인지 입증할 증거가 없기 때문이다. CCTV를 통해 확인하더라도 화질 개선의 한계로 세부 줄무늬나 실밥을 명확하게 확인할 수 없다. 증거가 없으면 사건은 증거 불충분으로 종결되는 경우가 대부분이기에 어디 가서 하소연할 곳도 없고 평생 가슴 속에 응어리로 묻고 살아야 할 것이다. 이런 걸 보면 사진이라는 기술은 참 경이롭다.

그렇다면 누가 가방을 바꿔치기한 것일까? 처음부터 매장에 짝퉁이 납품되어 전시되어 있던 것인가? 아니면 직원 중 누군가 진품을 가져가고 짝퉁을 전시한 것인가? 의뢰인의 억울한 사연은 해결했지만 나는 아직도 누가 범인인지가 궁금하다. 이 사건이 생각나서 아내에게 다가가 가방 사진을 구석구석 찍어 놓으라고 말해 주었다. 만약 재수 없는 일이 생기면 내가 도와줄 수 있는 분야가 하나 생겼기 때문에.

No. 011

그래도 내가 하지 않았어 3

하루 종일 사건 사고 영상과 실랑이를 벌여 눈에 초점이 없는 나지막한 밤. 잠이 들기 전에 아무 생각 없이 버릇처럼 채널을 돌렸다. 화면 속 주인공은 법정에서 일본어로 소리를 지르며 '나는 하지 않았어.'를 외치고 있었고, 그 눈빛은 진실되어 보였다. 내 눈에 본능적으로 초점이 돌아오고 있는 것을 느꼈다. 잠도 깼다. 내 의뢰인들의 눈빛이 보였기 때문이다. 절망, 억울함, 간절함, 절규가 느껴지는 연기가 의뢰인들의 실제 모습과 너무나도 닮았다. 닮다 못해 소름이 돋았다.

이 영화는 2008년에 개봉한 <그래도 내가 하지 않았어>이다. 피곤한 눈과 다음날 일정을 뒤로한 채 이 영화를 처음부터 봐야겠다는 호기심이 발동했다. 높은 네이버 평점도 촉매가 되었다. 이 영화는 성추행하지 않은 남자가 억울하게 누명을 쓰고 법정에서 자신이 범인이 아니라는 것을 입증하는 영화이다. 영화는 남자가 범인이 아니라는 것을 보여 주는 장면을 잘 담아내고 있다. 하지만 경찰, 검찰, 법원은 그의 말을 믿어주지 않았다.

무조건 그가 범인이다. 그래야만 한다는 식으로 그를 몰아갔다. 어쩜 내가 맡은 사건들과 이렇게도 닮았을까? 영화가 현실 같다는 생각을 지울 수 없었다.

몇 달 전 한 어머니와 아들이 나를 찾아왔다. 차를 한잔 건넸지만 여느 때의 의뢰인들과 같이 컵에 손을 대지 않으셨다. 어머니는 나에게 억울하다며 눈물을 보이셨다. 아들은 고개를 숙이고 있었다. 두 사람은 영화 제목과 같이 "그래도 나는 하지 않았어."를 사무실을 나가는 순간까지 읊으셨다. 자동 응답기 같았다. 아들은 클럽에서 친구와 걸어가다 여종업원에게 붙잡혔다. 여자는 그가 자신의 엉덩이를 움켜쥐고 지나갔다는 주장을 하는 중이라고 했다. 경찰 입건, 검찰 송치, 약식 기소, 벌금 500만 원, 취업 제한, 성폭력 예방 교육 이수. 20대 남자의 인생이 암울해지는 상황에 그는 놓여 있었다. 나는 감정을 다잡고 사건 내용을 듣기로 했다. 그리고 증거로 제출된 CCTV 영상을 100인치 모니터로 의뢰인과 같이 시청했다. 두 사람은 영상을 보는 내내 눈물을 참고 있었다. 어머니는 아들의 손을 잡고 흐느끼며 나에게 물었다.

"안 만졌죠? 그렇죠?"

그들의 물음에 답할 수 없었다.

"지금 이 자리에서 사실 여부를 말씀드릴 수 없어요. 저도 여러 영상 처리를 통해 사건 영상을 살펴야 될 것 같아요."

어머니의 질문에 고개 들고 나를 쳐다보던 아들은 다시 고개를 숙였다.

의뢰 계약을 하고 의뢰인을 돌려보냈다. 두 사람에게 결과가 어떻게 나오더라도 나는 분석한 내용을 있는 그대로 쓰겠다고 말했다. 그렇게 하셔도 된다는 말을 하는 아들은 자신에 차 있었다.

다른 사건을 마치고 일주일이 지난 후, 두 모자의 사건 파일을 열어 화질 개선을 했다. 프레임별 출력을 통해 놓치는 장면이 없는지를 살폈다. 피해자 엉덩이 부분의 디테일을 증폭했다. 사건 때문에 특정 신체의 부위를 확대해서 보는 것이 처음은 아니지만 여자의 엉덩이를 중점적으로 보는 것은 언제나 쉽지 않다. 의뢰인 손의 위치를 추적하고 모션 트래킹(특정 객체를 추적하는 영상처리 기법)을 했다. 갖은 영상처리 기법을 모두 적용하여도 사건 당시 의뢰인의 손은 여자의 엉덩이가 아닌 다른 위치에 있는 것이 확인되었다. 내 실험에서 발생할 수 있는 오류를 다시 살폈지만 결과는 같았다. 끝났다. 행동 분석상 의뢰인이 지나가고 2~3초 후에 여자는 뒤를 돌았다. 통계적으로 사람의 인지 반응 시간은 1초다. 그렇다면 남자가 지나간 후에도 다른 사람이 여자의 엉덩이를 만질 수 있는 시간이 있다는 뜻이다. 클럽에는 사람이 빼곡하다. 광란의 현장이다. 그러한 클럽의 특성상 피해자의 엉덩이를 만질 수 있는 사람은 많았다. 그중에 범인이 있다. 의뢰인은 범인이 아닐 수 있다. 여자는 뒤돌아 있어서 직접적으로 범인의 손을 보지 못했고, 뒤돌자마자 잡은 사람이 의뢰인인 것이었던 것이다. 주변에는 수많은 사람이 지나가고 있었다.

의뢰인이 좀 더 빨리 걸어갔으면 하는 안타까움이 든다. 진짜 범인이 누군지는 영상 속에서 어느 정도 특정할 수 있었다. 하지만 벌써 1년 전 사건이라 내가 용의자를 특정하더라도 이제는 찾을 방법이 없다. 이제 이 소식을 전달하고 법원에서 검사와 재판부를 설득하는 일만 남았다.

"정말요? 만지지 않았어요?"

사무실로 찾아온 모자의 눈은 절망이 아닌 희망으로 가득한 눈빛으로 변해 있었다. 보기 좋았다.

"네. 화질개선 결과 아드님의 손이 피해자 엉덩이에 없고, 다른 곳에 있어요. 그리고 특정 인물이 피해자 손, 피해자 엉덩이에 접촉하는 장면이 있어요."

어머니는 지긋한 눈빛으로 아들의 머리를 쓰다듬으며 말했다.

"아들. 엄마는 항상 너를 믿었어. 조금도 의심하지 않았어. 그리고 고마워."

한 달 후 예정된 대로 법원에서 나를 증인 신문한다고 출석하라는 문서가 날아왔다. 분석보다 힘든 것은 판사와 검사를 설득하는 일이다. 증인 선서를 하고 자리에 앉았다. 변호인은 나의 이력과 공신력을 강조하고, 분석 방법 및 결과에 대해 질문했다. 내 분야이기에 청산유수로 대답했다. 검사가 물었다.

"영상 분석 프로그램의 오류와 오차 가능성이 있지 않나요? 빠르게 만지고 손을 빼면 기록되지 않을 가능성이 있는 것은 아닌가요?"

예상된 질문이었다.

"사건 영상은 1초에 30장이 기록된 영상입니다. 그렇다면 한 장면당 0.0333초가 기록되어 있는 것이라 사람이 해당 시간보다 빠른 동작을 해야만 기록되지 않습니다. 사실상 불가능합니다."

내 답변에 검사는 다른 질문을 했다.

"다른 인물이 만졌을 수 있다고 하셨는데, 화면 속에서 누구인지 특정해 주실 수 있나요?"

나는 다시 화질 개선된 영상을 틀어 달라고 요청했다. 그리고 마우스와 키보드를 부탁해 해당 장면을 느린 속도로 재생시키며 설명했다.

이 과정에서 판사는 영상을 보면서 물었다. 판사의 눈은 훌륭해 보였다. 나는 피고인의 손과 피해자의 엉덩이를 정확히 지목했고, 미상 인물의 손이 피해자의 엉덩이에 가 있는 장면도 짚

어냈다. 판사는 수고했다고 인사하며 나를 보내 주었다.

재판부를 떠나려는 나에게 법정 경위가 흰색 봉투를 준다. 6만 3천 원이 든 증인 여비. 하루 일당이다. 봉투는 저녁에 집에 도착해서 와이프에게 줬다. 와이프는 기뻐한다. 이제 버릇이 돼서 법원을 갔다 오면 흰색 봉투를 기다리는 느낌이 든다. 침대에 누워 생각해 보니 나도 저런 피고인이 될 수 있고, 내 자식이나 가족 중 저러한 상황이 생기면 의뢰인처럼 여기저기 도움을 청하러 다닐 것 같다는 생각이 든다. CCTV가 있었기에 망정이지 저런 상황에서 CCTV마저 없다면 생각만 해도 끔찍하다. 하지 않았어도 입증할 방법이 없게 될 테니까. 영화 <그래도 내가 하지 않았어>에 내가 등장하면 어떻게 되었을까 생각해 보지만 아쉽게도 영화 속 사건에는 CCTV 증거물이 없었다. 그래서 마지막 장면에 주인공은 이러한 독백을 한다.

「진실은 신과 나만이 안다.」

내가 맡은 사건에 CCTV가 없었다면 내 의뢰인도 이런 말을 했겠지?

나는 이 사건을 뒤로한 채 또 새로운 사건들과 사투를 벌여 나갔다. 그러던 어느 날 옆에 직원이 전화를 받으며 "감사는요. 감사는요."를 반복하였다. 전화를 끊고 직원은 이렇게 말했다. "*** 사건 대법원 최종 무죄 판결 나왔다고 의뢰인에게 전화 왔었습니다." 예상했던 결과라 나는 그냥 피식 웃고 말았다. 그런데 이상하게 하루 종일 어깨에 힘이 들어갔다. 이렇게 또 한 명의 억울함을 풀어 주었다는 뿌듯함이었다.

No. 012

재심

몇 년 전 고속도로였던 것 같다. 무심결에 들려오는 라디오에서는 공권력에 한 가정이 파탄 난 사연이 흘러나왔다. 장시간 운전 중이라 졸음이 오던 차에 사연을 들으니 분노로 눈이 또렷해졌다.

사연 속에 등장하는 인물은 남편과 아내 그리고 아들이었다. 사건 당시 아내는 운전 중이었고 남편은 술에 취해 조수석에 앉아 있었다고 한다. 사위가 어두워서 조심히 주행하던 중, 갑자기 음주단속을 하려는 경찰관이 나타나자 놀라서 차를 급하게 세웠다. 이에 못마땅해진 남편은 차에서 내려 항의를 했고, 단속을 위해 출동한 경찰관들은 남편에게 몰려들었다. 남편은 음주단속을 왜 이렇게 어두운 데서 위험하게 하냐며 언성을 높였다. 경찰관들은 정당한 공무 집행 중이었다며 맞섰다. 실랑이가 이어지던 중, 한 경찰관이 비명을 지르며 몸을

90도로 굽혔다. 그는 남편이 자기 팔을 꺾었다고 주장했다. 동료 경찰관은 남편을 떼어 내어 공무 집행 방해로 제압해 수갑을 채워 경찰서로 이송했다.

그는 경찰을 폭행한 죄와 공무 집행을 방해한 죄로 기소되어 재판을 받게 되었다. 남편은 줄곧 경찰과 검찰에 경찰관의 팔을 꺾은 사실이 없다고 항변하였지만 그의 말을 들어주는 사람은 없었다. 옆에서 이를 목격한 아내가 재판에 증인으로 출석했다. 그런데 이게 무슨 일인가? 아내는 자기가 보고 기억한 내용을 있는 그대로 말했는데 검찰이 아내를 위증죄로 기소하였다고 한다. 죄를 짓고도 반성하지 않는 그들이 공권력의 눈에는 불편하게 보였을지 모르겠으나 이렇게까지 사건을 크게 키울 만한 일인가 의심되기 시작했다. 아내는 대법원까지 가서 싸웠으나 결국 위증죄를 확정받았다. 그녀는 교육 공무원이었다. 위증죄의 형량으로 인해 그녀는 파면 당하고 말았다. 남편에게는 공무 집행 방해죄가 선고되었다. 힘겨운 재판 과정에서 사실 입증을 위한 증거와 수많은 탄원서를 제출하였으나 전부 무용지물이었다.

당시 상황을 목격한 아들도 아버지는 경찰관의 팔을 꺾지 않았다고 진술하려 하자 검사는 남편에게 경고를 주었다고 한다. 영상을 보지 않고서는 누가 진실을 말하는지 알 수가 없었다. 다만 부부가 말하는 내용이 사실이라면, 경찰이 혼자 연기를 한 거라면, 국민을 지켜야 할 공권력이 아무 죄를 짓지 않은 선량한 국민의 삶을 송두리째 빼앗은 것이다. 격분할 만한 일이다. 지금이 1960년대나 70년대도 아니고…. 집에 도착해도 더러운 기분이 가시질 않았다. 너무 감정 이입을 했던지라 가슴이 답답했다. 결국 집에서 혼자 소주 한 병을 마시고 나서야 잠들 수 있었다.

1년이 지났을까? 방송국 PD에게 연락이 왔다. 영상 분석 의뢰 건인데 사건의 내용을 들어보니 그때 라디오에서 들었던 사연과 굉장히 흡사했다. 나는 설레기 시작했다. 당시 귀로만 들었던 사건을 눈으로 볼 수 있다는 데에 흥분되어 아무 일도 손에 잡히지 않았다. 메일의 새로 고침 버튼을 계속 클릭했다. 영상이 도착하고 다운 받는 데에 걸리는 30초마저 길게 느껴졌다. '빨리, 빨리'를 중얼거리며 컴퓨터를 닦달했다.

열어 보니 동료 경찰이 사건 장면을 핸드폰으로 촬영한 영상이었다. 많이 흔들렸고 주변 조명이 밝지 않아 상당히 어두웠다. 이 모든 악조건을 해결하고자 프로그램에 영상을 넣어 복원 작업을 진행했다. 그리고 경찰이 팔을 꺾은 장면을 중점적으로 확인했다. 그런데 이게 웬일인가? 남편의 팔은 경찰의 손을 잡지도, 꺾지도 않았다. 남편의 허리에 그의 손이 내려와 있었다. 경찰관은 허공에서 혼자 팔을 비틀며 비명을 지르고 있었다. 이 장면이 내 눈앞에 펼쳐지자 욕이 절로 나왔다. 왜 진작 나를 찾아오지 않았는지 부부에게 따져 묻고도 싶었다. 분석 결과에 놀란 방송국 관계자들은 당장 연구소로 달려와 인터뷰를 하고자 했다. 나는 인터뷰 내내 분노를 쏟아냈고 이 내용은 언론에 퍼지기 시작했다.

공권력에 절망한 사람을 돕는 훌륭하신 분, 재심 변호사 박준영 님에게 전화가 왔다. 이 사건을 수임하고 재판 준비에 열을 올리시던 중 방송에서 내 분석을 보고 연락을 주셨다고 했다. 아내분의 위증죄부터 재심을 통해 무죄로 받아 내겠다고 했다. 방송 내용을 재판에서 그대로 말해 달라고 부탁하셨고, 나는 원하던 바이기에 흔쾌히 수락했다. 재심 재판은 배심원 참여 재판으로 재판이 시작된 당일에 판결까지 나온다고 했다. 내가 밝혀낸 모든 것을 검사와 배심원에게 설명할 만반의 준비를 하고 기일 날 법원에 도착했다. 그런데 대기실에 안면이 있는 사람이 보였다. 분석 프로그램 없이 눈에 의존해 관심법을 쓰기로 유명한 전문가가 팔짱을 끼고 의자에 앉아 있었다. 그래도 옳은 일을 하러 이 자리까지 온 것을 보고 그의 눈도 가끔은 쓸 만한 것 같다고 생각하며 그를 다시 보게 되었다. 그에게 다가가 물었다.

"잘 지내셨죠? 이 사건 영상 보시니 억울할 만하죠?"

같은 맘이라 생각해 친근하게 물었다.

"그렇죠. 피고인이 경찰관 팔을 꺾었는데 경찰관 입장에서는 이런 재판까지 열리니 억울하죠."

내 귀가 의심스러워 물었다.

"혹시 검찰 측 증인이신가요?"

그는 망설임 없이 대답했다.

"네. 황 박사는요? 영상 봤잖아요."

이 사람과는 더이상 말을 섞고 싶지 않았다. 나는 질문을 무시하고 돌아서서 혼자 화장실로 걸어 들어갔다. 그리고 거울을 바라보며 주먹을 꽉 쥐었다. 그가 한 가정을 풍비박산 낸 경찰의 편이 되어 관심법을 쓰려는 것은 어떻게든 막아야 했다. 관심법에는 누구든 현혹될 수 있기에 그것을 깰 방법을 찾아야 했다. 내가 할 수 있는 것은 배심원들이 봐도 한눈에 이해될 정도의 화질 개선 결과를 보여 주며 합리적인 설명을 하는 것밖에 없었다.

오후 2시경에 시작한 재판은 저녁을 지나 밤 11시가 되도록 끝나지 않았다. 대기실에서 8시간 넘게 내 차례를 기다려야만 했다. 법정 안에 있는 박준영 변호사는 그 쩌렁쩌렁한 목소리가 밖에서도 다 들릴 정도로 열변을 토하고 있었다. 이제 영상 분석 관련 심문 차례가 왔다. 먼저 관심법 전문가가 불려 들어갔다. 그가 하는 말이 궁금해져 재판정 입구에 귀를 가까이했다. 박준영 변호사는 철저한 계산이 있어 보였다. 내 귀에 들려오는 대화 내용은 이랬다.

"증인은 사건 영상 분석을 위해 어떠한 화질 개선을 했나요?"

증인은 버벅거리며 답했다.

"화질을 개선하지 않아도 잘 보이기 때문에 따로 하지 않았습니다."

방청객들이 수군거리기 시작했다. 변호사는 어이없어 하는 표정을 지으며 질문을 계속했다.

"그럼 화질 개선도 안 하고 눈으로 봤는데 피고인이 경찰관의 팔을 꺾은 게 맞다는 것인가요?"

그는 망설임 없이 대답했다.

"네. 그렇게 보였습니다."

변호사는 그가 쓴 감정서를 내보이며 피고인의 손이 어딘지 지목하라고 했다.

"증인께서 쓴 감정서를 보면, 피고인이 경찰관의 손을 잡고 꺾었다고 그림에 표기했는데 손인 이유가 있나요?"

그는 다소 떨리는 목소리로 대답했다.

"그게… 형태나 생김새가 손 모양이었어요. 그래서 알았죠. 손이니까."

변호사는 빔 프로젝터에 해당 장면을 띄워 놓고 증인에게 손의 위치를 찍어보라고 시켰다.

"증인, 피고인의 손을 가리켜 주시겠어요? 눈으로 보셨다고 하니 맞는지 확인해야 할 것 같습니다."

그는 자신 있는 목소리로 말했다.

"저기입니다. 저기 위에 피부색. 네, 저겁니다."

변호사는 잠시 말을 멈추더니 목소리를 높이기 시작했다.

"여기가 맞나요? 이 부분이 피고인의 손이라는 거죠? 그런데 본인이 분석한 감정서에 손으로 표시된 위치와 현재 지목한 위치가 다른데 어떻게 된 것인가요?"

증인은 떨리는 목소리로 변명을 늘어놓았다.

"그게, 분석한 지 오래돼서 감정서에 뭐라고 썼는지 기억이 나지 않네요. 헷갈렸나 봐요."

방청객들의 야유 소리가 들리기 시작했다. 변호사는 더이상 질문해 봤자 의미가 없다고 생각했는지 그를 괴롭히지 않았다.

내 차례가 되었다. 변호사는 전문 지식을 요하는 질문을 했다.

"해당 사건 영상 분석을 위해 어떤 분석을 진행하였나요?"

할 말이 많았지만 간결하게 대답했다.

"화질 개선 프로그램인 Motion DSP를 사용했습니다. 이 안에는 저해상도 영상을 고해상도로 변환하는 Super Resolution 알고리즘이 있습니다. 그리고 사건에서 가장 중요한 부분인 피고인의 손을 특정하기 위해 피부색의 컬러 패턴만 증폭하였습니다. 그 결과, 손으로 볼 수 있는 피사체들을 분류할 수 있었습니다."

대답을 마치고 화질 개선된 영상을 재생시켰다. 내 결과물에 대한 배심원의 반응이 궁금했다. 몇 분 동안 개선된 영상이 반복 재생되었고 영상 프레임별로 각 피사체들에 대해 중간중간 설명을 덧붙였다. 피고인의 손 위치를 특정해 사건 당시 그가 경찰의 손을 꺾지 않았다는 것을 증거 자료를 바탕으로 주장한 것이다. 몇몇 배심원들은 내 말을 들으며 고개를 끄덕였다. 생각한 대로 잘 풀리는 것 같아서 팔에 닭살마저 돋았다. 변호사는 흡족한지 다른 질문 없이 나를 보내 주었다.

법원 밖을 나와 보니 자정에 가까운 시간이 되어있었다. 청주에 있는 법원이었고, 집까지 갈 차편은 없었다. 밖에서 담배를 태우고 있는 택시 기사님을 발견하고 나는 황급히 그쪽으로 뛰었다. 기사님은 내가 오자 담배를 끄고 운전석에 탑승했다.

"어디로 갈까요. 손님."

당장 생각나는 곳이 없었다.

"그냥 가까운 시외버스 터미널로 가 주세요. 그런데 터미널 주변에 찜질방 아는 데 있으세요?"

기사님은 반기며 말했다.

"잘 아는 곳이 있죠. 자고 가실 건가 봐요. 그런데 무슨 일을 하시는 분인데 새벽에 법원에서 나와요? 판사님이세요? 나이를 보니 아닌 것 같은데. 그럼 경비이신가? 뭐 하시는 분이세요?"

피곤함에 지쳐 있는데 기사님이 끊임없이 질문하자 또 심문을 받는 것 같았다. 찜질방에서 서너 시간 쪽잠을 자고 터미널로 이동해 버스를 타고 집으로 향했다. 아침 6시쯤 됐을까? 문자 하나가 와 있었다.

「박사님. 박준영 변호사입니다. 배심원 만장일치로 무죄 판결 받았습니다. 애써 주셔서 감사합니다.」

갑자기 나도 모르게 눈가에 물방울이 맺히기 시작했다. 몇 분 동안 그 문자만 바라봤다. 그러던 중 창밖에서 떠오르는 햇살이 내 눈을 간질였다. 하루를 시작하는 해가 붉게 떠오르며 말을 걸어왔다. 창문으로 해를 보고 있자니 어렴풋이 유리에 반사된 내 모습도 보였다. 그 속에는 지금까지 보지 못한 가장 자랑스러운 내가 있었다. 아마도 햇살이 창밖을 보라고 나를 부른 것 같았다.

이 사건이 있고 한참이 지났다. 여러 방송에 나가면서 나를 아는 사람들이 조금씩 많아졌다. 영상 분석과 관련한 리서치를 하던 중, 우연히 한 블로그에서 나를 언급한 글을 보았다. 그 글이 그날의 내 투혼을 말해 주는 것 같아 옮겨 적어 본다.

「***에 나온 저 박사님. 그때 내가 배심원으로 갔을 때 증인이었는데, 나왔던 증인 중에 가장 신뢰가 갔음. TV에서 보니 정말 새롭네.」

No. 013

어처구니없는 성범죄자

성추행이라는 단어를 알게 된 것이 언제부터였는가를 생각해 본다. 잘 기억은 나지 않지만 영상 분석을 시작하면서 내 머릿속에 강력하게 자리매김한 것은 틀림없다. 2000년도 초반만 하더라도 다방에서 남자 손님이 웃으면서 여자 종업원 엉덩이를 툭툭 치는 장면들을 아무렇지 않게 공중파에서 봤던 기억이 난다. 지금으로서는 상상도 할 수 없는 장면이 TV를 통해 자연스레 방영됐다. 이제는 저런 행위가 인생을 망칠 수 있다는 것을 대부분의 남자들은 알고 있을 것이다.

간혹 성추행 사건 피고인이 된 사람 중, 대수롭지 않게 행동하고 이게 무슨 문제냐고 찾아오는 의뢰인이 있다. 그러면 나는 앞으로 다가올 의뢰인의 암울한 미래를 예측하고 안쓰러운 표정만 짓는다. 나에게 자꾸 말도 안 되는 자기 합리화를 할 때면 울화통이 터져서 이게 얼마나 큰 문제가 되는지를 모조리 설명해 주었다. 그제야 의뢰인은 사색이 되어 정신을 차리고 도움을 요청한다. 하지만 그때는 늦은 거다. 의뢰인은 이미 나에게 본인이 피해자를 만진 건 사실이고, 자연스러운 스킨십이었다고 당당하게 이야기했기 때문이다. 영상에서도 만진 것이 보인다. 내 경험상 저런 의뢰인들은 대부분 벌금이나 징역형 또는 집행 유예가 나온다. 심한 경우 취업 제한도 걸리고, 신상 정보도 주거지 주변에 뿌려진다. 그런데도 간혹 당당해하는 의뢰인을 보면 성추행 시 어떻게 되는지를 알릴 수 있는 교육을 하고 싶을 때가 있다.

반면에 성추행하지 않았는데 억울하게 유죄를 받는 경우도 많다. 영상 속에서 식별되는 몇 가지 사례를 보면 피해자와 교행하는 과정에서 들고 있던 가방이 피해자의 엉덩이를 치거나, 다른 사람이 피해자의 신체를 만졌는데 우연히 옆에 서 있다가 범인으로 지목된 사건, 피해자와 원한 관계가 있어 무고誣告하는 사건 등 그 유형이 다양하다. 이 모든 사건의 진실을 밝힐 수 있는 가장 유력한 증거는 영상이다. 사건을 기록한 영상이 없다면 피해자의 일관된 진술은 힘을 더 얻는다. 그래서 성범죄에 연루된 피고인들은 어떻게 해서라도 사건 당시의 상황을 기록하고 있는 영상을 찾기 위해 현장에 있는 CCTV를 샅샅이 뒤져 나에게 가져온다. 어떤 피고인은 시키지도 않은 현장 재현 실험을 해서 성추행이 아니라는 것에 사인을 요구하는 어처구니없는 사람도 있다. 그들이 실제로 고의적인 성추행을 했는지는 본인과 신만이 안다. 나는 내가 가진 영상 분석 기술로 신체 접촉이 있었는지나 손이 닿을 수 있는 거리인지, 2차원 이미지를 3차원으로 복원하여 시뮬레이션한다. 출력된 결과를 통해 사실 관계를 따질 뿐, 성추행 여부를 판단하지 않는다. 판단은 판사에게 양보한다.

이러한 나의 노력에 도전하는 자가 나타났다. 간이 아주 큰 의뢰인이다. 크다 못해 간이 배 밖으로 튀어나왔다고 할 수 있겠다. 의뢰인은 성추행 혐의로 기소되어 선고를 기다리고 있는 피고인이었다. 피고인은 변호인을 통해 나에게 접촉했다. 사건 영상은 흔히 볼 수 있는, 전방이 기록된 블랙박스 영상이었다. 사건 기록을 살펴보니 술에 취한 젊은 여자가 집에 가려고 대리 기사를 불렀고 여자는 뒷좌석에 앉았다고 한다. 그녀는 이후 벌어질 사건의 피해자가 된다.

피해자는 뒷좌석에서 술에 취해 잠이 들어 버렸다. 집에 도착한 대리 기사는 수차례에 걸쳐 피해자를 깨웠으나 그녀는 일어나지 못했다. 이때 대리 기사가 운전석에서 내려 뒷좌석으로 이동하여 피해자 옆에 앉아 포옹하고 허벅지를 만지는 등의 성추행을 했다는 것이 주된 내용이었다. 공소 사실도 피고인이 운전석에서 내려 피해자가 있는 뒷좌석으로 이동하여 술에 취해 있는 피해자를 성추행했다는 것이 핵심이다. 이를 뒷받침할 증거는 피해자의 진술과 차량의 전방을 비추고 있는 블랙박스 영상이 전부였다.

피고인인 의뢰인은 차에서 내려 뒷좌석으로 이동하지 않았다고 일관되게 주장하고 있었다. 운전석에서 내리지 않았기 때문에 피해자의 주장과 같이 옆에 앉아 성추행할 수 없다는 것이 그의 논리였다. 변호인 또한 그의 진술을 바탕으로 변론 중이었다. 하지만 피해자는 운전석에서 내려 뒷좌석 문을 열고 자신을 더듬는 행위가 어렴풋이 기억난다고 법정에서 진술하였다. 이에 피고인 측은 피해자가 취한 상태여서 기억에 오류가 있을 수 있다는 주장을 하며 치열한 공방전을 펼쳤다고 한다.

그런데 문제는 유일한 증거가 전방을 향한 블랙박스 영상이다 보니 차량 내부에서 무슨 일이 벌어지는지까지 판단하는 데에는 한계가 있다는 것이었다. 그런데도 피고인 측은 이 영상이 유력한 증거라고 나에게 감정을 요청하였다. 운전자가 차량에서 내리거나 차 문을 여닫을 때 발생하는 충격을 전방 영상으로 분석해 달라는 내용이었다. 의뢰인의 요청은 논리적으로 맞는 말이다. 영상의 광학 원리상 차량에서 누군가 내린다면 하중에 차이가 발생하여 영상 속 장면이 미세하게 올라가는 현상이 있다. 이러한 현상이 있는지는 픽셀의 변화량을 계측하면 명확하게 판독할 수 있다. 아울러 문을 열고 닫을 때 발생하는 충격도 미세한 픽셀의 변화를 통해 측정할 수 있다. 나는 운전자가 차량에서 내렸는지 아닌지는 분석할 수 있다고 회신을 줬다. 그러자 변호인은 확실하게 처리하기 위해 법원을 통해 촉탁한다고 연락이 왔고 나는 사건이 접수되기만을 기다렸다.

몇 주가 지난 뒤 기다리던 사건이 도착했다. 의뢰인은 어느 성추행 피고인들과 같이 본인의 무죄를 입증하기 위해 재현 실험 결과를 가져왔다. 본인이 운전석에서 내리고 타는 행위, 문을 여닫는 행위를 동일한 블랙박스로 촬영한 것이다. 재현 실험 결과는 만족스러웠다. 샘플이 많으면 많을수록 대조, 비교가 되기 때문에 과학적으로 신뢰도를 높일 수 있기 때문이다. 분석은 간단했다. 픽셀의 움직임을 계측한 결과 사건 당시 픽셀들에는 차량에서 내리거나 문을 닫을 때 발생하는 편차가 존재하지 않았다. 그런데 특정 구간에서 아주 미세하고 불규칙한 픽셀 패턴이 검출되었다. 하지만 의뢰인이 보내준 샘플과는 상당한 차이가 있어 하중을 발생시키거나 문을 여닫을 때의 픽셀 차이로 보기는 어려웠다. 그래도 나는 저런 현상이 뭘까, 하는 의문을 품고 분석 보고서를 써 내려가기 시작했다. 피해자가 주장하는, 사건 당시 차량의 하중 변화 및 문이 열리고 닫을 때의 충격량에 의한 픽셀 변화는 없다고 최종 소견을 제시하였다. 그리고 검수를 위해 직원에게 보고서를 전달하였다.

나의 분석 결과는 프로그램으로 출력된 결과이기에 특별히 검수하는 직원이 시비 걸 게 없을 것으로 예상하고 다른 일을 시작했다. 그러던 중 직원이 놀라며 "이거 보셨어요?"라고 하며 나를 불렀다. 무덤덤하게 걸어가 직원의 모니터를 보니 내가 보지 못한 영상이 재생되고 있었다. 화면이 뿌예서 영상 속 형상이 명확하게 보이지 않았다. 나는 직원이 사건을 혼동해서 다른 영상을 재생한 줄만 알았다. 그런데 틀어 놓은 영상은 조금 전에 끝낸 사건의 블랙박스 전방 영상에서 추출한 차량 내부의 후방 영상이었다. 보통 블랙박스의 경우, 2개의 채널인 전방 영상과 후방 영상을 하나의 포맷으로 만들어 저장하는 방식을 사용한다. 이 사건의 영상도 전방 영상만 있는 것이 아니라 후방 영상이 존재했던 것이다. 후방 영상은 차량 실내를 촬영하고 있는 영상이었다. 내부 운전석과 조수석, 뒷좌석은 뿌옇지만 식별이 가능했다.

일반적으로 블랙박스 영상이 접수되면 전방 영상과 후방 영상을 모두 출력하여 확인하는 것이 필수다. 하지만 이번 사건은 전방 영상만 있고 후방 영상이 없다는 사건 기록 증거 목록만 너무 맹신한 나머지 중요한 단서를 빼먹은 것이다. 내부를 촬영한 후방 영상이 있었다는 것은 직원이 발견하기 전까지 경찰, 검찰, 법원 모두 모르고 있었던 터라 피해자와 피고인도 내부를 촬영한 영상이 있었는지도 몰랐다. 피고인은 그래서 더 의기양양

했던 것 같다.

나는 사건 자료를 다시 받아 뿌연 화면을 복원하는 화질 개선 작업에 들어갔다. 화질 개선은 쉽지 않았다. 야간이고 노이즈가 많아 여러 개의 복원 툴을 사용해야만 했다. 어느 정도 개선이 이루어지자 차츰 차량 내부의 숨겨진 형상들이 본연의 모습을 나타냈다. 마치 암실에서 인화지를 현상할 때 시간에 따라 상이 올라와 이미지를 만들 듯 화질 개선 결과, 장막을 걷고 그날의 진실이 나타나기 시작했다.

화질 개선된 영상을 보고 있던 내 입에서는 저절로 찰진 쌍시옷의 욕이 한 바가지 나왔다. 욕뿐일까? 자연스레 내 몸이 반응했는지 다소 떨리기도 했다. 분노 그 자체였다. 영상 속 대리기사는 실내에서 쪼그리며 운전석에서 뒷좌석으로 넘어갔다. 그리고 다정한 연인처럼 포옹하며 스킨십을 이어갔다. 간혹 지나가는 차량의 전조등이 비칠 때면 놀란 고양이마냥 고개를 들어 밖을 살피는 행동을 하고 있었다. 한동안 성추행을 반복하던 피고인은 차량이 많이 지나다니자 다시 웅크리고 운전석으로 돌아왔다. 화질 개선된 결과는 명확했고 숨김이 없었다. 미세한 불규칙한 픽셀 패턴이 바로 이거였던 것이다.

'이제 이놈은 끝이다.'라는 생각이 들었지만, 내 책상에 놓인 감정 촉탁서가 눈에 걸렸다. 차량 하중의 변화, 운전석과 뒷좌석 문이 열렸는지에 대한 촉탁일 뿐이었기에 요청하지 않은 사실을 굳이 보고서에 넣어야 할지 잠시 망설여졌다. 만약 이 내용을 담은 사실을 법원에 제출하게 되면 피고인은 괘씸죄로 가중 처벌될 수도 있었다. 나는 쉼 없이 보고서를 쓰며 화질 개선된 중요 장면을 캡쳐하여 사진을 삽입하였다. 피고인이 쪼그리고 앉아 넘어가는 장면의 디테일을 한층 증폭하여 삽입하였다.

이 보고서를 받아본 변호사와 피고인은 서로 어떤 말을 할까? 궁금했다. 재판에 참관하고 싶은 생각도 들었다. 이 사건 피고인은 나를 가지고 놀았지만 나는 그리 쉽게 넘어가지 않았다. 피고인의 주장은 맞는 말이다. 운전석 문을 열고 뒷좌석으로 이동하지 않았다. 대신 차량 내부에서 피해자 쪽으로 넘어갔다. 이 말장난으로 그는 재판의 결과를 바꾸기 위해 나를 이용했다. 심지어 재현 실험까지 해서 나한테 자신의 주장이 맞다는 것에 대한 입증을 요구한 셈이다. 무모하지만 신박하기는 했다. 그런데 나는 그 신박한 논리를 입증한 후 더 신박한 증거를 만들어 검사와 판사에게 제공하였다. 사건 기록을 보니 구형량이 벌금 500만 원이었는데, 신박한 도전으로 그는 징역형을 선고받을 수 있게 되었다.

직원은 가끔가다 대법원 사이트의 '나의 사건 검색'에 들어가 사건의 진행 상황을 체크하곤 했다. 나도 솔직히 궁금했다. 이 보고서를 받아 본 후 변호인이 어떠한 의견서를 낼지, 재판 결과가 어떻게 나올지는 내 흥밋거리였다. 시간이 흘러 사건 검색을 해 보니 다음과 같은 문구가 확인됐다.

「피고인 측 변호인 사임계 제출」

굿바이 성범죄자여.

No. 014

자살이라 하지 마세요

불행하게도 한국은 전 세계에서 알아주는 자살률 1위 국가이다. 지금 이 순간에도 자살을 생각하거나 실행하려는 사람들이 있을 것이다. 내 친척 중에 한 분도 그렇게 돌아가셨고, 아끼는 후배도 인사 없이 요단강을 건넜다. 특히 후배는 즐겁고 힘들 때 함께했던 친구였기에 너무나도 사무치게 그리울 때가 있다. 후배 얼굴을 영영 볼 수 없을 것 같은 두려움에 아직 남아 있는 그녀의 카카오톡 계정에 접속하여 프로필 사진을 캡쳐해 놨다. 더이상 그녀를 볼 수 없다는 절망감은 시간이 지나면서 잊히기 시작했고 나는 다시 나의 일상으로 돌아왔다.

극단적인 선택을 한 안타까운 영혼은 조용히 보내 줘야만 한다. 유가족과 지인들에게 '자살'이라는 단어는 금기어이며 주변에 알리기 싫은 비밀이다. 하지만 나의 업무 중에는 이런 금기어를 깨야만 하는 사건들이 많다.

CCTV에는 모자를 쓴 중년 남자가 한밤에 지하철 플랫폼에서 어슬렁거리며 걷고 있는 영상이 담겨 있었다. 걸음걸이는 CCTV에서 흔히 식별되는 만취자의 패턴은 아니었다. 본인이 선택한 동선을 자유자재로 걷고 있었다. 열차가 플랫폼에 다가오자 열차의 전조등이 그를 비춘다. 중년의 남자는 불빛을 인지하고 뒤돌아 열차를 확인한다. 그리고는 게이트 근처로 이동하고 열차가 들어오는 시점에 맞춰 도약한다. 이 내용은 내가 분석한, 금기어를 깬 사건 중 하나이다.

법원에서 촉탁받은 이 사건은 중년의 남자가 열차 쪽으로 뛰어들어 자살한 것인지, 게이트에서 실족한 것인지에 대한 분석 의뢰였다. 실족이면 정당한 보험금이 지급된 것이고, 자살이면 보험금 지급 사유가 되지 않아 반환해야 한다는 것이다. 원고는 보험사, 피고는 유가족이다. 본안은 사고가 있고 수년의 시간이 흐른 뒤 보험사에서 유가족에게 사망 보험금으로 지급한 수억 원을 돌려달라는 구상권 청구 소송이었다. 보험사의 법무팀에서는 과거 부당하게 지급된 보험료를 재심사하여 원상 복구 하는 일을 하는 것 같았고, 직원 중 누군가가 수년간 캐비닛에 묻혀있던 이 사건을 캐낸 것 같았다. 나는 법원 촉탁서를 받고 CCTV 영상을 보는 내내 이 사건을 맡고 싶지 않았다.

사건에 대한 구체적인 설명을 듣기 위해 원고 측 변호인에게 전화했다. 대화 도중 담당자는 묻지도 않은 그의 행적에 대해 언급하였다. 중년의 남자는 수억 원의 빚이 있었고 사망 직전까지 자살을 암시하는 행위들을 했다는 것이다. 원래 이런 이야기를 감정인에게 하면 안 되는 법인데 담당자가 미숙한 것 같았다. 통화를 끝낸 후에는 더욱더 이 사건을 하고 싶지 않았다. 남편의 목숨 대신 받은 보험금으로 빚을 다 갚았을 텐데, 이 재판에서 피고가 패소하게 되면 유가족은 다시 빚쟁이가 된다. 남편과 아빠를 잃고 빚을 얻게 되는 최악의 상황이 초래될 수 있는 것이다.

이런 이야기를 글로 남기긴 좀 그렇지만, 나는 보험사에게 화가 났다. 처음부터 보험금을 주지 말든지 수년이 지난 후 정상적인 삶을 살고 있는 유가족에게 그때의 아픈 기억을 떠올리게 하는 못된 짓을 한다는 것에 분이 치밀어 올랐다. 아울러 이 소송으로 유가족이 남편과 아빠를 원망한다면 어떡하지 하는 생각에 한숨도 나왔다. 법원에 감정을 진행할지의 여부를 일주일 안에 보내야 했다. 내게 주어진 일주일이라는 시간 안에 분석 진행 여부를 결정해야 한다. 내 마음은 9:1로, 분석을 안 하는 쪽으로 기울어져 있었다. 직원에게도 안 한다고 전달했다.

그러나 나는 하지 않겠다던 대답을 하루 만에 뒤집었다. 내가 했던 과거의 사건들에도 이렇게 감정 이입을 했었던가를 생각해 보니 이번 결정은 아마추어 같은 행동인 것이 분명해 보였다. 화가 나서, 불쌍해서, 안타까워서라는 감정은 영상을 분석하고 감정서를 쓰는 이가 가져서는 안 되는 것인데 말이다. 나는 다시 나로 돌아와 영상을 분석하기 시작했다. 화질을 개선하여 보행법 분석을 진행하였다. 걸음걸이에 흐트러짐이 있는지의 여부를 확인했고 플랫폼에서 뛰어내리는 장면을 시뮬레이션하였다. 아울러 CCTV에 기록된 실족과 자살 패턴을 수집하여 시뮬레이션상 어떤 것과 유사성이 높은지의 여부를 테스트하였다.

분석 결과는 애석하게도 해당 영상의 움직임은 자살의 패턴과 유사성이 매우 높았다. 중년 남자의 모습은 자살을 위해 점프하는, 도약 자세를 취하고 있는 다른 사건 속 자살자들의 움직임과 일치성이 높았다. 아울러 걸음걸이도 만취하여 중심을 잡지 못하는 패턴도 아니었고 열차가 들어오자 몸을 돌려 응시하는 장면, 열차가 들어오는 쪽으로 이동하는 장면 등도 검출되었다. 실험한 결과대로 감정서에 기재하였다. 감정서를 쓰는 내내 아무 생각을 하지 않았다. 이어폰을 끼고 클래식을 들으며 나는 글과 분석 데이터만 실수 없이 옮기는 기계가 되었다.

나는 내가 분석한 사건에서 누가 이기고 졌는지를 따로 찾아보지 않는다. 알고 싶지도 않다. 하지만 이 사건은 괜히 마음 한구석이 무겁고 가끔 생각나는 사건이다. 결과가 어떻게 났는지도 알기 싫었다. 이 사건이 있고 난 뒤, 갑자기 보험사들에서 영상 분석 의뢰가 늘어났다. 그중 이번 사건을 담당했던 관계자가 다른 사건으로 문의드린다고 메일이 들어와 있었다. 메일 속 담당자는 지난번 사건은 잘 해결돼서 고맙다고 운을 뗴었다. 다음 글귀부터는 읽히지 않았다. 돌아가신 그분에게 진심으로 죄송하다는 마음밖에 들지 않았다.

No. 015

외로운 이유

내가 장형욱을 처음 만난 곳은 풋풋한 새내기 시절, 1박 2일 오리엔테이션 장소로 이동하는 관광버스에서였다. 버스에 올라 먼저 탑승한 동기들의 얼굴을 둘러보았는데, 모두들 수줍었는지 내 눈을 피했다. 나는 비어 있는 창가 자리에 앉아서 옆자리에 가방을 놓고 창밖을 구경했다. 선배들은 먹을 것과 음료수를 운반하느라 정신이 없어 보였다. 저 멀리서 건장한 남자 선배들이 수많은 소주 짝을 짐꾼처럼 등에 업고 화물칸에 싣는 장면이 보였다. 음식과 물보다도 술이 더 많았다. 지옥행 버스를 탔다는 걸 깨닫고 두려움에 떨고 있을 때, 누군가 내 어깨를 쳤다.

"여기 앉아도 돼요?"

단발머리에 검정 재킷, 검정 바지를 입고 배낭을 멘 녀석이 웃으며 말했다. 나는 가방을 가슴에 안고 자리를 비워 줬다.

"신입생이지? 나도 신입생이야. 아는 애들이 없는데 같이 다닐래?"

낯선 곳에서 먼저 말을 걸어오는 이 녀석이 마음에 들었다.

우리는 오리엔테이션 내내 단짝처럼 붙어 다녔고 많은 대화를 나눴다. 중고등학교 시절 함께한 친구들보다 이 녀석과 더 가까워져 어느새 죽마고우가 되어 버렸다.

우리는 대학교 2학년 말까지 캠퍼스를 주름잡으며 동고동락했지만 군대가 우리를 갈라놓았다. 2년 2개월이라는 시간 동안 그 녀석은 소리 소문 없이 사라졌다. 아니, 내가 그 녀석을 찾지 않은 것일 수도 있다. 그렇게 20년이 흘렀다. 가끔 무심결에 그 친구와 함께했던 날들이 주마등처럼 스쳐 지나갈 때면, 행복한 추억에 절로 미소가 나오곤 했다.

"박사님. 장형욱이라고 아세요?"

출근하자마자 직원이 방긋 웃으며 물었다. 그 녀석의 이름이다. 20년 동안 듣지 못한 이름을 직원이 분명히 말하고 있었다.

"그 친구가 왜? 무슨 일인데?"

들떠 물었지만, 한편으로는 불안했다. 내 일의 특성상 좋은 일로 나를 찾지 않을 수도 있기 때문이다.

"박사님 보고 싶으시대요. 아주 친한 친구라고. 이따 다시 전화 주신대요. 연락처 남겨 놨어요."

연락처를 받자마자 핸드폰 번호를 눌렀다. 수화기에 연결 신호가 들려오자 무슨 말을 먼저 해야 할지 모르겠다는 마음이 들었다. 그의 목소리가 어땠는지 기억이 나지 않았고, 첫 음성에 울컥할지도 모르니 침착하기로 했다. 그 녀석이 전화를 받았다.

"여보세요?"

한마디만 들어도 그가 맞다는 걸 확신할 수 있었다.

"잘 지냈어? 나 민구야. 전화했다며. 왜 그렇게 연락이 안 된 거야, 인마."

친구는 말을 더듬더니 보고 싶었다는 말을 수없이 반복하며 그동안에 있었던 일을 쏟아냈다.

"애들이 TV 보면서 웃고 떠들기에 나도 무심코 화면을 보니까 네가 나오더라고. 인터넷에 너를 검색하니 연구소 이름과 연락처가 있어서 바로 전화한 거야. 너무 보고 싶어서 말이야."

우리는 보고 싶었다는 말을 무한히 반복하다가 만나서 이야기할 날짜를 정했다. 나는 달력에 그날을 별표치고 어떤 스케줄도 잡지 않았다.

그날, 떨리는 마음으로 친구를 만났다. 역시 세월에는 장사가 없었다. 중년의 아저씨가 다 되어 뱃살도 볼록하니 튀어나왔고 옆구리 살은 접혀서 울퉁불퉁했다. 얼굴에 살도 많이 붙어 있었다. 듬성듬성 난 흰 머리카락, 눈 밑의 다크서클은 그가 보낸 20년의 험난한 세월을 말해 주는 것 같았다. 그 녀석은 내게 하나도 변하지 않았다고 했다.

우리에겐 메뉴가 중요하지 않았다. 황급히 아무 식당에 들어가 지난 세월에 관해 이야기를 나눴다. 그리고 추억을 안주 삼아 과거 여행도 떠났다. 술이 어느 정도 들어갔을 때쯤, 우리는 얼굴이 상기되어 힘들었던 일들을 털어놓으며 한탄하기 시작했다. 그런데 이 녀석이 조금씩 이상해 보이기 시작했다. 다양한 고민을 가진 의뢰인들과의 상담 때문일까? 이 친구에게 고민이 있다는 것을 몇 마디 대화를 통해 본능적으로 알 수 있었다.

"민구야. 너는 제수씨랑 잘 지내니? 제수씨 대학교 때 봤는데 아직도 기억난다. 둘이 자취방에 있는데 내가 문 열고 들어가서 둘이 되게 당황했었는데."

나는 머쓱하게 웃으며 별걸 다 기억한다며 핀잔을 주었다.

"난 와이프와 5개월째 말을 안 하고 있어. 얼굴 본 지도 오래됐고, 집에 가면 애들만 잠깐 보고 출근해. 내가 왜 사는지 모르겠고 외롭다."

그의 다크서클이 더욱 진해지는 것 같았다.

"왜, 무슨 문제가 있어? 뭐 때문에 싸웠길래 그래? 될 수 있으면 화해해. 남자는 원래 지고 사는 거야. 그게 속 편해."

싸운 부부들에게 늘 하는 뻔한 말을 건네자 그의 표정은 더욱 어두워졌다. 친구는 목소리를 높이기 시작했다.

"와이프는 나한테 화만 내고, 짜증 내고, 시집오기 전부터 그랬어. 내가 돈도 많이 벌어서 생활비도 넉넉하게 주는데 나한테는 관심도 없어."

의뢰인들의 이야기에는 현재 그가 처한 상황을 암시하는 내용이 많다. 나는 아무 말도 하지 않고 의뢰인을 대하듯 친구의 이야기를 경청했다. 그는 과거 10여 년 전의 일부터 꺼내기 시작했다. 내 의뢰인들의 패턴과 유사했다. 기억력이 좋은 것이 항상 문제다. 20년 만에 만난 그의 삶엔 외로움이 가득하다는 것을 대화하며 알게 됐다. 그의 웃음은 표면적인 것일 뿐, 가슴은 문드러지고 있다는 것을 느낄 수 있었다. 대화 도중 핸드폰 진동이 울렸다. 그의 핸드폰 화면에는 딸의 이름이 떠 있었다. 그는 스피커폰으로 전화를 받았다.

"딸, 태권도 잘 갔다 왔어?"

"어, 아빠 언제 와? 밥 먹고 와? 술 조금만 먹어."

딸의 목소리는 해맑다. 내 딸과 동갑인데 아빠의 안부를 걱정해 주는 말을 들으니 부럽기도 했다. 집에 누워서 뒹굴뒹굴하고 있을 우리 딸이 잠깐 스쳐 지나갔다.

"오늘 별일 없었어? 엄마가 잘해 주지? 우리 딸 사랑하고."

나는 친구가 이상한 말을 할 것 같아 손으로 제스처를 취했다. 그래도 술에 취했는지 계속 딸에게 말을 건다. 그런데 기특한 딸은 그를 안정시킨다.

"아빠, 걱정하지 마. 다 알아. 우린 괜찮아."

친구는 입술을 꾹 다물고 곧 울 것 같은 표정을 지으며 말한다.

"사랑해."

나는 술병을 들어 그의 빈 잔을 가득 채우고 건배했다. 늦은 밤까지 그의 아내와 관련된 고민을 경청했다. 집에 돌아와서 샤워하고 누웠지만 잠이 오질 않았다. 20년 만에 만난 친구가 외로움에 빠져 있는 모습이 자꾸 떠올랐다. 잠에 빠져들 때쯤 아득히 친구의 목소리가 속삭이듯 들려왔다.

'외로워, 외로워, 외로워….'

그는 목숨을 바쳐 와이프와 자식들을 위해 일했다고 생각하는데 자기를 소홀히 하는 와이프를 보면서 슬픔에 빠져 있었다. 물론 그 녀석도 문제가 많았을 것으로 보인다. 누구의 잘못도 아니다. 그렇게 시간은 하염없이 흘렀고 그의 '외로움'은 '억울함'으로 변한 것 같다. 내 인생 자체가 망가졌다는 억울함. 내 귀에 그의 말이 생생하게 맴돌았다.

"와이프가 나한테 짜증 내지 말고 마냥 잘해 주면 좋겠는데, 나를 싫어해. 아니, 미워해."

사회에서 힘든 나날을 겪으면서 그는 조금씩 피폐해졌을 거다. 예전에는 잘 웃고 모든 일에 덤덤했던 녀석은 그렇게 변해 버렸다. 그는 와이프가 자신을 치유해 주길 바랐다. 와이프가 마음을 바꾸어 자신에게 사랑을 주기를 원했다. 과거로 돌아가고 싶어 안달이 났지만 그럴수록 간극은 더 벌어져만 가서 힘들어 했다.

몇 달 후, 나는 친구에게 연락했다. 머릿속에 그의 안쓰러운 모습이 그려져 평소에 생각하고 있던 말을 해 주고 싶었다. 그날도 우리는 술을 진탕 먹었고, 진솔한 이야기를 할 타이밍에 나는 입을 열었다.

"친구야. 내가 좀 취했는데, 하고 싶은 이야기가 있어. 화내지 말고 들어."

나는 조심스레 입을 뗐다.

"네가 바뀌는 건 힘들까? 네가 잘하지 못했을 수 있잖아? 남을 바꾸는 건 힘들어. 알잖아?"

친구는 말이 끝나기도 전에 받아쳤다.

"야! 나는 잘못한 게 없어. 내가 다 이야기했잖아. 와이프가 나를 싫어해. 다시 이야기해 줄까?"

그는 지난번에 만나서 했던 이야기를 다시 늘어놓았다. 나는 빈 잔을 소주로 채우며 멍하니 듣기만 했다. 그를 도와줄 수 없다는 것이 가슴 아파 두어 잔을 연거푸 마셨다. 그리고 무심결에 혼자 떠드는 친구에게 물었다.

"너 제수씨 사랑하니? 사랑해? 사랑하냐니까?"

그는 우물쭈물하며 말했다.

"아직은…"

이 말을 하는 친구의 눈빛에는 그리움이 보였고, 사랑이 보였다. 친구는 한동안 말이 없었다. 분위기를 환기하려고 나는 웃으며 다시 말을 걸었다.

"그럼 나는 사랑하냐?"

친구는 썩은 표정으로 말했다.

"미친놈… 아."

친구는 아직도 와이프를 사랑하고 있다. 그동안 떠든 이야기 중에서 그것만은 진실이었다. 20년 만에 만난 친구는 미친놈이지만, 10년 동안 같이 산 와이프를 사랑했다. 그가 외로움을 느끼는 것은 단지 제수씨의 탓도 아니고 사회의 탓도 아니다.

'본인이 외롭다고 느끼는 것은 스스로를 외롭게 만들어서 그런 거야. 그 누구도 남을 외롭게 만들려고 노력하지 않아. 그것 자체가 귀찮은 일이기 때문이야. 그 귀찮은 일을 자처하고 있다니, 참 아이러니하다.'

친구에게 해 주고 싶은 말이다. 아무도 우리를 외롭게 하지 않는다. 세상 사람들은 그만큼 한가하지 않다. 우리들은 가끔 스스로를 자학하며 외로워지려고 한다. 그리고 외로움의 이유를 가장 가까운 사람에게로 돌리고, 떼쓰려고 한다. 참 못된 습관이다. 내 친구 녀석도 그렇다. 사랑하는 딸과 아들, 와이프가 있는데 외롭다고 한다니. 예전 같지 않다는 이유로 자학하며 스스로를 외롭게 두다니.

사랑하는 이를 떠나보내고 나를 찾아온 의뢰인들은 외로운 사람들이다.

나는 아버지를 하늘로 보내고 몇 년을 외롭게 지내봤기 때문에 의뢰인들의 마음을 잘 안다. 혼자 배운 면도에 상처 난 거울 속 내 모습을 보며 외로워했고, 식당에서 아버지가 아들에게 술을 따라주는 장면을 보면서 너무나 외로워했다. 이런 외로움이 느껴질 때면 나도 세상을 탓하며 애먼 희생양을 찾으려 했다. 나도 모르게 못된 습관이 생긴 것을 알고 어떻게든 고쳐보려 했지만 쉽지는 않았다.

그러다 문득, 내가 '제일 사랑하는 사람이 나와 같은 외로움을 느끼면 어쩌지?'라는 생각이 들었다. 특히 나 때문에 외로움을 느낀다면 그건 안 될 일이었다. 나는 내가 사랑하는 이들 옆엔 항상 내가 있다는 것을 느끼게 해 주고 싶었다.

이후로 나는 사랑하는 가족들과 함께하는 시간을 늘렸다. 그러다 보니 이상하게 내 외로움이 점점 사라지기 시작했다. 사랑하는 사람들이 나로 인해 해맑게 웃고 기뻐하는 모습을 보니 나는 전혀 외롭지 않았고 치유되고 있었다.

'사랑하는 사람을 외롭지 않게 해 주는 것이 내 외로움을 치유하는 유일한 방법이다.'

바보같이 외로움을 치유하는 방법을 너무 엉뚱한 곳에서 찾고 있었다. 내가 치유 받으려면 많이 사랑해야 한다는 걸 뒤늦게 깨닫자 삶이 변하기 시작했다. 그들의 행복한 웃음 속에 내가 있다는 것을 느낄 때면 전혀 외롭지 않았다. 앞으로도 내가 사랑하는 이들은 언제나 내가 영혼까지 다해 사랑한다는 걸 느낄 수 있도록, 모든 걸 다해 주려고 나는 노력할 거다. 명품 가방이나 수백만 원짜리 강아지 로봇이 없어서 외롭다고 말하는 것을 해결할 순 없겠지만.

친구야 너도 할 수 있어. 파이팅.

이 글을 완성하고 3개월 뒤, 친구에게 전화가 왔다. 네 덕분에 와이프와 화해하고 잘 지내는 중이라고.

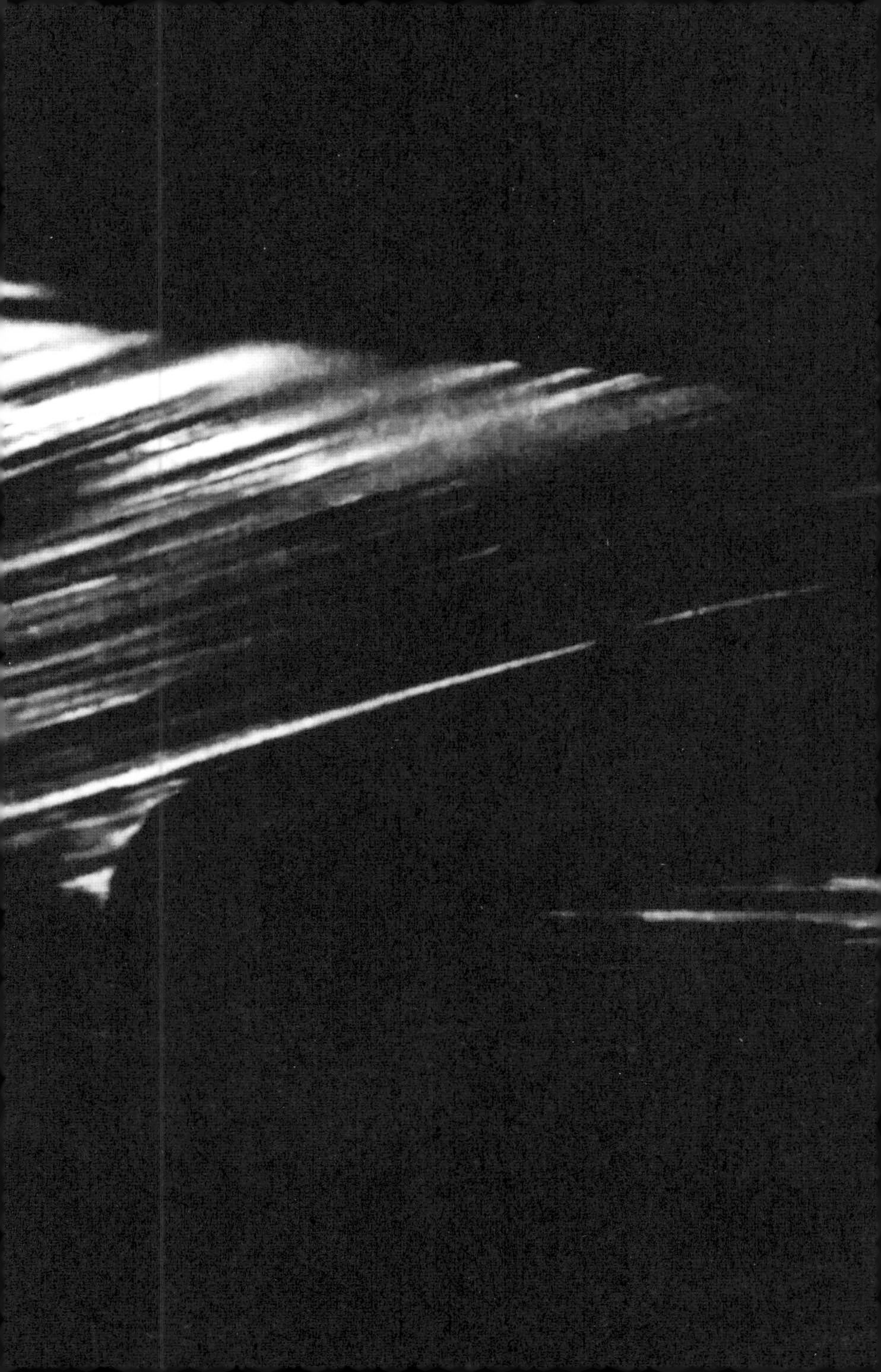

PART 2 살려 달라는 말

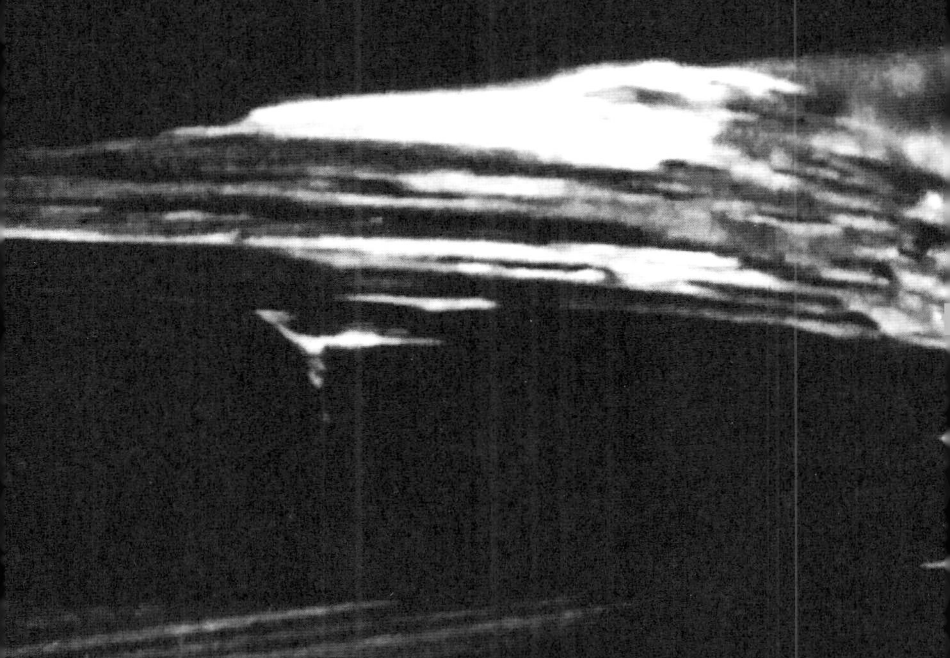

No. 016

크리스마스 선물

나는 2013년에 박사 학위를 받고 그해 10월경에 연구소를 설립했다. 초창기라 그런지 연구소를 찾는 사람이 없었다. 법영상 분석이라는 단어 자체도 생소하여 물건을 주문하거나 배달을 시킬 때면 여기가 무엇을 하는 곳인지를 사람들이 자주 물어봤던 기억이 난다. 처음 구한 사무실은 2층이었다. 서초동 법원 근처라 월세가 상당했다. 1층 옆에는 고깃집이 있어서 점심시간과 저녁 시간만 되면 고기 굽는 연기가 올라와 문을 항상 닫고 있었다. 전화기는 죽었는지 벨이 울리지 않아 수화기를 여러 번 들었다 놨다 하기를 반복하는 습관이 생겼다. 나를 맞이하는 건 집배원뿐이었다. 집배원이 전달하는 우편물도 대충 뭔지 알고 있었다. 전국 변호사 사무실에 우리 연구소의 개소를 알리기 위해 보낸 우편물이 반송되어 집배원의 손에 한가득 들려 있었다. 나의 일과는 하는 일 없이 책을 보거나 엉터리 실험에 몰두하여 시간을 보내는 것이 전부였다. 월세 내기도 빠듯한 일거리에 멍하니 사무실을 볼 때면, 창으로 들어오는 햇살도 아까웠다.

어느덧 서초동에 눈이 내리기 시작했다. 일이 없다 보니 '눈이 쌓이면 사고가 많이 나서 나를 찾지 않을까?' 하는 멍청한 상상을 하곤 했다. 그래도 크리스마스가 다가오니 기분은 설레었다. 그날도 멍하니 앉아서 창밖을 바라보고 있었다. 변호사들과 의뢰인들이 눈 내리는 거리를 분주히 오가는 풍경이 보였다. 그러던 중, 두 여자가 우리 건물로 들어오는 걸 보았다. 한 여자는 동행하는 여자를 부축하며 조심스레 걷고 있었다. 이 건물의 다른 법무사나 변호사를 찾아가겠거니 생각하고, 입구에서 그녀들이 사라질 때까지 무심히 쳐다보았다. 그녀들의 표정은 어둡고 경직되어 있었다. 나는 또 다른 사람들을 구경하기 위해 눈 내리는 창밖 속 장면을 바라봤다. 그때, 멍하니 있던 나의 귀에 '똑똑' 하는 노크 소리가 들렸다. 놀라서 문으로 달려갔다. 문을 열고 들어오는 사람은 창밖에서 본 두 여자였다. 눈을 많이 맞아 머리와 어깨에 눈이 쌓여 있어서 조심스레 옷을 벗어 털며 들어 왔다. 그녀들을 상담 테이블로 모신 후, 다소 흥분한 상태라 바보같이 한겨울에 차디찬 캔 음료를 꺼내 왔다. 그녀들은 얼굴이 빨개진 상태로 나를 의아하게 쳐다보았다. 그녀들 중 한 명이 자그마한 목소리로 말했다.

"도움을 요청하러 왔어요."

목소리가 너무 작아 들리지 않을 정도였다. 옆에 있던 여자는 자기가 이야기하겠다며 수줍어하는 여자를 제지하고 나섰다. 그녀는 거침없었다. 의뢰 내용을 씩씩하고 조리 있게 말하는 여자는 수줍은 여자의 언니였다. 어쩐지 둘이 조금 닮아 보였다.

"동생이 일을 그만두고 몇 달째 방에서 나오지 않고 있어요. 용기 내서 힘들게 여기까지 찾아왔어요."

"네. 천천히 설명해 주세요. 어떤 사건으로 힘들어 하시나요?"

나는 시간이 많았다. 지루한 시간을 보내던 중, 그녀들은 내게 활기를 주었다.

"동생이 다니는 회사 동료 중 한 명이 동생에게 사진을 한 장 보냈어요."

"어떤 사진이죠?"

"성인 동영상 속 주인공들이 성행위를 하는 장면 하나를 캡쳐해서 보냈더라고요."

"동료는 남자인가요? 여자인가요?"

"여자예요."

"불법 촬영물인가요? 아니면 일반 성인 동영상인가요?"

"일본에서 만들어진 것 같고요. 배우들이 연기한 동영상 같아요."

2013년은 지금과 성인지 문화에 상당한 차이가 있었다. 지금 저런 사진을 보내거나 돌려 본다면 법적 처벌을 받을 수도 있겠지만, 저 당시에는 메신저로 사진을 공유하는 것에 거리낌이 없던 시절이었다.

"사진을 보낸 동료는 동생이랑 여자 주인공이 닮았다고, 너 아니냐고 동생을 의심하기 시작했어요."

"네? 동료가 그런 사진을 보내는 것도 이상한 행동인데, 그걸 동생이라고 주장하는 근거가 뭐예요?"

"근거는 없어요. 그냥 비슷하게 생겼다는 것이 이유예요. 그리고 이 사진을 회사 동료들이 대부분 보게 됐어요."

"사진을 볼 수 있을까요?"

그녀는 캡쳐된 사진과 원본 동영상이 담긴 USB를 꺼냈다. 컴퓨터에 연결하여 영상을 재생시키자 남자와 여자가 성관계하는 장면이 흘러나왔다. 의뢰인과 해당 영상을 보려니 얼굴이 붉어져 어찌할지 몰랐지만, 그녀들은 안색에 변화가 없었다. 나는 영상을 보며 물었다.

"동생분이 아닌 거죠?"

"네. 동생은 이런 장소에서 이런 행위를 한 적도 없고, 등장하는 사람도 아니에요."

나는 갸우뚱하며 물었다.

"동생분이 아닌데 뭐가 문제죠? 무시하시면 되잖아요?"

잠시 후, 그녀는 울기 시작했다. 내가 영상 분석을 시작하면서 본 의뢰인의 첫 눈물이었다.

동생은 굳게 다물고 있던 입을 열기 시작했다.

"제가 아니잖아요. 그런데 사람들이 안 믿어요. 나쁜 사람들이에요. 내가 아니라고 수없이 말했지만 날 보며 비웃어요. 그 표정들이 너무 생생히 떠올라요."

언니는 그녀의 손을 꼭 잡고 있었다. 누군가는 대수롭지 않게 생각하고 해명한 뒤에 넘겼을 수도 있는 일이 그녀의 삶을 망가뜨렸다는 것을 깨달았다. 그녀는 이 일로 회사를 그만두고 대인 기피증이 생겨 집에서 몇 달간 나오지 못하고 있었다. 정신과 치료도 받고 있으며, 약물까지 먹고 있지만 치유가 되지 않는다고 했다. 지금 생각해 보면 그녀의 병은 억울한 한을 풀지 못해 생긴 병인 것 같다. 나였으면 그들에게 '지랄한다. 웃기고 있네.' 등의 욕설로 대응하며 넘길 수 있었겠지만, 그녀에게는 동료들이 자신을 믿지 않는다는 배신감과 그로 인해 발생한 불신이 사람들에 대한 의심으로 번지고 의심이 쌓여 분노가 되었으며 이제는 한으로 변해 몹쓸 병에 걸린 것이었다. 그녀는 인터넷을 검색하던 중 내 연구소를 발견하고 흥분한 나머지 처음으로 용기 내어 집 밖으로 나왔다고 했다.

그녀는 영상 속 등장인물이 자신이 아닌 것을 알면서도 혹시 자기 얼굴만 따서 합성한 것이 아닐까 하는 의심을 할 정도로 정신이 병들어 있었다. 이 병을 고쳐주고 싶었다. 동일인일 수도 있고 아닐 수도 있다. 얼핏 보기에 사진 속 여자와 의뢰인은 닮아 보였지만 이는 착시일 가능성이 크다. 정밀 분석이 필요한 부분이다. 나는 눈 오는 날 해가 질 무렵, 언니에게 기대어 걸어가는 그녀의 뒷모습을 창밖으로 응시하며 안쓰러워했다.

그녀들이 돌아간 다음 날 아침, 전화가 왔다. "결과가 나왔나요?" 조금 당황스러웠지만 곧 그녀의 슬픈 얼굴이 떠올랐다. 나는 시간이 필요하다고 차근차근 설명했다. 그녀는 조바심에 언제 결과가 나오는지를 수차례 물어보았다. 일이 없긴 했어도, 분석하고 보고서를 쓸 시간이 못 해도 일주일은 필요했다. 의뢰인이 주고 간 사진과 영상을 화면에 띄우고 의뢰인의 얼굴과 신체 정보를 데이터화하기 시작했다. 야동 속 여자는 누워 있는 상태로 신음을 내고 있어 입이 벌어진 상태였으며, 눈을 감고 있었다. 얼굴도 흔들거려 정면으로 촬영된 샘플이 별로 없었다. 의뢰인이 내게 준 과거 사진들 중에 이런 표정과 유사한 것이 있을까 싶어서 찾아보았다. 그녀가 준 사진들에는 그때 내가 만났던 그녀와는 달리, 밝게 웃으며 입도 벌리고 눈을 감은, 다양한 표정을 한 사진들 다수가 발견되었다. 이렇게 해맑은 의뢰인이 어쩌다 이렇게 됐을까? 하는 생각에 한숨이 나왔다.

더욱 정밀한 분석을 위해서는 영상 속 인물과 똑같은 자세로 재현 촬영이 필요하지만 나는 그녀를 그렇게까지 괴롭히고 싶지 않았다. 이 샘플이면 충분했기에 얼굴 비율 계측을 진행하였다. 얼굴 비율은 촬영 각도와 구도에 따라 일부 상이한 결과가 나올 수 있기에 맹신할 정도는 아니었다. 요새는 인공지능을 이용한 얼굴 비율 매칭 시스템이 개발되어 있어 정확도가 상당하지만, 이 사건을 다룰 당시에는 인공지능 기술이 개발되지 않아 3D 계측에 의존할 수밖에 없었다. 얼굴뿐만 아니라 신체의 모든 정보를 계측하고 비율을 산출했다. 영상 속 주인공들은 침대에 누워 있기에 침대의 길이 정보가 가늠되어 침대 위에 있는 인물들의 모든 정보를 수치화할 수 있었다.

의뢰인의 얼굴은 해쓱하고 키도 작았다. 나는 전화로 의뢰인의 키를 물어봤다. 그녀는 놀라며 무언가 나왔냐고 설레발을 쳤다. 그런 것이 아니라고 그녀를 안정시킨 후, 실험을 위해 의뢰인의 키가 필요하다고 요청했다. 그녀는 숨김없이 본인의 키를 알려줬다. 158cm. 반올림도 없이 158cm라고 이야기했다. 그런데 내가 계측한 영상 속 여자의 키는 175cm이다. 오차범위를 참작하더라도 너무 차이가 난다. 이뿐만 아니라 얼굴 비율도 맞지 않으며, 얼굴에 있는 점의 위치, 눈썹의 모양, 귓바퀴 형태 등 모든 요소에서 동일한 결과가 나오지 않았다. 나는 한숨을 쉬며 그녀의 웃는 모습을 그려보았다. 이외에도 영상 속 여자의 신체 은밀한 부분에서는 다수의 점이 식별되었다. 의뢰인에게 이 점에 관해 물어볼 경우 당장이라도 그 부분을 찍어서 보내줄까 봐 굳이 물어보지 않았다.

12월 24일, 크리스마스이브에 그녀는 결과를 듣기 위해 나를 찾아왔다. 나는 보고서를 보여 주며 분석된 내용을 천천히 설명해 주었다. 챕터를 하나씩 넘길 때마다 그녀의 얼굴은 옛날로 돌아오는 것 같았다. 설명을 마치자 그녀와 언니는 부둥켜 안고 울기 시작했다.

"나 아니래. 언니. 나 아니래."

둘이 대화하는 내내 내가 낄 자리는 없었다. 둘만의 시간이 끝나자 의뢰인은 말했다.

"지금까지 받은 크리스마스 선물 중에 이렇게 행복한 선물은 없었어요, 박사님."

그녀는 내내 감사하다는 말을 건넸다. 내가 산타클로스가 된 기분이었다. 이 선물을 평생 간직하시고 어느 누군가가 다시 영상 속 인물이 의뢰인이라고 말하면 선물을 꺼내어 보여 주라고 했다. 그래도 못 믿겠다면 내가 싸워줄 테니 내 연락처를 그들에게 주라고도 했다. 그러자 그녀는 너무 행복한지 언니 손을 맞잡고 껑충껑충 뛰었다. 나는 창밖으로 멀어져 가는 그녀들의 뒷모습을 보았다. 둘은 계속 대화를 나누며 걸어가고 있었다. 얼핏 보이는 의뢰인의 얼굴에는 행복이 가득한 미소가 보였다. 나는 책상으로 돌아와 앉았다. 화면에는 미처 끄지 못한 사건 속 야동이 재생 중이었다. 크리스마스이브에 말이다. 나는 야동 보는 산타클로스가 돼 버렸다.

No. 017

삼박자: 시간, 장소, 실수

울음은 내적 슬픔을 밖으로 표출하는 행위이다. 신이 인간에게 준 선물 중에 하나라고 할 수 있다. 인간은 자신을 통제하려 한다. 우리는 태어나면서부터 하지 말아야 할 것들을 배우고, 어른이 되면 표정까지 통제하는 기술을 자연스레 습득한다. 하지만 터져나오는 울음을 통제하는 사람은 쉽게 보지 못했다. 부모님이나 내 자식 또는 친구가 하늘나라로 갔을 때 울음을 참을 수 있는 사람이 있을까? 나의 마음 속 한구석에서 올라오는 극단적인 슬픔은 울음으로 표출할 수밖에 없다. 이건 신이 주신 선물이다. 남들에게 나의 슬픔을 알리는 마법을 신이 우리 몸에 심어 놓으신 거다. 이 선물 때문에 우리는 우는 사람에게 욕을 하지 못하고 동정심이 생기며 그를 돕고자 하는 측은지심이 드는 것이다.

요즘 들어 내 앞에서 우는 사람들이 너무 많아졌다. 한 20대 여성을 만났는데 눈이 벌게져 있었다. 눈병에 걸렸나, 하고 거리를 두려 멀찌감치 앉았다. 그런데 그녀가 눈물을 흘리기 시작했다. 눈이 빨간 이유는 나를 만나기 전부터 울고 있어서 그런 것이었다. 그녀는 울면서 무언가 설명하기 시작했다. 나는 일단 사무실로 들어가 각 티슈를 들고 나왔다. 그리고 그녀에게 눈물을 닦을 시간을 주고 마실 것도 줬다. 그래도 눈물은 멈추지 않았기에 그냥 상담을 시작하기로 했다.

퇴근길, 그녀는 늘상 다니는 길로 운전 중이었다. 사거리에 다다른 그녀는 우회전하기 위해 방향 지시등을 켜고 3차로에 진입했다. 코너를 도는 3차로 끝에는 횡단보도가 있었다. 그녀는 횡단보도 앞에서 속도를 줄이며 진입하였고 우회전하려는 순간 사고가 벌어졌다. 자전거에 탄 중년의 남자가 횡단보도를 건너기 위해 기다리던 중 자전거에서 내리려다 우측 다리가 안장에 걸리며 중심을 잃고 횡단보도로 빠르게 넘어진 것이다. 그녀는 순간적으로 넘어지는 중년의 남자를 피할 수 없었다. 내가 운전자라면 피할 수 있었을까를 생각해 보았지만 불가능에 가까웠다. 그는 차량에 역과[1] 되면서 사망했다. 사건 장면을 보니, 피해자가 넘어질 때 보행 신호였기 때문에 이는 신호 위반이고, 신호 위반하여 사람을 사망하게 했기 때문에 교통사고처리 특례법 위반 치사 사건에 해당된다. 그녀는 신호 위반도 인정했다.

1 밟고 지나감.

누구나 당할 수 있는 일이다. 내가 보행자가 될 수도 있고 운전자가 될 수도 있다. 그녀는 신호 위반 사실을 인정했고, 유가족에게 진심 어린 사과를 보내고 있으며 법원에 수많은 반성문을 제출하고 있다고 했다. 검사는 금고 1년 6개월을 구형했고, 2주 후에 판결 선고가 나올 예정이다. 유가족과 원만한 합의가 이루어지면 집행 유예가 나올 가능성이 큰 사건이다. 그런데 그녀가 우는 이유는 다른 데 있었다. 바로 돈이었다. 그녀의 부모님은 수입원이 없었다. 본인이 직장 생활해서 번 돈으로 세 가족이 생계를 유지하고 있다고 했다. 안 그래도 이런 사건이 발생하면 아버지나 어머니가 나서서 같이 오는 경우가 흔했기에 혼자 온 의뢰인이 좀 의아했는데 그 의아함이 해소되었다. 그녀는 떨리는 목소리로 말했다.

"유가족이 형사 합의금으로 1억 5천만 원을 요구했어요. 제가 가입한 보험사에서 2억 원의 보험금을 지급했는데, 1억 5천만 원을 추가로 요청한 상태예요."

내가 수백 억의 자산가였다면 당장 현금을 빌려주고 싶을 만큼 그녀는 안쓰러워 보였다.

"박사님. 제 모든 걸 팔아도 5천만 원이 안 돼요. 제가 뭘 어떻게 해야할 지 모르겠어요."

"의뢰인의 이런 사정을 피해자 측도 알고 있나요?"

"네. 말씀드리고 사정도 이야기했지만, 합의 조건을 변경할 수 없대요. 대출이라도 받아서 해 드리고 싶지만, 대출 이자를 내면 생계를 꾸릴 수 없어요."

그녀는 그렇게 말하는 자신이 부끄러운지 펑펑 울기 시작했다. 하염없이 우는 그녀에게 각 티슈를 밀어 주고 진정하라고 타일렀다. 합의를 봐야만 금고형이 아닌 집행 유예가 나와 일을 할 수 있고, 부모님의 부양이 가능하다는 것이 그녀의 설명이었다. 참 안타까운 상황이다.

설마 나한테 돈을 빌리러 온 것은 아닐 테고 무얼 도와줄 수 있을까 머리를 굴렸다. 그녀는 모니터를 보며 자기가 신호 위반을 했지만, 사고 순간을 피할 수 없었다는 것에 대한 입증을 부탁했다. 나는 이 분석이 그녀에게 일부 도움이 될 거라고 예상하고 있었다. 판결 선고 기일을 묻자 그녀는 2주 후라고 했다. 머릿속이 캄캄해졌다. 재판 기일을 연장하지 않는다면 나의 분석 결과는 재판에 아무런 영향을 미칠 수 없다는 것을 나는 알고 있었다. 재판 연기도 불가능해 보였고 변호인도 크게 관심을 두지 않는 것 같았다. 나는 단호하게 의뢰인에게 분석을 하지 말라고, 해서는 안 된다 했다. 왜냐는 그녀의 질문에 분석 결과가 나오더라도 심리[2] 없이 보고서만 제출된다면 판결에 영향을 어느 정도

2 법률 재판의 기초가 되는 사실 관계 및 법률관계를 명확히 하기 위하여 법원이 증거나 방법 따위를 심사하는 행위.

미칠지도 미지수라고 답변했다. 그리고 차라리 항소심에서 제대로 해 보자고 제안했다. 만약 1심에서 집행 유예가 나온다면 승복하여 받아들이고 나한테 연락하지 않아도 된다고 했다. 징역형이 선고돼서 구속된다면 부모님이 대신해서라도 내게 연락을 달라고 말해 주었다. 그녀는 고개를 끄덕였다. 감옥에 가는 것은 무섭지 않지만, 생계 유지가 힘든 부모님이 걱정된다고 그녀는 또 울기 시작했다. 그만 울었으면 좋겠다는 생각이 들 정도였지만 나에게는 제지할 능력과 힘이 없었다.

눈물을 그친 그녀는 고맙다는 말을 반복했고 집행 유예가 나와도, 구속이 돼도 연락을 준다고 했다. 그녀가 원망하는 건 본인밖에 없었다. 다른 의뢰인들은 상대측의 과실과 시빗거리를 찾기 바쁘지만, 울음보 의뢰인은 그러지 않아서 더 많은 측은지심이 들었다. 한편으로는 유가족에게 그녀의 마음을 대신 전해 주고 싶었다.

상담 후, 와이프에게 형사 처벌 시 발생하는 합의금이 보장되는 운전자 보험에 가입하라고 문자를 했다. 왜 그러냐는 회신이 와서 자초지종을 이야기하자 와이프는 안타까움에 한숨을 쉬었다. 그러면서 본인은 이미 가입되어 있다고 했다. 그리고는 의뢰인이 안타깝지만, 유가족의 삶도 망가졌을 것이라는 말을 덧붙였다. 망자가 한 가정의 아버지라면 남은 가족들의 생계는 어떻게 됐을까? 와이프의 말이 옳았다. 누구 하나만을 안타까워할 수 없는 상황이다.

고의가 아니더라도 누군가 피고인, 혹은 피해자가 될 수 있는 운명의 장난과도 같은 일들이 우리 주변에서 벌어지고 있다. 삼박자가 맞아떨어졌다는 말을 흔히들 한다. 시간, 장소, 실수. 이번 사건의 삼박자다. 그래도 나는 그녀의 전화를 기다렸다. 부모님의 전화가 아닌 그녀의 전화. 부모님이 전화를 주신다면 그녀는 금고형을 받아 구치소에 있을 것이기 때문이다. 그래서 그녀의 전화를 기다렸다. 울지 않는 목소리로 박사님, 하는 목소리를.

이 글을 퇴고하는 중, 의뢰인에게 연락이 왔다.

"박사님. 감사합니다. 집행 유예 나왔어요."

유가족에게 죄송한 마음 때문인지, 신나거나 격앙된 목소리가 아니었다. 그저 남은 삶에 대해 감사를 드리는 어린양의 기도소리 같았다.

No. 018

마음에 들어오세요

등교하는 학생들을 보면 한 명 한 명이 우리나라 미래의 주역들 같아 마음이 뿌듯하다. 하지만 학생들의 얼굴이 밝아 보이지만은 않는다. 아침에 등교하는 것이 행복한 사람은 아마 없을 것이다. 나도 초등학생 땐 학교에 가기 싫어서 떼를 썼다. 어머니께서는 백 원을 주시며 나를 설득하곤 하셨다. 하지만 잠에 빠진 내 영혼은 백 원엔 미동도 하지 않았다. 아마 천 원을 주신다고 하셨으면 영혼이 흔들렸을 것 같다.

하교하는 학생들의 표정은 밝다. 왁자지껄하게 친구들과 수다를 떠는 학생들, 세상에 태어난 지 고작 18년도 안 된 그 아이들을 지켜볼 때면 너무나도 소중하고 애틋한 마음이 올라와서 뭐라도 해 주고 싶어진다. 간혹 담배를 문 채로 나를 불러 세워서 라이터가 있냐고 묻는 학생을 마주치면 꿀밤을 주고 싶지만, 철없는 애들과 싸워 이기는 어른은 없다는 것을 누구보다 잘 알기에 "담배 끊었어요."라는 말을 던지고 자리를 피한다. 그 녀석들도 미래에는 어떤 어른이 될지 모른다. 철없고 소심한 내가 법영상분석 전문가가 된 것처럼.

매년 찾아오는 4월 16일은 먹먹하기 그지없는 날이다. 2014년 4월 16일, 세월호는 칠흑 같은 바다로 우리 아이들을 데려갔다. 나는 그날 출근 준비를 하며 뉴스를 보고 있었다. 화면 속 세월호는 기울어져 있었고 헬기와 구조선이 구조 작업을 하고 있었다. 당시 상황은 긴급했던 터라 자세한 정보는 뉴스로 제공되지 않았다. 모두 무사히 구조될 것이라고 믿으며 출근했다. 그런데 점점 여기저기서 안 좋은 소식이 전해졌다. 저녁이 되었는데도 아이들이 배 안에 갇혀 있다는 기사를 보고 나는 절망에 빠졌다. 밤이 되자 배가 뒤집혀 선수船首 일부만 남기고 바다 아래로 잠겼다는 뉴스가 나왔다. 하지만 선내에 에어포켓이 있으니 생존자가 있을 수 있다는 가능성이 제기되었고, 나도 희망의 끈을 놓지 않았다.

다음 날 아침, 세월호는 거의 사라지고 수평선만 보였다. 나도 모르게 몸이 덜덜 떨리고 눈물이 흘렀다. 화면 속 파도는 거셌고, 구조하러 들어간 잠수부들은 도로 나오고 있었다. 부모들은 먼발치 항구에서 망망대해를 보며 하염없이 통곡했다. 많은 아이들이 주검으로 돌아왔고 아직까지도 찾지 못한 실종자들이 있다. 이 글을 쓰면서도 가슴이 메어 오는 것 같다.

세월호 참사가 발생하고 사건의 진상 규명을 위해 특별 조사 기구가 설치되었다. 조사 위원들은 세월호의 침몰 원인을 밝히고 다시는 이러한 사고가 재발하지 않도록 기록으로 남기는 일을 했다. 그러던 중 한 조사관이 나에게 연락해서 도움을 청했다. 사건 당시를 기록한 수많은 영상을 통해 세월호가 침몰하는 기울기를 시간대별로 측정해 달라는 것이었다. 나는 이 분석을 할 수 있었다. 아니, 해야만 했다. 아이들을 그렇게 만든 원인 규명에 조금이나마 힘을 보태기 위해 뭐든 하고 싶었다. 그 후 조사관은 다양한 영상 분석을 요청했고, 나는 아버지의 마음으로 사건을 분석하였다.

그렇게 삼사 년 가까이 세월호 관련 영상 분석을 했다. 그러던 중 한 조사관이 나에게 전화를 걸어 왔다. 그는 나를 두렵게 만들 영상 분석을 요청했다. 사건 전날과 당일 CCTV에 기록된 아이들과, 수중에서 시신을 인양하는 영상을 봐야 하는 일이었다. 나는 무서웠다. 감정 이입이 많이 된 상태라 그 영상을 볼 자신이 없었다. 조사관은 나에게 영상을 보내 주며 괜찮냐는 말을 건넸다. 나는 가는 목소리로 힘들다고 대답했다. 그는 너무 힘들면 안 해도 된다고 했다. 네, 라고 대답하고 싶었지만 그럴 수가 없었다. 나도 모르게 해야 한다는 생각이 들었다. 그 감정은 지금도 뭔지 모르겠다. 객기도 아니고 사명감도 아닌 것 같다. 그냥 고통받고 싶었던 것 같다. 미안해서, 봐야만 했다.

매점에서 과자와 음료수를 계산하며 친구들과 담소를 나누는 장면, 장난기 있는 한 녀석이 친구를 놀리고 잡힐세라 전력 질주해 도망가는 장면, 팔짱을 끼고 서로의 어깨를 치며 배꼽이 빠지게 웃는 여학생들, 혼자 의자에 앉아 이어폰을 끼고 노래를 감상하는 남학생, 야외 데크 구석진 곳에서 담배를 몰래 피우는 학생들. 영상 속에서 밝게 웃는 녀석들을 보며 잠시나마 행복했다. 몇 시간 후 닥칠 일을 알면서도.

세월호가 넘어진 후 CCTV는 작동을 멈췄다. 그래서 이후의 장면은 복원된 승객들의 핸드폰을 통해 확인해야 했다. 핸드폰으로 촬영된 영상과 사진들을 보면, 학생들은 기울어진 선내에서 간신히 구조물을 잡고 서 있었다. 표정에는 두려움이 보이지 않았다. 선내에서 들려오는 방송 때문이었을까? 다급하거나 도움을 바라는 표정이 아니었다. 한 학생은 기울어진 침대에 누워 노래를 부르는 자신을 셀프 카메라로 찍었다. 랩을 좋아하는 아이인지 즉석에서 만든 가사가 술술 나왔다. 당시 배의 상황을 랩으로 표현하고 있었다. 이 아이의 노래를 들으면서 울음이 터지고 말았다. 젠장. 시신을 인양하는 잠수부들이 착용한 헤드 캠 영상도 봤다. 나는 이 모든 것을 봐야만 했다. 아이러니하게도 계속해서 봐야만 무거운 마음에서 조금이나마 벗어날 수 있을 것 같았다.

내가 만약 세월호 참사 추모 행사를 기획한다면, 사람들도 내가 본 영상을 볼 수 있도록 전시하고 싶다. 그 고통을 우리가 잊지 않도록, 그래서 다시는 이런 일이 발생하지 않도록 말이다.

시간이 지나면서 세월호 참사는 정치적 이슈가 되고 점점 우리 기억 속에서 사라져 가고 있다. 하지만 나는 사건의 모든 영상을 보았고 기억하며 계속해서 함께하고 있다. 가끔 TV나 라디오에서 영화 <타이타닉>의 주제곡 'My Heart Will Go On'이 나오면 내가 봤던 모든 영상이 떠오른다. 그뿐만이 아니라 우리 아들과 딸을 볼 때도, 바다에 떠 있는 선박을 볼 때도, 노란색을 볼 때도, 그리고 내 꿈속에 나와서 웃는 아이들을 볼 때도, 내 영혼엔 항상 그들이 존재한다.

한동안 주변에서는 이런 내게 정신과 상담을 받아 보라고 추천했다. 안 좋은 영상만 보기 때문에 정신적인 고통을 안고 사는 것이 아니냐고 말하는 사람들이 있다. 그리고 어떻게 이런 상황을 극복하냐는 질문을 많이 받는다. 나에게는 따로 극복 방법이 존재하지 않는다. 극복할 필요도 없다.

그들을 밀어내지 않고 내 마음에 들어오게 하면 모든 것이 해결된다.

나는 희생된 아이들에게 미안한 마음으로, 가슴 속에 항상 그들과 함께 살고 있다. 밀어내려 하지 않는다. 간혹 세월호 생각이 나더라도 하늘에서 친구들과 웃고 있을 아이들을 생각한다. 진실 규명을 위해 힘쓴 이 아저씨가 있다는 것을 하늘에서 아이들이 지켜보고 있다고 생각하니 자부심도 생긴다. 하지만 마음 한구석에는 해결할 수 없는 미안함이 고여 있다. 그 이외에 다른 것은 없다.

나는 자동차에 역과 되어 사망한 아이도 봤고, 벽돌에 머리를 맞아 죽은 어른도 봤고, 난간에서 발을 헛디뎌 실족하여 죽은 사람도 봤다. 그 외에도 끔찍하고 비극적인 영상을 수없이 많이 봤다. 그래도 나는 미쳐 있지 않다. 떠난 이들을 애써 밀어내지 않고, 마음으로 받아들이고 있기 때문이다. 생각해 보니 영화 타이타닉의 주제곡이 내 마음을 잘 말해 주는 것 같다.

My Heart Will Go On

내 사랑은 계속될 거예요.

No. 019

찰나의 순간

"아들, 걸어 다닐 때 핸드폰이나 책 보지 마. 그러다 다치거나 사고 나."

아들은 내 말을 듣는 둥 마는 둥, 문제집을 보며 문밖을 나섰다. 나는 화가 나서 크게 소리쳤다.

"당장 들어와. 아빠가 말했지. 걸어 다니면서 책 보지 말라고. 아빠 말이 말 같지 않아?"

호통치자 아들은 놀라서 물끄러미 나를 쳐다봤다.

"아빠가 몇 번을 말했는데 아직도 걸어 다니면서 책을 보는 거야. 그러다 차에 치이면 어쩌려고 그래. 엘리베이터 문이 열렸는데 낭떠러지면 실족해서 죽는 거야. 그것뿐이야? 걸어가다가 맨홀 뚜껑이 열려 있어서 빠져 죽는 사람도 있어. 한순간에 너를 못 볼 수도 있어서 걱정된다는데, 왜 아빠 말을 가볍게 여기는 거야."

아들은 죽는다는 말에 겁이 났는지, 책을 주섬주섬 가방에 넣었다.

며칠이 지났을까. 아들은 여전히 책을 보며 걸어 다녔다. 매번 화내는 것도 지겹고 힘들지만 의무적으로 같은 말을 반복하게 됐다. 실제 사건을 아들에게 보여 줄 심산으로 영상을 핸드폰에 담아뒀지만 미성년자인 아들에게 차마 이런 영상을 보여 줄 자신이 없었다. 아들의 안전을 위해 무엇을 해 줄 수 있을지 고민해 봐도 뾰족한 수가 떠오르지는 않았다. 체험이 가장 좋은 방법이긴 한데 너무 극단적이었다. 그때그때 잔소리라도 해서 짧게나마 경각심을 유지하게 하는 수밖에 없었다.

의뢰 받은 영상 속에는 한 인부가 보인다. 그는 아파트 공사현장 20층 정도의 상층부에서 작업 중이며, 무거운 자재를 들고 분주히 움직이고 있다. 힘에 부쳤을까? 자재들로 앉을 곳이 없는 현장에서 그는 잠시 기댈 곳을 찾는다. 그는 난간에 시선이 끌렸고, 그것이 힘든 몸을 지탱할 수 있을 것이라 예상하며 발을 옮긴다. 난간의 지지대는 둥근 철재 구조물의 겉을 천으로 감싼 형태였다. 그는 난간에 등을 기대며 양팔을 벌려 난간을 잡는다. 하지만 철재 구조물 안에는 지지대가 없었다. 그를 지탱해 줄 것은 아무것도 없어 그는 그대로 떨어지고 만다. 당황한 그가 허공에서 손발을 휘젓는 모습까지 식별되었다. 그렇게 한 생명이 허망하게 세상을 떠났다.

찰나의 순간에 그가 할 수 있는 것은 아무것도 없었다. 도와

줄 사람도 없었으며, 이런 일이 생길 거라고는 그 누구도 예상하지 못했다. 사고의 원인은 명확했지만 현장 구조물의 부실에 의한 사고인지 사망자가 난간에서 일부러 뛰어내린 것인지에 대한 소송이 진행 중이었다. 내가 할 일은 사고 직전, 떨어지는 장면 속 구조물이 비었는지에 대한 여부 분석이 핵심이었다. 여러 차례 분석한 결과, 사망자가 기댄 구조물에는 지지대가 없다고 판단되었다. 영상 분석을 하다 보면 사고가 예견되는 징조들이 다수 보인다. 하지만 이렇게 찰나에 발생하는 사고들은 예견할 수 없다. 내 가족이 저런 일을 당할 수도 있었다는 것을 생각하면 너무 끔찍해서 잠을 이루기 힘들다.

한밤에 남편과 아내가 고속도로를 달리고 있다. 그들은 여느 때처럼 다정한 대화를 나누고 있었다. 그러던 중 순간적으로 차 앞 유리에서 쿵 소리가 들린다.

"뭐지? 여보 괜찮아? 왜 그래."

조수석에 앉은 아내가 운전석 쪽 남편을 보며 다소 떨리는 목소리로 물었다. 남편은 아무 대답도 하지 않는다.

"여보, 왜 그래. 이게 뭐야."

차는 점점 우측으로 기울어져 2차로를 지나 4차로까지 급격하게 이동한다. 여성은 비명을 지른다.

"여보, 여보, 안 돼, 아악!"

블랙박스에 녹화된 음성이다. 차량은 가드레일을 충돌하여 전복됐고, 그 이후의 영상은 기록되어 있지 않았다. 남편은 현장에서 즉사했으며 비명을 지르던 와이프는 중상을 입고 아직도 재활 치료 중이다. 차량의 블랙박스는 그날의 진실을 모두 기록하고 있었다. 반대편 도로에서 버스가 지나가고, 순간적으로 팔뚝만 한 판스프링이 튀어 오른다. 아마도 버스가 도로에 떨어진 판스프링을 밟아서 그 마찰에 의해 튀어 올랐던 것 같다. 이때 부부의 차량은 운이 없게 그곳을 지나갔고, 판스프링은 그대로 유리를 뚫어 남편을 덮쳤다. 실내가 캄캄하기에 아내는 남편의 상태를 제대로 보지 못했지만 주행 상태가 이상한 것을 느끼자마자 남편을 자세히 살피고 비명을 지른 것이다. 이 모든 게 찰나의 순간에 벌어진 일이었다.

이 세상에 정말 신이 있을까? 영상을 보는 내내 나는 신을 욕하고 비난했다. 왜 이들에게 이런 일이 생긴 것일까에 대해 눈을 감고 생각에 빠져도 봤지만, 재수가 없었다는 말로 그냥 넘기기에는 너무나 허망한 죽음이다. 이런 일은 우리에게도 올 수 있다. 누군가 우리에게 "재수가 없어서 그래."라고 한다면 기분이 어떨까? 차라리 신을 욕하는 것이 낫지 않을까? 신이 아니라면, 악마가 이 세상 곳곳에 지뢰를 매설해 놓았을까? 그래, 그편이 더 맞는 말인 것 같다.

'위험이 0.001%라도 존재할 것 같으면 하지 말자.'

영상을 보면서 이런 일을 당하지 않을 방도를 매일같이 고민하다가 내린 결론이다. 위험한 행동이 무엇인지는 모두가 알 것이다. 그런데 '괜찮겠지.', '별일 없을 거야.', '나는 남들과 달라.', '설마 그러겠어?' 이렇게 방심하다가 지뢰를 밟는 것이다. 악마는 안전한 곳에 지뢰를 심어 놓지 않는다. 위험한 곳에 틈틈이 심어 놓고 누군가 밟기를 기다린다. 무모한 용기로 위험을 두려워하지 않는 사람들이 그들의 먹잇감이 된다.

난간은 우리의 안전을 지켜 주는 마지노선일 뿐, 기대서는 안 된다. 1차로는 반대편 차량과 너무 가깝기에 늘 위험이 도사리고 있다. 전문가도 아닌데 전기를 만져서 감전되는 사람, 괜찮겠지 하면서 신호 위반하는 사람, 술 먹고 수영장에 들어가는 사람, 술 먹고 사우나를 하는 사람, 계곡에서 다이빙하는 사람 등. 위험 요소가 있다는 것을 알면서도 우리는 조심하지 않는다. 악마는 그런 우리를 보면서 방긋 웃고 있을 것이다. 지뢰를 밟지 않으려면 아주 자그마한 위험이라도 피해야 한다. 그것이 우리가 살아남을 방도이자 불행해지지 않을 방법이다. 위험과 싸워 이기려고 하지 말고, 위험 앞에서 과시하지 말아야 한다. 좀 늦으면 어떻고, 좀 힘들면 어떤가? 죽는 것보다는 낫지 않을까?

장시간 운전하는 것은 체력적인 피로도가 심해 안전을 위협한다. 그래서 장거리를 갈 때면 와이프와 교대로 운전을 한다. 나는 운전을 정속보다 느리게 하는 편이다. 친구들이 조수석에 타면 속이 터져 짜증을 낼 정도다. 친한 친구는 “좀 밟아.”라고 하지만 나는 꿈쩍하지 않는다. 하지만 와이프의 운전 스타일은 과속 택시 운전 스타일과 흡사하다. 아이들은 주로 와이프의 차를 타다 보니 내가 운전하면 멀미가 난다고 한다. 하도 빠른 승차감에 익숙해진 나머지, 정숙한 승차감을 불편해하는 것이다. 가끔 와이프의 차를 탈 때면 나도 모르게 살살 운전하라고 잔소리를 늘어놓게 된다.

어느 날은 와이프가 고속도로 1차로에서 시원하게 달리기에, 위의 사건을 이야기해 주며 2차로로 가라고 잔소리를 늘어놓았다. 하지만 그녀에게서 돌아온 답변은 “네가 운전해.” 였다.

아들이나 엄마나 내 말을 잘 듣지 않는다. 그렇다고 입을 떼지 않는다면 영상 분석 전문가가 아니다. 나는 이들을 걱정하고 사랑하기에 내가 시키는 대로 할 때까지 잔소리를 퍼붓는다. 지뢰를 밟지 않게 하려면 그 방법밖에 없기에.

No. 020

너는 이게 재미있냐?

나는 공으로 하는 운동은 뭐든 좋아한다. 남자들은 공 하나만 던져 주면 그저 좋아서 가만히 있지 못하는 동물 같다. 학창시절이나 군대시절나 지금이나 공은 남자들의 활력소다. 나는 야구를 참 좋아했다. 초등학교 때 친구들을 모아 '독소리'라는 야구 모임을 만들 정도로 거의 미쳐 있었다. 그 열정 때문에 학교 유리창을 많이 깨 먹어 부모님이 학교에 자주 방문하시곤 했다. 뿐만 아니라 야구공으로 친구들에게 코피를 내는 일도 다반사였다. 그럼에도 야구에 대한 열정은 식지 않아 고등학교에서도 쉬는 시간만 되면 친구들과 캐치볼을 했다. 나의 어깨는 강력해서 공을 받는 친구들은 대부분 곤혹스러워 했던 기억이 난다. 그래서 더 즐겼는지도 모른다. 그들의 고통은 나의 어깨를 더욱 자극했기에.

내가 졸업한 제물포고등학교에는 야구부가 있었다. 야구를 좋아하는 나에게 가장 큰 적은 야구부였다. 쉬는 시간에 우리가 즐길 수 있는 공놀이 공간을 야구부가 차지하고 훈련하는 일이 많았기 때문이다. 우리는 운동장 구석에서 야구부 훈련에 방해되지 않게 조용히 공놀이를 해야 하는 상황이 못마땅했다. 그래도 우리는 아랑곳 하지 않고 우리만의 짧은 시간을 최대한 활용했다. 어느 날은 공놀이에 정신 팔린 우리 사이로 야구부 한 명이 가로질러 왔다. 타자가 친 공이 내 발 앞에 굴러온 것이다. 고3쯤 된 야구선수는 나에게 공을 던져달라고 했고, 평소 심상하게 생각했던 야구부에게 내 어깨의 100%를 가동해서 강력한 송구를 했다. 그는 아무렇지도 않게 나의 전력투구 된 공을 포구한 후 피식 웃으며 이렇게 말했다.

"너희들은 이게 재미있냐? 야구가 재미있어?"

아직까지도 저 말은 내 기억에서 떠나지 않는다. 그의 표정도 기억난다. 우리를 안쓰럽고 한심하게 쳐다보던 그 표정. 그의 얼굴과 목소리에는 진심이 담겨 있었다. 나는 이 말을 들은 후 우리의 놀이터를 빼앗은 저들이 불쌍해 보였다. 우리가 재미로 하는 야구가 저들에게는 다른 의미였던 것이다. 하루 종일 몸을 단련하고, 시합 때마다 긴장하고, 감독에게 욕을 먹고, 경기 결과가 좋지 않은 날에는 경기 후에 운동장을 구호에 맞춰 수없이 도는 이유가 공 하나에 담겨 있기 때문이다. 그들을 보며 나는 깨달았다. 우리가 했던 것은 공놀이지만, 그들이 했던 것은 야구라는 것을.

TV를 통해 내 일이 알려지면서 많은 사람들이 영상 분석가에 대해 관심을 갖기 시작했다. 심지어 가끔은 내가 영상 속에 숨겨진 진실을 찾는 정글 탐험가처럼 비칠 때가 있다. 그러나 그들의 상상은 모두 허구이다. 내 일은 방송에 보여지는 것처럼 흥미진진하거나 긴장감 넘치지 않는다. 마찬가지로, 많은 이들이 TV 속 유명 연예인들이나 전문가들을 보면서 재미있을 것 같다는 이야기를 한다. 자기가 좋아하는 춤과 노래로 많은 돈을 벌거나 텔레비전 프로그램에 출연해 웃으면서 일을 하는 방송인들은 일이 얼마나 행복하고 즐거울까? 하는 생각을 누구나 한 번쯤 해 봤을 것이다. 하지만 이 모든 것은 허상이다.

일하는 이유는 분명하다. 돈을 벌기 위해서다. 일과 돈은 떼려야 뗄 수 없다. 그 돈을 받으려면 그만큼 일을 해야 한다. 영상 분석가는 그 돈을 받기 위해 아이가 차에 치이는 장면, 피해자가 실족해서 난간에서 떨어지는 장면, 살인 장면, 죽어가며 도움을 요청하는 장면 등을 수없이 반복해서 봐야만 한다. 그 속에서 증거를 찾아야 하고 진실을 찾아야 한다. 보고 싶지 않은 것을 보는 것이 영상 분석가의 숙명이다. 그래서인지 이런 영상을 볼 때면 이 일은 진짜 재미있을 수 없는 일이구나, 하는 한탄을 한다. 점차 그 야구부 학생이 야구를 대하는 것처럼 되는 것이다.

하지만 내가 뿌린 결과들이 누군가에게 도움이 됐다는 소식이 들려 오면서 나의 일상이 바뀌기 시작했다. 하지 않은 일로 억울하게 유죄를 받아 교도소에 수감 중인 피고인이 나의 영상 분석으로 무죄를 선고받았다는 소식, 억울한 상황에 처한 피해자에게 중요한 단서를 제공하여 원한을 풀었다는 소식 등은 나에게 활력이 되었다. 활력을 넘어, 가끔은 돈을 받지 않고 무료로 분석을 해 주는 기이한 현상도 생겼다. 나아가 영상 분석이라는 일을 돈벌이로 보지 않고 놀이로 보게 된 것 같았다. 이제 억울한 상황에 처한 피해자를 보면 나도 울분하게 되고, 나쁜 피고인을 보면 화가 나기도 한다. 보기 싫던 영상도 자꾸만 궁금해서 보고 싶어지기도 한다. 돈은 부차적으로 따라오는 아이템에 불과하다는 나의 심경 변화에 와이프는 못마땅해하기도 했다. 나를 바보라고도 했다. 차라리 사회 운동을 하라고도 했지만, 나는 피식 웃으며 와이프의 성난 얼굴에 미소를 지어 주었다.

이 놀이터에서 계속 놀고 싶은 것 이외에 다른 것은 없어졌다. 재미를 느낀 것이다. 그래서 눈에 좋은 루테인을 잘 챙겨 먹고 있다. 내가 아는 천진난만한 공인중개사는 가끔 나를 약 올리려고 말한다.

"영상 속에서 숨은그림찾기도 하고 돈도 벌고. 재미있어서 좋겠어요. 부러워요."

누가 봐도 비아냥거리는 소리가 틀림없다.

나는 그에게 질세라 맞받아친다.

"사장님도 부러워요. 숨은 땅 찾기하고 돈도 벌고. 근데 사장님 이름으로 된 땅 있어요?"

나는 직설적인 화법을 좋아하기에 대놓고 무안을 주었다. 그는 내가 변화된 것을 모르고 도발했다가 되로 주고 말로 받은 것이다. 그리고 그 이후로 그는 더이상 이런 도발을 하지 않았다.

나는 그때 그 야구부 선수를 만나면 이 말을 해 주고 싶다.

네가 아직 야구의 재미를 맛보지 않아서 그래.

No. 021

얼룩진 흰색 봉투

'동업은 미친 짓이다.' 이 말은 정답이다. 앞으로 누군가가 동업을 하자고 한다면 내가 그의 직원이 되거나 그가 내 직원이 돼야 한다.

연구소 초기에는 나와 함께한 동업자가 있었다. 동업자는 같은 대학원 졸업생들로 연구나 분석보다는 비즈니스에 힘쓰겠다고 하며 나와 공동 대표가 되었다. 그때 당시 나는 연구소를 통해 부를 축적하고자 하는 뜻이 없었다. 내가 지금까지 배우고 공부한 것들을 사회에 적용하고 싶었기에 모든 사건이 흥미진진해서 분석료나 매출에는 별로 관심이 없었다.

초창기에 연구소 수입은 그리 나쁘지 않았던 것으로 기억한다. 하지만 비즈니스를 맡은 동업자는 돈에 쫓기듯 매일같이 수익 모델에 대해 나에게 물어봤다. 한번은 나에게 상담 체크리스트를 내밀었다. 거기에는 의뢰인이 나이, 성별, 직업, 사고 당시 차종, 법무법인 이름 등으로 분류가 되어 있었다. 나는 시큰둥하게 이게 뭐냐고 물었고, 동업자는 상담 시 이것들의 등급을 따져서 분석료를 산정할 거라고 했다. 나이가 어느 정도 있고 직업도 괜찮으면 분석료를 많이 받자는 것이었다. 소유한 차가 고가면 돈이 많은 사람이니 분석료를 높게 부르겠다는 말도 했다. 어이가 없어 몇 마디 핀잔을 줬지만 그는 아랑곳하지 않고 본인의 수익 모델을 만들어 갔다. 어쨌든 동업자이기에 그냥 지켜만 보며 나는 내 업무에 집중했다. 하지만 저 친구는 내 기술로 돈을 벌 생각만 하는 것이 아닌가 하는 의심이 가끔 들었다. 그렇게 조금씩 그에 대한 신뢰에 금이 가기 시작했다.

한 변호사가 연구소로 무거운 서류를 들고 찾아왔다. 변호사는 무거운 서류들을 풀어헤치며 사건 개요와 영상이 담긴 CD 한 장을 주었다. CCTV 영상에는 한 남자가 비틀거리는 여자의 손을 잡아끌며 주차된 차량으로 이동하는 장면이 담겨 있었다. 남자는 여자를 차 안에 태운 후, 왔던 길로 황급히 되돌아갔다. 그리고 가방 하나를 챙겨 와서 차에 탑승했다. 몇 시간이 지나서, 남자는 여자를 부축하며 차량에서 내려 화면 밖으로 사라졌다. 영상이 끝나자 변호사는 여자의 행동 패턴을 분석해 달라고 했다. 술에 취해 비틀거리는 것인지, 정상적으로 걸어 다니는 일반적인 보행인지의 여부를 밝혀내는 게 이 의뢰의 핵심 내용이었다.

여자는 차 안에서 성폭행을 당했다고 주장하다가 무고죄로 기소되어 재판을 받게 됐다. 실제로 정액 검사에서 양성 반응이 나와 당시에 성관계가 있었던 것은 검증이 되었다고 했다. 여자는 술에 취해 기억이 나지 않는 상태에서 성폭행을 당했다고 경찰에 신고했으나 남자는 처벌을 받지 않았다. 도리어 남자가 여자를 무고죄로 기소했다.

두 사람은 직장 동료 사이이고 당시는 회식이 끝난 새벽 시간이었다. 남자가 처벌받지 않은 이유 중 하나는, 여자의 걸음걸이가 특별히 음주로 인해 취한 사람의 것으로 보기는 어렵다는 것 때문이었다. 그리고 다시 차에서 나와 걸어갈 때도 여자가 남자의 팔을 잡고 있었다는 것 이외에 다른 물적 증거가 더 있는지는 알 수가 없었다. 물론 걸음걸이만으로 여자가 취하지 않았다는 판단을 내리는 건 10년 전이라 가능하지 않았나 싶다. 그때와 지금은 성인지 감수성에 상당한 차이가 있다. 만일 지금 동일한 사건이 발생한다면 어떤 경우든 남자는 쇠고랑을 피할 수 없을 것이다.

나는 화질 개선을 진행했다. 서서히 피해자의 행동이 보이기 시작했다. 지면에 있는 화단도 식별되었고, 고개를 숙이고 걷는 여자의 모습도 드러나기 시작했다. 여자가 남자의 손에 이끌려 비틀거리다가 엇박자로 걷는 부분이 다수 식별되었다. 특히 화단이 앞에 있는데도 피하지 못하고 그저 남자의 손힘에 의해 당겨지다가 화단에 발이 걸려 쓰러질 것 같은 장면이 포착됐다. 나는 발의 위치를 좌표화해서 보행 패턴을 트래킹한 결과까지 출력했다. 누가 봐도 여자는 남자의 손에 비틀거리며 끌려오듯 걷고 있었다. 고개를 푹 숙이고 있어서 헝클어진 머리카락이 쏟아져 내려 얼굴을 가리고 있었다. 여자는 만취했고, 그날을 기억하지 못할 가능성이 충분해 보였다. 그렇다면 무고가 아닐 수 있다는 것이 변호인의 주장이었다. 이것이 진실이라면 이 여자는 성폭행을 당하고도 역으로 무고죄를 받게 될 상황인 것이다.

얼마 후 해당 사건 피해자의 남편이 연구소를 찾아왔다. 그는 아내를 믿는다고 했다. 그는 아내가 거짓말을 하는 것이 아니라는 확고한 믿음을, 사랑으로 그녀를 치유하고 싶어 하는 눈빛을 나에게 보여줬다. 그는 담배를 연거푸 피워 댔다. 나는 그분이 존경스러웠다. 아내나 남편의 외도를 의심해서 몰래카메라를 설치하고, 촬영된 영상의 화질을 개선해 달라고 하는 사람들과는 차원이 다른 사람이었다. 그는 계속해서 잘 부탁한다는 말을 하며 원래 지급한 분석료 외에 추가로 돈을 더 주겠다고 했다. 나는 정중히 사양했지만 동업자의 눈초리가 날카로워졌다.

법원에 변호사와 마주 앉았다. 증인석에 앉자 변호인이 질문했고 나는 내가 분석한 내용을 자세히 설명했다. 검사도 특별히 공격적인 질문은 하지 않았다. 나는 증언을 마치고 주차장으로 발을 옮겼다. 어느 정도 걷고 있었을 때쯤 피고인의 남편에게 전화가 왔다. 그는 잠시만 기다려 달라고 하며, 내 차가 있는 곳으로 찾아왔다. 그날은 비가 와서 나는 한 손에 우산을 들고 다른 한 손에는 서류 가방을 들고 있었다. 저 멀리서 담배를 피우던 피고인의 남편이 나를 보고 빠르게 걸어왔다. 그는 나에게 오더니 이렇게 멀리까지 와 주셔서 감사하다며 가방을 든 내 손을 덥석 잡았다. 그리고 안주머니에서 흰색 봉투를 꺼냈다. 차비를 하라며 내민 그 봉투는 빗방울에 조금씩 젖기 시작했다. 나는 그 돈을 받을 수 없었다. 법정에서 눈물을 흘리는 피고인과 방청객에서 아내를 바라보는 남편의 모습이 아직 잔상으로 남아, 도저히 그 돈을 받을 수 없었다. 나는 수차례 봉투를 밀어냈다. 그리고 황급히 차량에 탑승하고 시동을 걸었다. 문을 닫으려는 순간, 그는 봉투를 차 안으로 던지고 도망갔다. 나는 사이드 미러로 그의 모습을 지켜봤다. 그는 비를 맞으며 다시 담배를 꺼냈다. 라이터로 수차례 불을 붙이려고 시도했지만 비가 오는 터라 쉽지 않은 모양이었다. 마침내 담배에 불이 붙자 그는 불이 꺼질세라 연거푸 담배를 깊게 빨았다. 나는 비에 젖은 봉투를 보며, 이 돈은 절대 허투루 쓰지 않겠다고 다짐했다.

다음날 연구소에서 그날 있었던 일을 동업자에게 설명했다.

봉투를 열어 보니 30만 원이 들어 있었다. 나는 그에게 이 돈을 성폭행 피해 관련 센터에 기부하자고 제안했다. 아니면 복지 단체 어디든 좋으니, 의미 있는 일에 쓰자고. 하지만 그는 다른 생각을 하고 있었다. 그게 뭐든 수익이 났으니 공금으로 넣어서 회사 운영 자금으로 쓰자는 것이었다. 내 속마음을 다 털어놓았지만 묵묵부답이었다. 그에게 서운해지기 시작했다. 어떻게 보면 서비스에 대한 팁의 개념과도 같은 돈인데 이것을 공금으로 넣으라는 말도 심상했지만, 그가 연구소를 운영하는 취지와 이념이 나와 너무 상반된 것에 가슴이 아팠다. 어눌해진 내 표정을 보았는지 그는 "그러면 그 돈에서 반만 황 박사님이 알아서 쓰세요."라고 말했다. 더이상 말을 이을 수 없었다. 나를 두 번 죽이는 저 말에 알겠다고 대답하고 공금 계좌에 15만 원을 입금했다. 그리고 비에 젖어 얼룩진 봉투는 내 논문 사이에 잘 꽂아 놓았다. 그리고 우리는 얼마 안 돼서 결별했다. 그렇게 나는 내 고향 인천으로 와서 새롭게 다시 연구소를 시작하기로 했다.

그 봉투는 여전히 잘 보관 중이다. 안에 든 30만 원은 월 3만 원씩 불우 이웃을 돕는 후원 계좌에 넣어 납부를 마쳤다. 나에게 30만 원은 중요하지 않다. 그 얼룩진 봉투가 지금의 나를 만들었기 때문이다. 내가 세상에 존재하는 이유는 돈을 벌기 위해서가 아니다. 한없이 억울한 피고인의 눈물과 그녀를 사랑으로 감싸고자 노력하는 남편이 내뿜은 담배 냄새가 깃든 봉투가 내겐 중요했다. 내 사명은 돈을 버는 것이 아니라 진실 규명을 통해 그들을 치유하는 것이기 때문이다. 이게 황 박사의 소명이고 내가 살아가는 이유이며, 나의 소신이다. 그래서 나는 잘 버티며 여기까지 왔다. 결별한 그들은 더이상 이 분야에서 일하지 않고 사라졌지만….

No. 022

잘 놀다 간다

아침 8시 59분. 엘리베이터 안의 사람들은 모두 핸드폰 화면을 들여다 보며 초조해한다. 새로 고침을 계속 눌러대는 사람들의 핸드폰 화면을 슬쩍 훔쳐봤다. 9시가 되자 환하게 웃는 사람이 있는 반면, 한숨을 내쉬며 고개를 떨구는 사람도 있다. 주식 개장 시간에 맞춰 투자한 종목의 성과에 따른 그들의 표정이다. 사실 이런 광경을 처음 본 것은 아니다.

3년 전, 울산 출장으로 비행기를 탈 일이 있었다. 비행기에 탑승해 출발을 기다리며 창밖을 보는 중 인기척이 들려 옆을 돌아보니 한 중년 남성이 핸드폰에서 시선을 떼지 못하고 자리에 풀썩 앉았다. 그리곤 뭐가 그리 초조한지, 자리에 앉아서 양다리를 미친 듯이 떨어 댔다. 옆에 있는 내 의자가 흔들릴 정도라 자제를 요청하고 싶었으나 시선을 돌려 그의 핸드폰을 보는 순간 입을 다물 수밖에 없었다. -250,000,000원, 손실률 -40%. 그의 주식 계좌 정보는 이랬다. 손가락은 매도 버튼에 가 있지만 누르지 못한 채로 안절부절못하고 있는 모습을 보니 참 안쓰러웠다.

비행기가 이륙해 더이상 인터넷을 사용할 수 없게 되자 그는 핸드폰을 끄고 눈을 감았다. 다리의 떨림도 잦아들었다. 그렇지만 자고 있지는 않은 듯했다. 감은 눈꺼풀이 간헐적으로 떨렸고 한숨 소리가 잦게 들렸다. 매도해야 할지 추가로 매수해야 할지 고민에 빠진 사람처럼 보였다. 비행기가 공항에 착륙하자마자 그는 재빨리 핸드폰을 꺼내 들고 주식계좌를 확인했다. 슬쩍 그의 화면을 보니 -50%가 찍혀 있었지만, 그는 매도 버튼을 누르지 못했다.

출장을 마치고 저녁 비행기에 올랐다. 내 자리를 찾아 좌석 번호를 확인하는데 아침에 다리를 떨던 그 남자가 또 내 옆에 앉아 있었다. 그는 나를 처음 보는 사람처럼 쳐다보고는 다리를 오므리며 창 쪽으로 지나갈 수 있게 자리를 비켜 주었다. 인연 중에도 이런 인연이 있을까? 하며 그를 한번 살핀 후 창밖을 바라보았다. 다행히 주식 장이 마감해서인지 다리를 떨고 있지 않았다. 깊은 한숨도 들리지 않았다. 오히려 그는 핸드폰 화면으로 무언가를 보고 좋아하고 있었다. 실눈으로 그의 화면을 보니 비트코인의 수익률이 표기되어 있었다. 수익률은 상당했던 것으로 기억난다. 알트코인을 했는지 기본 30~40%의 수익과 억 단위의 원화가 표시되어 있었다. 금액이 크다 보니 실시간으로 3~5%가 등락하며 초 단위로 수백만 원이 왔다 갔다 했다. 비행기가 이륙하기 전까지 그는 핸드폰으로 매수와 매도를 반복하며 즐거워했다. 친구들과 메시지를 주고받거나 통화를 하며 어떤 코인을 사야 하는지 입을 맞추고 있었다. 특정 코인을 어느 회사에서 매입한다는 찌라시가 있다고 거기에 올인하겠다고 말하는 그의 음성이 들렸다.

비행기가 이륙하고 50분 남짓 지나, 서서히 착륙을 준비할 때부터 그는 핸드폰을 꺼내서 인터넷 연결을 시도했다. 비행 중 핸드폰 사용은 금지인데 그는 아랑곳하지 않고 새로 고침을 마구 눌러대며 올인한 코인의 수익률을 확인하려 했다. 비행기가 활주로에 가까워지자 인터넷이 연결된 모양이었다. 핸드폰 화면을 바쁘게 두드리던 그는 갑자기 핸드폰을 바닥에 집어던졌다. 떨어지며 내 쪽으로 굴러오는 그의 핸드폰을 집어 들었다. 화면에는 -30%라는 파란색 숫자가 표시되어 있었다. 손실 금액은 수천만 원이었다. 핸드폰을 조심스레 그에게 건네자 미안한지 나에게 말을 걸어왔다.

"던져서 죄송해요. 제가 정신이 없었나 봐요. 순간적으로 왜 그랬는지 모르겠네요."

그는 목소리에는 영혼이 담겨 있지 않았다.

"코인 이게 사람을 미치게 하네요. 하지 말 걸 그랬어요. 아이, 진짜 내가 미친놈이지."

그는 자신을 질책하며 나에게 코인을 하는지 물었다.

"네, 저도 하고 있어요. 삼사 년은 된 것 같은데요."

그는 친구를 만난 듯 반가워하며 어떤 코인을 샀는지 물었다.

"비트코인이요. 다른 건 무서워서 못하고 대장인 비트코인을 샀어요."

비트코인을 샀다는 말에 그는 조심스레 수익률을 물어봤다.

"한 -20% 정도 될걸요?"

그는 내게 동병상련을 느꼈는지 나를 위로하려는 말을 꺼내기 시작했다.

"그래도 -20% 정도면 괜찮네요. 전 지금까지 평생 번 거 절반 이상 날렸고 대출 이자 내기도 벅차요. 선생님은 그 정도니 더이상 하지 마시고 손절하세요."

그의 말을 듣고 있자니 나를 같은 사람으로 취급하는 것 같아 기분이 불쾌해지기 시작했다.

"저도 좀 많이 하기는 했지만 없어도 되는 돈이에요. 저도 -70%까지 갔는데, 시간이 지나니까 -20%까지 복구되더라고요. 내가 번 것에서 조금만 투자한 거라 걱정은 안 돼요. 오르면 좋고, 0원이 되면 인생 공부한 거죠, 뭐."

사실 처음 투자하고 몇 달은 나도 그 사람처럼 생활했었다. 잠도 못 자고 핸드폰만 쳐다봤던 과거가 생각났다. -70%까지 갔을 때는 절망에 빠져 하루하루 피폐해져 갔다. 이런 생활에

종지부를 찍고 마음의 평온을 찾게 해 준 건 어느 취객의 한 마디였다.

몇 년 전, 거리에는 뽑기 방이 성행했다. 대부분 24시간 무인으로 운영되고 술집 주변에 자리 잡고 있어서 취객으로 항상 붐볐다. 취객은 객기가 발동해서 지폐 투입구에 몇만 원씩도 넣는다. 어느 날, 지인들과 술자리를 마치고 뽑기방 옆을 지나가는데 큰 소리가 들렸다.

"잘 놀다 간다. 잘 있어라."

만취한 남자는 쿨하게 웃으면서 저 말을 큰 소리로 여러 번 외쳤다. 게임을 같이한 그의 일행들도 다 같이 "잘 논다 간다."를 여러 번 외쳤다. 그들은 지갑에 있는 몇만 원으로 게임을 즐겼고, 인형은 하나도 뽑지 못했지만 몇 번 웃으며 탄식하는 것이 전부였다. 그들의 목적은 인형이 아니었기 때문이다. 무언가라도 잡아채서 게임을 즐기고 싶었던 것이다. 그래서 그는 "잘 놀다 간다."라고 말할 수 있었을 거다. 도박이 아닌 게임.

내가 -70%인데도 마음의 평온을 찾고 일상으로 돌아와 아무렇지 않게 생활할 수 있었던 것은 투자를 게임처럼 생각하면서부터다. 이익이 나서 팔고 떠나면 게임에서 이기는 것이고, 평생 원금을 찾지 못하면 게임을 즐긴 패자가 되는 것일 뿐이다. 패자가 된다면 나도 "잘 놀다 간다. 잘 있어라."라고 외치면 그만이다. 손실된 금액을 보며 아까운 돈이라는 생각에 원금을 찾으려고 돈을 더 끌어모아 집어넣는 것은 도박 중독 수준이니 잘 놀다 갈 수 없다. 더 깊은 늪에 빠진다면 자산은 물론이고 생명까지 단축될 수 있다.

비행기가 게이트에 도착해 엔진 꺼지는 소리가 들렸다.

"그래도 손실을 보셨다면서 왜 그렇게 태연하세요?"

그는 묻고 싶었지만 참았던 말을 꺼냈다.

"비트코인 망하면 게임에서 진 거예요. 그냥 잘 놀다 가는 거죠, 뭐. 돈을 벌면 좋은 거고, 잃으면 게임 참가비 냈다고 생각해요. 그 이상 그 이하는 없어요. 그런데 선생님은 게임을 하는 것이 아니고 도박을 하시는 것 같아요."

정곡을 찌르는 말에 발끈할 줄 알았지만 그는 의외로 고개를 끄덕였다.

"네. 맞아요. 저 그만하고 싶어요. 원금만 찾으면 진짜 다신 이런 거 하기 싫어요."

나는 그 사람의 무릎을 토닥이며 말했다.

"그럼 핸드폰 주세요. 제가 팔아 드릴게요. 그리고 대출 다 갚으세요. 손해는 크겠지만 잘 놀다 간다고 생각하세요. 인생 한 번쯤은 살다 보면 이런저런 경험도 있어야죠."

그는 핸드폰을 감추고 짐을 챙기기 시작했다.

"고민해 볼게요. 지금 팔기에는 아까워요. 팔았는데 오르면 어떡해요. 조심히 들어가세요."

나는 고개 인사를 하고 출구로 나왔다. 지하철을 타러 대합실로 이동하는데 멀리서 그가 보였다. 가방을 어깨에 메고 한쪽 손에는 짐을 들고 한쪽 손으로는 핸드폰을 보며 고개를 숙이고 걷는 그 남자. 그러다가 지나가는 행인과 부딪혀도 고개를 들지 않는 도박 중독자의 모습은 잘 놀고 있는 듯해 보이지 않았다. 시간이 오래 지났지만, 부디 그가 어디에선가라도 잘 놀다 갔기를 바랄 뿐이다.

No. 023

아버지가 하지 못한 취미

1997년 고등학교 1학년 때일 것이다. 어느 날 술에 취하신 아버지께서 뭔가 묵직한 박스 세 개를 가방에서 꺼내어 나에게 보여주신 적이 있다. 박스는 금색이었고 알 수 없는 영어가 쓰여 있었다. 한글로 된 텍스트는 없고 대부분 영어로 쓰여 있어서 뭔가 고가의 제품이겠구나 싶었다. 아버지는 상당히 조심해서 물건을 꺼내셨고 내가 만져 보려고 하면 인상을 쓰셨다. 아버지의 그 표정만으로 이것은 심상치 않은 물건이라는 것이 확실해졌다. 포장지를 하나하나 차곡차곡 쌓아서 정렬하고 드디어 내용물이 전시되기 시작했다. 물건들은 모두 분리되어 있어 합체가 필요해 보였다. 동그란 경통[1]에 유리가 달린 것은 영락없는 카메라 렌즈였기에 나는 아버지가 사 오신 게 카메라라는 걸 직감했다. 아니나 다를까 합체하는 것을 힘들어하던 아버지가 완성된 결합품으로 사진을 찍는 자세를 취했을 때, 내 예상이 맞다는 것을 알 수 있었다.

1 현미경이나 망원경 따위에서 접안렌즈와 대물렌즈를 연결하는 통.

이 카메라는 지금으로 따지면 DSLRDigital Single Lens Reflex 카메라다. 나는 사진 동아리에서 수많은 카메라를 다뤄 봤고 대학원에서는 디지털 이미지를 전공하였기에 지금은 DSLR을 눈 감고도 조립하고 촬영할 수 있다. 아버지는 취미로 사진을 찍으려고 집 앞 사진관에서 카메라를 고가에 구입하셨다고 했다. 이 사진관은 어릴 때 아버지 손을 잡고 필름을 현상하고 인화하기 위해 자주 들렀던 곳이다. 아버지는 합체된 카메라의 뷰파인더로 나를 촬영하는 시늉을 하시면서 200만 원짜리 카메라라고 강조하셨다. 지금도 200만 원이면 큰돈이지만 학창 시절에는 짜장면 가격이 1,800원 정도였으니 지금의 3배 정도의 가치가 되는 큰 금액이었다. 나는 카메라를 만질 생각조차 하지 않았고 근처에 얼씬거리지도 않았다. 아버지는 카메라를 나에게 건네며 들어보라고 했다. 카메라를 드는 순간 묵직함을 느꼈고 '이걸로 어떻게 사진을 찍지?'라는 의문이 들었다.

아버지는 그렇게 카메라와 친구가 되기 위해 부단히 매뉴얼을 살피셨다. 하지만 독학은 아버지에게 무리였다. 현재 나는 대학원에서 법사진학을 강의하고 있다. 이 수업에서는 사진 촬영 기초에 대한 이론 숙지와 실습이 필수적으로 따른다. 강의를 들은 학생들도 DSLR 카메라에 익숙하지 않아 혹독한 시간을 보내는데, 당시 우리 아버지는 DSLR를 만만히 보셨는지 비디오 플레

이어처럼 매뉴얼만 보면 바로 작가가 되실 수 있다고 착각하신 것이다. 한 달쯤 지났을까? 고가의 카메라를 만지는 아버지의 모습을 볼 수 없었다. 그때 당시 가정집에서는 집안에서 가장 값나가는 물건은 장롱 안쪽에 보이지 않게 숨겨 놓곤 했다. 아버지의 관심에서 멀어진 불쌍한 카메라 역시 장롱 깊숙한 곳에 들어가 있었다. 사실 디지털 장비를 장롱는 넣으면 절대로 안 된다. 옷과 이불에서 떨어지는 미세 먼지가 카메라 안에 침투하여 먼지가 쌓일 수 있고, 장롱 안에 곰팡이가 번식하여 카메라까지 스며들면 전자 제품의 특성상 고장의 원인이 될 수 있기 때문이다. 하지만 이건 지금에서야 할 수 있는 이야기고, 그때 당시 나는 그냥 똑딱이 카메라가 전부인 평범한 학생이었기에 아버지의 비싼 카메라는 장롱 속에서 살 수밖에 없었다.

2000년, 나는 대학에 입학했다. 00학번은 선배들의 놀림거리로 '빵빵 학번'으로 불리기도 했다. 나는 00학번 건축 공학도였다. 신입생들에게는 학과 생활 이외에 동아리라는 신세계가 열려 있다. 다양한 동아리에서 신입생을 가입시키기 위해 혈안들이 돼서 캠퍼스는 난리도 그런 난리가 없었다. 밥 사 준다는 선배, 술 사 준다는 선배, 여자친구 소개해 준다는 선배 등 우리를 유혹할 만한 제안들이 즐비했다. 나도 새로 사귄 학과 친구와 동아리를 찾던 중, 이 모든 유혹에 휘말리고 말았다. 그래서 동아리를 한 군데씩 모두 들어가 가입 원서를 내고 즐길 수 있는 모든 것을 즐겼다. 여자친구 소개만 빼고 모든 것이 완벽했다.

어느 동아리에 들어갈지 행복한 고민을 하던 중 내 눈앞에 있던 사진 동아리에 이끌렸다. 장롱 속에서 썩고 있는 아버지의 카메라가 떠올랐기 때문이다. 나는 다른 동아리의 단맛을 다 보고 마음을 굳혀 사진 동아리 가입 원서에 사인 했다. 가입 원서에는 갖고 있는 카메라 기종과 연식을 쓰라는 공란이 있었다. 카메라 기종? 모델? 바로 잘 찾아왔다고 생각하고 집에 오자마자 카메라 모델을 외웠다.

얼마 후 사진 동아리 신입생 환영회가 열렸고 선배들이 한데 모여 우리를 환영해 주었다. 나는 동아리에서 가장 높은 연구부장 선배 옆에 앉게 되었다. 이 선배는 당시 사진을 빼고는 말할 수 없는 분으로, 사진에 대한 모든 것을 알고 있었다. 카메라 종류, 사진 기술, 사진 예술까지 모르는 게 없었다. 나는 신입생답게 조용히 앉아 선배의 이야기를 경청하고 단답형으로만 대답했다. 그러던 중 선배는 나에게 카메라와 렌즈의 모델을 물어봤다. 나는 외워 둔 카메라와 렌즈의 모델명을 말했다.

"아버지가 200만 원 주고 산 고가의 카메라라 소중히 생각하고 있어요."

그러자 연구부장 선배는 카메라 모델의 성능에 관한 이야기

없이 엉뚱한 대답을 했다.

"이거 100만 원이면 남대문에서 사는데."

그는 웃으며 말했고, 나는 점점 기분이 나빠지기 시작했다. 어처구니없는 표정을 하고 있는 나에게 선배는 쐐기를 박는 말을 했다.

"친구가 똑같은 것을 100만 원에 샀어. 전화 바꿔 줄까?"

나는 더이상 반격하지 않고 그 망할 놈의 사진관을 찾아가 따질 생각만 가득했다. 하지만 카메라를 잘 모르니 사진관 주인과 싸워서 이길 자신은 없었다. 대신 열심히 배워서 그만큼의 값어치를 하자고 맹세했고 사진 공부에 몰두했다. 나를 법영상 전문가로 만든 시초는 여기서부터다.

아버지는 카메라를 나에게 보여 주시고 2년 후 세상을 떠나셨다. 고등학교 3학년 때이다. 100만 원짜리 카메라를 200만 원에 구입한 것도 억울한데, 한 번도 제대로 촬영해 보지 못하고 돌아가셨다. 만약 아버지가 카메라 작동법을 아셨다면 카메라에 처음 찍혔을 장면은 아버지를 멀뚱히 쳐다보는 내 모습이었을 것이다. 나는 아버지가 남겨 주신 카메라 덕분에 사진 동아리에서 카메라 작동법을 배울 수 있었다. 법영상분석 전문가가 될 수 있었던 발판은 아버지가 마련해 주신 셈이다. 덕분에 지금은 아버지가 손해 본 100만 원보다 더 많은 걸 얻을 수 있게 되었다. 아버지의 지름신이 아니었다면 내가 사진 동아리에서 사진을 경험할 일은 없었을 테고, 이 길을 선택하지도 않았을 것이다. 아버지의 유품은 당신의 아들에게 주는 마지막 선물이 되었고, 내 인생을 바꿨으며, 내 미래를 진행하게 했다. 감사합니다. 아버지.

No. 024

웅크리다

'9월 3일(명량해전 13일 전) 비가 뿌렸다. 배의 뜸(거적 지붕) 아래에서 머리를 웅크리고 앉아 있으니 그 심사가 어떠하겠는가?'

'9월 12일(명량해전 4일 전) 종일 비가 뿌렸다. 배의 뜸 아래에서 웅크려 심회를 걷잡을 수가 없었다.'

이순신의 난중일기에 가장 많이 쓰인 글자 중 하나가 축(縮 : 웅크리다) 자다. 실제로 임진왜란 때 이순신이 이끄는 수군의 전력은 언제나 일본군에 비해 열세였다고 한다. 우리들의 역사에는 용맹으로 무장한 이순신과 휘하들이 전승을 거둔 것으로 기록되기에 난중일기 곳곳에 기록된 그의 웅크린 모습은 실제 우리가 알고 있는 이순신 장군의 모습과는 많이 다르다. 물론 이순신 장군은 지략과 전략을 겸비한 분이셨다. 그렇지만 그분도 두려움을 느꼈고, 무서움을 느꼈으며, 어찌할지 몰라 안절부절못하는 우리들과 다를 바 없는 사람이었다.

신은 우리에게 공평하게 시련을 준다. 고통과 시련을 겪어 보지 않은 사람은 없을 것이다. 왜 나한테만 이런 일이 생기느냐는 한탄은 다른 사람의 시련을 몰라서 하는 소리다. 나를 찾아오는 의뢰인들도 대부분 왜 나한테 이런 일이 생겼는지 모르겠다고 하소연을 늘어놓는다. 그런 의뢰인에게 더 잔혹한 운명을 가진 사람들의 이야기를 해 주곤 한다. 시련에는 절대적인 크기가 없다. 그걸 받아들이는 사람의 마음가짐에 따라, 그리고 해결하려는 노력에 따라 체감하는 크기가 달라질 뿐이다.

나도 지난날을 생각해 보면 많은 시련이 있었던 것 같다. 특히 영상 분석을 시작하면서 너무 많이 웅크렸는지 심기가 편한 날이 없을 정도였다. 분석 결과에 대한 자신감 결여가 큰 문제였다. 내가 판단한 결과가 당사자들에게 미칠 영향을 생각하면 겁이 났다. 한쪽에 유리한 결과가 나온다면 불가피하게 다른 한쪽이 불리해질 수밖에 없는 것이 나의 일이다. 심지어 법원에서 촉탁이 온 사건의 경우, 분석 결과가 재판에 영향을 미쳐 어떤 이는 수감되고 어떤 이는 손해 배상을 해야 하는 경우가 발생한다. 나 때문에 말이다.

심적 부담이 크다 보니 자연스레 움츠러들었고 모든 일이 불안과 초조의 연속이라는 생각이 들었다. 내 분석에 오류가 있거나 실수가 있다면 억울한 사람이 범죄자가 될 수 있고 죄지은 범죄자가 무죄를 받아 피해자가 억울해할 수 있다. '혹시 나 때문에 억울한 일이 생기면 안 되는데…'를 수없이 가슴 속으로 외치며 책상 한구석에 고개를 숙인 채 불안에 떨곤 했다. 주변에서는 "사람은 누구나 실수할 수 있어."라고 말해 주었지만 그런 위안은 가슴에 와닿지 않았다. 와이프에게 고민을 털어놓으니 힘들면 그만두라고 했다. 이 말에 마음이 조금 편해졌다. 그만두는 방법은 움츠림을 벗어나는 가장 손쉬운 방법이기 때문이다. 그러려면 내가 지금까지 해 온 많은 것들을 포기해야 한다. 그리고 깨끗이 잊고 스스로 비겁해져야 한다. 변명거리도 많이 준비해야 한다.

이제는 전처럼 불안하거나 긴장되어 움츠러들지 않는다. 시간이 지나서 덤덤해진 것은 아니다. 시련 앞에서 움츠러드는 건 당연하다는 것, 그리고 그 시련에서 헤쳐 나가는 방법을 깨달았기 때문이다.

'넌 도망갈 데가 없어.'

수많은 고뇌 속에서 움츠림이 나에게 던진 이 한마디가 나를 강인하게 만들었다. 움츠림은 우리를 절벽 끝까지 몰아 아무것도 할 수 없는 상태로 만든다. 그 절벽에서 온전하게 도망 나올 방법은 없다. 방법은 두 가지다. 뛰어내려서 죽는 것. 혹은 다치는 한이 있더라도 어떻게 해서든 절벽을 내려오는 것. 죽고 싶지 않다면 매달려 내려와야 한다. 어떻게 하면 덜 다칠지를 생각하며 절벽 아래로 손이 닿는 나뭇가지를 살피고, 튀어나온 돌은 어디쯤 있는지, 발은 어디에 디딜지, 어느 방향으로 어떻게 이동할지를 최대한 세심하게 고민해서 선택해야 한다. 이 과정에만 집중하고 다른 생각을 해서는 안 된다. 힘들지 않게 내려올 생각은 꿈도 꾸지 말아야 한다. 천천히 한 발씩 내디디며 움직이다 보면 어느덧 평지와 가까워질 것이다. 중간에 실족해 떨어질 수는 있으나 절벽에서 곧장 떨어지는 것보다는 살 가능성이 크다. 몸을 다칠 수 있으나 절벽에서 해방되었으니 일단 움츠림에서는 벗어날 수 있다. 설령 다치더라도 살기 위해 할 수 있는 모든 것을 다 해보는 것, 이것이 내가 깨우친 움츠림의 해결 방법이다. 그때 다친 몸에서 배운 경험이 나를 성숙시켜 다음 절벽은 더 쉽게 내려올 수 있게 해 주는 촉매제가 된다는 것도 터득했다.

영상 분석 결과에 대한 움츠림을 벗어나기 위해 내가 찾은 구체적인 방법은 양쪽의 입장에서 비평해 보는 것이었다. 내 결과에 대해 서로 어떤 불만을 토로할 것인지를 예상해서 분석 결과가 합당한 설득이 될 수 있는지를 살펴보는 과정을 시뮬레이션하기로 했다. 그리고 문제가 있는 부분을 보완해서 보고서에 추가했다. 자신감을 얻는 방법으로 '철저한 준비'를 택했던 것이다. 가끔은 직원에게 상대측 변호인이나 검사가 되어 보라고 하고 내 분석에 비평을 시켜 보기도 한다. 이 과정을 반복하다 보니 검사나 변호인의 심문 내용이 모두 내 시뮬레이션 범위에 들어가게 되었다. 그리고 어느덧 조금씩 두려움이 사라지는 것을 느꼈다. 두려움 속에서 움츠림은 나를 철저한 영상 분석가로 만들어 준 것이다.

존경하는 이순신 장군과 나를 비교해서는 안 되지만 그분도 명량 해전을 앞두고 열두 척의 배로 수백 척을 상대해야 하는 말도 안 되는 상황에 움츠러질 수밖에 없었을 것이다. 하지만 그분 또한 도망갈 데가 없다는 것을 알고 철저한 준비로 맞섰다. 그를 전장의 영웅으로 만든 것은 '움츠림'이라는 비장의 무기였다. 누구에게나 시련은 온다. 그럴 때, 도망갈 데가 없다는 것을 잊지 말자. 시련이 왔을 땐 우리가 할 수 있는 모든 걸 해 보자. 하늘의 뜻에 맡기는 건 그다음 일이다.

No. 025

티안나

한동안 담배를 끊고 살이 엄청 쪘다. 둥실둥실 굴러다닐 것 같은 몸매에 얼굴이 터질 것 같이 불어 있는 내 모습이 TV에 나올 때면 나도 겁이 나기 시작했다. 와이프는 내 건강 상태를 염려했다. 종합검진 결과, 고지혈증이 있다는 소견이 나왔다. 고지혈 증상이 지속되면 약 처방까지 받아야 한다고 의사는 내게 엄포를 놓았다.

고지혈증 때문이었을까? 피로감에 아침에 일어나기 힘들고, 사무실에서도 졸기 일쑤였다. 얼굴과 머리에 피부염이 발생해서 피부과도 다니기 시작했다. 다시 담배를 피울까 심각하게 고민했지만, 독한 놈이 되고 싶었다. 그러기 위해서는 운동을 해야겠다는 생각이 들었다. 헬스장도 다니고 식사량을 줄이며 밤에 먹던 간식도 먹지 않았다. 꿈에서 뭔가를 먹는 꿈을 꾸다 일어나 보면 베개를 물고 있는 내가 한심했다. 운동은 상당히 효과적이었다. 건강이 돌아오는 신호가 몸 여기저기서 나타났다. 3개월 후에 피

검사를 해 보니 고지혈증 수치가 정상으로 돌아와 있었다.

고강도 운동을 한 것은 아니었다. 가볍게 산책하는 것만으로도 큰 효과를 볼 수 있었다. 체중 감량을 위해 점심 식사 후에 40분 정도 산책을 했던 것은 어느새 습관으로 자리잡았다. 점심을 먹자마자 다시 자리로 돌아와서 서너 시간을 모니터만 봤으니, 살이 뒤룩뒤룩 찔 수밖에 없었다. 식후 산책은 나의 생활 패턴을 깨 주었다. 2014년에 서초동에서 인천 송도로 연구소를 옮겼는데 걸어서 십여 분만 가면 바다가 보이는 한적한 곳이 있었다. 살이 찌지 않았으면 내 주변에 이런 곳이 있는지 몰랐을 것이다. 연구소 주변을 걸어 다니다 보면 새로운 산책로를 발견할 수도 있었다. 이제 산책은 운동이 아니라 일상이 되었고 혼자만의 생각에 빠져들 수 있는 나만의 시간이 되었다. 이어폰을 끼고 좋아하는 노래를 들으며 탁 트인 공간을 마음대로 걸어 다니는 것이 얼마나 큰 행복인지, 새삼 나의 삶이 달라 보였다. 이 자유를 느끼느라 시간 가는 줄 모르고 한 시간 넘게 걸은 적도 종종 있었다. 새로운 길을 발견하면 하염없이 걸어가곤 했다. 나만의 시간을 보내다 보면 내가 너무 멀리 왔다는 것도 몰라서 살아 계시냐는 직원의 문자를 받고서야 발걸음을 돌릴 정도였다.

이전의 삶은 어땠는가? 일만 하며 사건을 해결하기 위해 얼마 안 남은 머리를 쥐어짜는 영상 분석가는 녹이 슨 기계가 되어

가고 있었다. 먹고 자고 일하고, 피곤하니 꾸벅꾸벅 졸며 비실거리면서, 의뢰인들의 억울한 사건들을 해결하기 위해 마지막 남은 힘을 쏟고 있었던 거다. 하지만 그때 나는 이렇게 중얼거렸다.

남들도 다 이렇게 일해.
인생이 원래 그런 거야.
언젠가는 나아지겠지.

산책하며 나만의 시간을 갖고 나서야 저런 건 핑계라는 걸 알게 되었다. 산책이라는 시간은 나에 대해 생각하게 했다. 일을 해결하려는 생각 따위는 없었다. 논문 실험 데이터의 오류를 신경 쓰는 쓸데없는 생각을 하지도 않았다. 분석 보고서의 말미에 들어갈 표현은 나중 일이었다. 그냥 길을 걸으며 자유를 느꼈다. 봄에는 벚꽃이 피어 있는 길을 찾아 걷고, 여름에는 그늘이 있는 길을 찾아 걷고, 가을에는 붉은 잎이 있는 곳을 향했다. 겨울에는 눈 쌓인 곳에서 뽀드득 소리를 찾기 위해 걸었다. 이런 일상이 지속되다 보니 큰 변화가 생겼다. 여유가 생긴 것이다. 여유로 인해 물리적으로, 공간적으로, 시간적으로 넉넉하게 되었다. 이러한 여유가 생긴 이유는 딱 하나이다. 나만의 시간을 가졌기 때문이다. 남들은 자신을 위해 시간을 쓴다는 걸 대수롭지 않게 생각할지 모르겠으나 나는 경험했고 간증할 수 있다. 여유라는 것이 얼마나 대단한 힘을 발휘하는지를.

여느 때와 같이 산책을 하던 중, 차 앞에 쪼그리고 앉아서 붓펜으로 범퍼에 페인트칠을 하는 중년 남자를 보았다. 그 옆에서 와이프로 보이는 여자가 남편을 지켜보고 있었다. 쪼그려 앉은 남자는 땀을 뻘뻘 흘리며 상처 난 범퍼를 집도하듯, 조심스레 페인트칠 하고 있었다. 그러다 실수라도 하면 '아씨'를 연거푸 내뱉었다. 와이프는 티 안 나니 신경 쓰지 말고 그냥 가자고 달랬지만 남자는 들은 척하지도 않았다. 내가 봐도 티가 나지 않았지만 그는 저 멀리서도 보인다고 소리를 질러 댔다. 가까이 가서 티 안 난다고 이야기해 주고 싶었지만 나는 그냥 지나쳐 갔다. 사무실로 돌아온 나는 문득, 여자의 말이 떠올랐다.

"티 안 나니 신경 쓰지 마."

이 말이 굉장히 와 닿았다. 나만의 시간으로 여유를 가진 영상 분석가에게 저 말은 너무 인상 깊었다. 사람들은 남이 신경 쓰지 않고 관심도 없는 것에 대해 너무나도 신경을 쓴다. 남이 봤을 때 아무렇지도 않은 것이 본인에게는 크게 보이기 때문이다. 이로 인해 쓸데없는 스트레스에 빠져서 시간을 허비하고, 소중한 여유를 날리게 된다. 망가진 물건을 붙잡고 스트레스 받아봐야 나한테 무슨 도움이 될 수 있을까? 이 모든 행위는 쓸데없이 나의 소중한 시간을 뺏는 나쁜 습관이다. 몇 년 전만 하더라도 나 또한 차량에 스크래치가 나거나 패임이 있으면 아까 만난 길가의 페인트공처럼 쓸데없는 시간을 보냈다. 하지만 지금은 저래 봤자 나의 소중한 시간만 뺏긴다는 것을 알기에 관심을 두지 않는다. 가끔 애들이 차에서 내릴 때 쿵, 하며 '문콕'을 할 때면 나도 모르게 인상을 쓰고 외관을 살피지만 이는 본능적인 행동일 뿐 금방 평온을 찾는다. 점점 스님이 되는 것 같지만 마음을 다스리니 편하고 스트레스가 없다. 그러다 보니 내 차에 있던 많은 스크래치와 패임 등의 상흔은 자연스레 치유되어 보이지 않았다. 마음이 바뀌니 자동차가 자가 치유를 하고 있다.

산책하던 나에게 직원이 문자를 보냈다. 「어서 들어오세요. 의뢰인이 왔는데 꼭 뵙고 싶대요.」 나는 기다리라고 하고 여유 있게 발을 돌렸다. 연구소 문을 열고 들어가자 회의실에서 인상을 쓰고 있는 젊은 청년이 문틈으로 보였다. 나는 내 책상에서 노트와 펜을 챙겨 회의실로 들어갔다. 젊은 의뢰인은 억울하다며 블랙박스 영상을 틀어 보여 줬다. 그의 자동차는 고속도로 주행 중이었다. 그러던 중 영상에서 '탁' 하는 소리가 들렸다. 의뢰인은 말했다.

"여기예요. 여기에서 돌이 튀어서 유리창이 깨졌어요."

그는 흥분하기 시작했다. 돌로 추정되는 피사체가 고속도로에서 날아와 유리창에 충격하여 손톱보다 작은 실금이 생겼다고 한다. 파손된 유리가 촬영된 사진을 보니 정말 작아서 숨은그림찾기를 하는 것 같았다. 하지만 그는 너무나도 크게 보인다며 돌이 전방에 있는 화물차에서 날아온 것을 입증해 달라고 했다. 내가 봐도 화물차 방향에서 날아온 것으로 추정은 됐다.

분석 비용을 받고 추정 방향을 시뮬레이션 할 수는 있었다. 가능한 분석이었다. 하지만 나는 그에 말했다.

"이 분석은 하지 마세요."

그는 놀라며 눈이 동그래져 나를 쳐다보았다.

"분석해서 돌의 방향이 트럭 쪽이라고 한들 트럭의 화물칸에서 떨어진 것인지 아니면 도로에 있는 돌을 밟아 튀어 올라 날아온 것인지에 따라 책임 소재가 다를 수 있어요."

분석하지 말라는 이유를 조심스레 설명하자 그는 귀담아들었다.

"도로에 있는 돌을 밟아 날아온 거라면 도로교통 관리공단의 문제가 될 수 있어요. 문제는 화물차 운전자나 도로교통 관리공단이나 모두 본인들의 책임이 아니라고 할 것이 뻔해요."

그는 고개를 끄덕이고 있었다.

"그렇다면 방향을 분석한들 아무 의미가 없는 쓸데없는 일이 되는 거예요. 또한 영상 분석 비용, 민사 소송을 위한 변호사 선임 비용, 걸리는 시간, 그리고 그동안의 스트레스를 감안한다면 더욱이 아주 쓸데없는 짓이죠."

내가 이런 이야기를 하자 의뢰인은 잠깐의 머리를 굴리더니 물었다.

"그럼 어떻게 해요?"

"이 건으로 스트레스 받지 말고 그냥 잊으세요. 만약 작은 돌이 아니고 판스프링 같은 철재 구조물이었다면 사망할 수도 있었을 텐데 아주 운이 좋은 거예요."

그리고 실제 유사 사망 영상의 일부를 보여주었다. 그는 소스라쳤다.

"앞으로 좋을 일이 있을 징조이니 그만 돌아가시고 소중한 시간을 스트레스로 보내지 마세요. 그리고 시간이 지나면 유리는 알아서 치유될 거예요. 신경 안 쓰면 잘 안 보이거든요."

그는 내 뜻을 이해했는지 연거푸 고맙다고 구십 도로 인사하며 지갑을 꺼냈다.

"상담료가 얼마죠?"

나는 지갑을 보는 그에게 웃으며 말했다.

"그냥 가세요. 해 드린 것도 없는데요."

의뢰인은 처음과 달리 심각한 표정이 사라진 얼굴로 말했다.

"좋은 징조가 벌써부터 있네요."

이것이 여유의 힘이다. 여유가 있으니 볼 필요 없는 것들이 사라져 편안해진다.

나는 오늘도 점심을 먹고 산책하러 나간다. 여유를 찾기 위해.

No. 026

이상한 나라의 나쁜 놈

성범죄가 기승이다. 점점 진화하면서 범죄 영역이 늘어나고 있다. N번방 사건을 보면서 인간의 잔인함은 끝도 없다는 것을 느낀다. 악마들은 나체가 된 피해자들을 촬영하고 이를 유포한다. 그러면 다른 악마들은 승냥이가 되어 그 장면을 찾아본다. 그들은 이야기한다. 호기심에 봤다고. 인간이 타락하는 첫 단계가 호기심이다. 마약, 도박, 대마초 등은 모두 호기심에서 시작된다. 호기심은 더 강한 호기심으로 발전하고 나중에는 그것이 범죄라는 것 자체를 인식하지 못하게 된다. 그리고 더이상 할 말이 없으면 나만 그런 게 아니라고 지껄인다.

야동 관련 사건이 접수되었다. 나는 여직원의 눈치를 살피며 영상을 재생했다. 영상 속 남자와 여자는 성관계를 하고 있었고 남자는 핸드폰을 들고 여자를 촬영하고 있었다. 화면을 보는 내내 여직원이 신경 쓰여 힐끔힐끔 쳐다봤다. 이 사건과 관련하여 궁금한 것이 있으면 화면을 닫고 멀찌감치 떨어져 물었다. 가끔 의뢰받는 외도 사건 정도라고 생각하며 의뢰 내용을 읽기 시작했는데 읽다 보니 당최 이게 말이나 되는 일인지 내 눈을 의심했다. 사건의 내용은 이러했다.

영상에는 연인이 성관계하며 사랑을 나누는 장면이 담겨 있었다. 촬영 앵글을 보니 몰래카메라는 아니고 여자도 촬영하고 있다는 사실을 알고 있는 것 같았다. 사랑하기에 촬영을 허락했을 수 있지만 사랑이 변하면 그것이 자신을 죽이는 칼이 된다는 것을 당시에 피해자는 몰랐을 것이다. 아니나 다를까 사랑은 변했고 영상은 칼이 되어 피해자에게 돌아왔다. 남자가 성관계 영상을 외부로 유출한 것이다. 유포한 이유는 분명하지 않지만 아마도 그녀에 대한 복수심 때문이 아닐까 한다.

이 영상은 이미 불법 성인 동영상 사이트에 올라가 불특정 다수가 보게 되었다. 얼굴과 중요 신체 부위가 너무 적나라하게 노출되어 피해자는 세상을 살 용기가 나지 않는다는 말을 했다고 한다.

경찰은 이 사건을 접수하여 피의자를 조사한 뒤, 기소 의견으로 검찰에 송치했다. 유포한 남자는 법의 심판을 받는 일만 남았다. 하지만 얼마 후, 남자는 불기소되어 풀려났다. 피해자는 억울함을 호소했다. 나는 영문을 몰라서 찬찬히 그 이유를 더 읽어 내려갔다. 글을 아무리 읽어도 이게 말이나 되는 일인지 기가 막혔다. 나는 이 사건 관계자와 통화를 했다. 전화를 받은 사람은 피해자가 아니라 이 사건을 도와주고 있는 그녀의 지인이었다.

"이게 무슨 말이죠? 성관계 영상을 촬영한 증거도 있고 피의자도 본인이 촬영하고 유포한 게 맞다고 하는데 왜 검찰에서 불기소되었어요?"

내 질문에 피해자의 지인은 자세한 설명을 하기 시작했다.

"검찰에서 죄가 안 된대요. 피의자가 핸드폰으로 촬영한 영상을 컴퓨터로 옮겼어요. 그리고 이걸 외부로 유출할 때는 영상이 재생되는 모니터를 핸드폰으로 촬영해서 메신저로 보냈나 봐요."

그는 자세한 내용을 설명했지만 나는 아직도 재촬영한 게 왜 불기소의 이유가 되는 건지 이해할 수 없어 고개를 갸우뚱하며 물었다.

"그런데요? 그게 왜 죄가 안 되죠?"

낙담한 듯 한숨을 쉬면서 그는 말했다.

"2018년 11월 성폭력 처벌법이 개정되기 전에는 신체를 직접 촬영하여 유포한 것만 처벌된대요. 모니터를 재촬영한 것을 유포한 건 처벌을 할 수 없어요."

코미디 같았다. 촬영자도 피의자고 이를 유포한 자도 피의자인데. 재촬영된 것이라 죄가 안 된다고? 갑자기 혈압이 올라가 몸에서 열이 나기 시작했다. 법이 그렇다면 어쩔 수 없다는 것을 잘 알기에 침착함을 유지하며 물었다.

"참 웃기네요. 핸드폰 속에 있는 영상이나 모니터에 보이는 영상이나 같은 건데… 할 말이 없네요. 그런데 여기서 제가 분석해야 할 게 있나요?"

"네. 아주 중요한 걸 부탁드리려고요. 전문가의 도움이 필요해요. 법대로 하자면 이 방법밖에 없어요."

희망이 있어 보이는 그의 목소리에 나도 덩달아 들뜨는 마음이 들어 물었다.

"영상 분석으로 억울한 사람을 도와줄 수 있다면야 무엇이든 돕겠습니다. 제가 해야 할 일이 뭐죠?"

그는 나에게 준 영상 중 '****' 파일을 열어 보라고 했다. 영상을 확인한 후 전화를 다시 주기로 했다. 마음에 여유를 두고 영상과 싸움을 시작하기 위해 물을 한 모금 마신 후, 여직원의 눈치를 보며 영상을 재생했다. 나는 그가 왜 이 영상을 보라고 했는지 한눈에 알 수 있었다. 다른 증거 영상들은 분명히 모니터를 촬영한 것이지만 문제의 이 영상만은 모니터를 재촬영한 것이 아니었다. 그에게 전화를 걸었다.

"영상을 보고 있는데요. 이 영상이 모니터를 재촬영한 것이 아니라는 것을 밝히고 싶으신 거죠? 그럼 이 영상만으로 처벌할 수 있으니까요. 맞죠?"

그는 내 말에 호응하며 대답했다.

"그렇죠. 바로 그거에요. 변호사님이 이거면 처벌이 가능하다고 했어요. 박사님이 보시기에 어떤가요? 제 눈으로 보기에도 모니터를 촬영한 것이 아닌데요. 주변에서도 다 같은 말이에요."

내가 발견한 일부의 내용을 흘려주었다.

"일단 무아레 현상이 없어요. 무아레는 핸드폰으로 모니터를 촬영하면서 발생하는 간섭 현상인데요. 보통 줄무늬의 패턴이 여러 모양으로 나타나요."

그는 대답 없이 듣기만 했다.

"검찰에서 불기소된 영상들은 재촬영된 것이 맞아요. 왜냐하면 무아레 현상이 곳곳에 발견되거든요. 더욱이 부분 노출 차이까지 있어 확실히 모니터를 촬영한 것이에요. 그런데 이 영상은 그런 모니터를 촬영했을 때 나오는 현상들이 없어요. 제 소견으로는 재촬영된 데이터가 아닌 것으로 추정돼요."

그는 환한 목소리로 대답했다.

"그럼 맞는 거네요. 이거면 처벌받게 할 수 있겠네요. 도와주실 수 있는 거죠? 분석 보고서 부탁드려도 되죠?"

나는 흔쾌히 이 사건을 맡기로 했고, 모니터를 촬영한 것이 아니라는 객관적인 데이터를 출력한 보고서를 전달했다.

얼마 후, 언론사 기자가 이 사건을 취재하고 싶다고 연락을 했다. 나는 내가 보고 듣고 알게 된 사실들을 정리해 전달하였고 이는 기사화되었다. 댓글은 모두 법과 피의자를 향해 화살을 퍼부었다. 피해자의 지인에게서도 연락이 왔다.

"검찰에서 재수사한다고 연락 왔습니다. 감사합니다 박사님. 그리고 검찰에서 연락이 갈 수 있으니 분석하신 내용을 잘 전달 부탁드려요."

나는 반가운 소식에 수줍어하며 답했다.

"고맙기는요. 재판에서 제가 필요하면 언제든지 불러 주세요."

이로부터 시간이 벌써 1년이나 지났다. 하도 많은 사건을 처리하다 보니 이 사건을 기억에서 잊고 있었다. 며칠 전 메일을 받기 전까지는. 메일에는 탄식이 섞인 피해자 지인의 글이 적혀 있었다.

「검사 측, 피고인 측이 *** 기관에 감정 신청한 것에 대한 회신이 왔는데, 영상이 원본일 가능성이 있지만 재촬영물일 수도 있어 단정할 수 없다는 식으로 회신이 왔습니다. 판사님 말로는 이 사건의 쟁점은 재촬영물인지의 여부인데, *** 기관 회신이 저렇게 온 이상 유죄를 선고하기 어렵지 않냐고 그러시네요. 박사님께 증인 요청 없이 사건이 마무리될 것 같습니다. 어쩌면 좋죠 박사님.」

하늘이 무너지는 것 같았다. 나는 그 기관을 안다. '이렇게 보이지만 이렇지 않을 가능성을 배제할 수 없다.' 이 문구 때문에 지겹도록 재판에서 싸운 적도 많다. 이 문장은 증거를 증거로 쓰지 못하게 하는 하나의 도구와도 같다. 피고인에게 유리한 증거가 나와도 이 기관에서 보낸 문장 하나로 증거 채택이 안 되는 경우도 있고, 반대로 범인에 대한 증거가 유력한데도 이 기관에서 보낸 문장 하나로 피고인 측 변호인은 증거가 채택되지 않게 하기도 한다. 만병통치약인 이 문장이 이번 사건의 발목을 잡은 것이다. 그 기관도 말하고 있다. 원본으로 보인다고. 그런데 확실하지 않단다. 재촬영인지도 확실하게 단정도 할 수 없단다. 앞뒤가 안 맞는 말이다.

과학에 100%는 없다. 대기업에서 기계로 생산하는 제품도 하자가 있다. 판사도 오판을 할 수 있으며, 의사도 오진할 수 있다. 전문가는 100%를 말하라고 있는 사람이 아니다. 다만 100%에 가까운 결과를 찾는 이들이 전문가이다. 이것도 가능성이 있고 저것도 가능성이 있으면 한마디로 정리하면 된다. '모르겠다.'라고. 이것이 전문가가 말해야 할 정답이다. 이럴 수도 저럴 수도, 라는 말을 해서는 안 된다. 나는 결과가 어느 쪽에 더 가까운지를 분석 보고서에 자세히 기재하였다. 사건 영상에 무아레가 없으며, 밝기 단차도 없고, 비네팅 등이 없다는 분석 결과를 자세히 기술했고, 모니터를 촬영해서 나올 수 있는 현상이 없다고까지 설명했다. 이 결과를 듣기 위해 나를 증인으로 소환할 줄 알았으나 결과는 참담했다.

피해자의 나체를 촬영하고 이를 유포해도 처벌할 수 없는 이상한 나라에서 내가 어떻게 살아가야 하는지에 대한 의문이 생기기 시작했다. 그냥 무시하고 운이 없었다고 생각하기에는 가벼운 사안이 아니었다. 단순히 내 분석이 인용되지 않을 수 있다고만 생각하기에는 결과가 너무 터무니없었다. 피해자는 그저 울고만 있다고 했다. 이상한 나라의 나쁜 놈들 때문에 울고 있는 그녀를 생각하면 화가 치밀었다. 그녀에게 그놈은 언젠가 분명히 처벌받을 것이라는 확신을 전달하고 싶었다.

'너무 속상해하지 말아요. 현 세계에서는 벌을 줄 수 없어요. 그런데 그게 끝이 아니에요. 그는 평생 죄책감 속에 살아갈 것이고 그가 죽으면 예수님, 부처님, 알라신, 제우스신, 단군신, 관우신, 저승사자 등이 평생 지옥에서 그놈을 괴롭힐 거예요. 지금 당신이 힘들어하는 모든 걸 신들만은 알고 있을 겁니다.'

No. 027

요괴의 그림을 보지 마세요

"보이죠? 박사님, 저 남자의 얼굴이 보이시죠?"

의뢰인은 격하게 흥분한 나머지 회의실 모니터로 뛰어가 손가락으로 특정 위치를 지목했다.

"전 안 보이는데요. 뭐가 있다는 거예요. 사람의 얼굴을 그려 보시겠어요?"

그는 와이프와 불륜을 저지른 사람이 이 부근에 있다며 손가락으로 얼굴 모양을 그렸다.

"보이시죠? 옷을 벗고 내 침대에 누워 있어요."

그가 보여 준 사진에는 비스듬히 찍힌 실내의 모습이 담겨 있었다. 와이프가 셀카 모드로 본인을 촬영하다가 실수로 허공을 촬영한 듯싶었다. 지방 출장 중인 의뢰인은 와이프에게 현재 사진을 보내 달라고 했고, 전송 과정에서 실수로 문제의 사진이 남편에게 전달된 것이다. 그 속에서 의뢰인은 와이프와 내연남이 웃고 있는 얼굴을 발견했다고 한다.

"이런 사진을 몇 장이나 가지고 계세요?"

그는 핸드폰을 뒤적거리더니 혼잣말을 한다.

"한 2년 동안 와이프한테 받았으니까 200장은 넘을 것 같은데…."

나는 그가 무서워 의자를 뒤로 밀며 말했다.

"그 사진을 왜 간직하고 있는 거예요?"

그는 눈시울을 적시며 아무 말도 않고 핸드폰 액정만 바라봤다.

사진 속에서 무언가가 보인다고 나를 찾아오는 의뢰인들이 있다. 그들은 사진 속 어떤 형체에 대해 장황하게 설명하며 나를 설득하려고 한다. 와이프의 선글라스에 어떤 남자가 비친다든지, 블랙박스 영상에서 조수석에 탄 여자가 보인다든지, 심지어 배우자의 성기나 가슴이 노출된 장면이 보인다며 나를 괴롭힌다. 대화를 나누다 보면 그들의 눈가는 항상 촉촉해진다. 믿음을 배신당한 데서 터져 나오는 눈물을 내비치지 않으려고 노력하지만 나의 몇 마디 질문이면 그들은 무장 해제되어 감춰 온 감정을 풀어 놓는다.

"와이프 분과 무슨 문제가 있나요? 사랑하지 않으셨어요? 왜 의심하세요?"

이런 질문에 그들은 속마음을 이야기한다. 사연을 듣다 보면 그들을 통제하는 것은 요괴라는 생각을 하곤 한다. 요괴의 정체는 '의심'이다. 이 의심이라는 요괴는 사람의 이성을 마비시킨 후 상상하기 힘든 그림을 머리에 주입한다. 가끔 이성적인 판단을 하려하면 다른 악랄한 그림을 다시 주입한다. 그들도 처음에는 그런 자신의 모습에서 빠져나오기 위해 발버둥 쳐 보지만 요괴는 쉽게 놓아주지 않는다. 그렇게 점점 피폐해지고 몸과 마음이 병들어 간다. 오늘 온 의뢰인은 병들다 못해 곧 쓰러지기 일보 직전의 형색이었다.

"저는 한숨도 못 자고 있어요. 자꾸 사진 속 그놈이 떠올라요. 와이프는 그놈 옆에서 웃고 있어요. 당장이라도 두 놈들을 박살 내고 싶어요."

그는 한숨을 내쉬었다. 치켜뜬 그의 눈은 붉게 충혈되어 있었다.

"얼마나 못 주무셨어요? 눈이 너무 빨개요."

그는 눈을 비비며 말했다.

"모르겠어요. 제대로 자 본 게 언제인지 기억 안 나요. 눈 감으면 장면들이 생각나서 미치겠어요. 차라리 눈을 뜨고 있는 게 편해요. 다른 것들을 볼 수 있으니까요."

나는 그의 행동이 답답해 생각 없이 말했다.

"와이프와 이혼하시고 잊으세요. 선생님이 살고 봐야죠. 그러다 죽어요."

말하고 나서 이런 말을 의뢰인한테 해도 되는지 생각하는 찰나에 그는 대답했다.

"그래서 온 거예요. 답을 알고 싶어요. 제 눈에는 명확하게 남자가 있는데 와이프는 인정을 안 해요. 주변 사람들도 모르겠다고 하고요. 박사님만이 진실을 말해 주실 수 있어요."

나는 그의 핸드폰을 받아 화면을 열며 말했다.

"선생님이 잘못 알고 있는 것이면 어떻게 하실 거예요? 와이프가 거짓말을 하지 않은 거면 사과하실 건가요?"

그는 잠깐 머뭇거리다가 대답했다.

"그럴 리 없어요. 내가 와이프를 몰라볼 수 있나요. 그 사진은 와이프가 맞고 그 옆에 놈은 내연남이에요. 결과는 걱정 안 하셔도 돼요. 제가 맞으니까요. 두 연놈이 맞다고만 분석해 주시면 내 모든 걱정은 끝나요."

그에게 강한 요괴가 붙어 있다는 것을 마지막 대답에서 느낄 수 있었다. 의심은 그를 지배하고 있어 내 능력으로 퇴치가 가능할지 의문이 들었다. 현재까지 요괴와의 싸움에서 60% 정도의 승률을 갖고 있었지만, 이번에는 질 것 같은 생각에 걱정이 들기 시작했다.

의뢰인이 준 사진을 모니터에 띄웠다. 확대해 보고 화질 개선도 해 봤지만 내 눈에는 노이즈와 빛 번짐만 보일 뿐 어떤 사람의 형상도 보이지 않았다. 술을 먹으면 좀 보일까 싶어 핸드폰에 사건 자료를 담아 술자리가 있을 때 한 번씩 열어 보았지만 아무것도 보이지 않았다. 의뢰인에게 결과를 전달하기 전까지 십여 명에게 사진을 보여 줬지만 다들 아무것도 없다고 했다. 요괴를 잡을 시간이 다가오자 조금 초조해졌다.

"선생님. 사진 속에는 아무것도 없어요. 그냥 빛 번짐이나 노이즈들이 전부에요. 여기 분석 결과를 보시면 알겠지만 아무것도 없는 거 보이시죠?"

요괴에게 1차 공격을 시작했다.

"어, 왜 아무것도 없어요? 전에는 있었는데. 내 핸드폰에서는 보였단 말이에요. 잠시만요. 핸드폰을 꺼내서 보여 줄게요."

역시 쉬운 상대가 아니었다.

"자 봐! 봐요! 보이잖아요. 여기, 여기."

그의 머리를 감싼 요괴가 나를 보며 미소를 짓고 있었다.

"선생님. 그건 노이즈라고 하는 거예요. 센서에 있는 랜덤 노이즈의 일종이고, 빛이 없는 저조도 공간에서 더욱 증폭되죠."

전문적인 용어에 요괴는 눈을 동그랗게 뜨고 나를 쳐다봤다.

"그리고 여기 샘플들을 보세요. 선생님의 케이스와 같은 샘플들을 모아 왔어요. 보세요. 이것도 사람이고, 저것도 사람인가요?"

그는 아무 말 안 하고 샘플들을 요리조리 살폈다. 그렇게 약

5분 동안 혼자 숨은그림찾기에 열중하고 있었다. 나의 2차 공격이 어느 정도 먹힌 것 같았다.

"그럼 아무것도 없다는 건가요, 박사님?"

진실을 알고 난 후에도 그의 표정은 행복해 보이지 않았다. 지난번보다 더 불행한 표정으로 나지막하게 물었다. 나는 자신 있게 말했다.

"아무것도 없어요. 그리고 이 결과에 대해 누가 뭐라고 해도 제가 이길 자신 있어요. 만약 제 분석이 잘못됐으면 고소하셔도 돼요. 제가 감옥에 가겠습니다."

요괴에게 던지는 마지막 공격이었다. 요괴가 양손으로 자신의 머리를 쥐어뜯으며 발버둥 치는 모습이 그려졌다.

"그럼 저는 어떻게 해야 할까요? 이제 어떻게 하죠?"

이 질문에 대해서는 생각해 보지 못했기에 말문이 막혔다. 나라면 어떻게 했을지 생각하며 조심스레 입을 뗐다.

"두 가지일 것 같아요. 가서 사과하시고 용서를 구하시든지, 아니면 이혼하시고 새 출발을 하시든지 해야죠."

그는 천장을 바라보며 한동안 아무 말 하지 않았다. 그의 심리가 궁금했다.

"알겠습니다. 수고하셨어요. 생각이 많아지네요. 박사님 분석이 그렇다고 하니 믿겠습니다. 혹시 궁금한 것이 있으면 전화드려도 될까요?"

나는 고개를 끄덕였다. 요괴 퇴치를 위해 기력을 소모했더니 피곤이 밀려왔다. 저녁에 있을 친구와의 술자리도 귀찮아졌다. 의자에 기대어 잠시 눈을 붙이려 했는데 벨 소리가 들렸다. 그 의뢰인이었다. 한 시간도 안 돼서 나를 찾는다니, 불길한 예감이 밀려왔다.

"박사님. 지금 다시 핸드폰을 보고 있는데 제 눈에 정말로 보여요. 그 연놈들이. 분석이 잘못됐을 가능성은 없나요? 웃고 있는 모습까지 보인다니까요. 미치겠어요."

체력이 고갈돼 더이상 말할 기운도 없었다.

"지금 어디 계세요? 집에 안 가셨어요?"

말을 돌리기 위해 노력했다.

"집에 가는 중이죠. 정차할 때마다 핸드폰 보고 있어요. 아무래도 안 되겠어요. 다시 연구소로 찾아갈게요. 제 설명 좀 들어 주실 수 있으세요?"

요괴 퇴마는 실패했다는 것을 그의 목소리를 통해 알 수 있었다. 이제 그를 도와줄 방법은 없다. 그에게 논리와 진실은 중요하지 않았던 것이다. 머릿속이 온통 요괴가 그려낸 그림으로 가득 차 헤어 나오지 못하고 있는 안타까운 현실이 억울하기는 했지만 더이상 그를 위해 영상분석 전문가가 해 줄 수 있는 것은 없었다.

오늘은 다른 일정으로 만날 수 없다고 전달한 후 조기 퇴근하기로 했다. 혹시나 무작정 찾아와 붙잡히면 기본 두 시간이라는 걸 알기에 얼른 자취를 감춰야 했다. 엘리베이터를 타고 지하 주차장으로 이동해 주차된 차량 쪽으로 걸었다. 그런데 내 차 옆에 주차된 차 안에 불빛이 보였다. 핸드폰 액정 화면 빛이었다. 어두운 차 안에서 누군가 핸드폰을 뚫어져라 보고 있어서 빛 반사로 얼굴만 하얗게 보였다.

가까이 가 보니 아까 그 의뢰인이었다. 너무 놀라 심장이 멎는 듯했다. 쿵쾅거리는 심장 소리가 온몸으로 느껴졌다. 집에 가지 않고 차에서 한 시간 넘게 핸드폰을 보고 있었던 것이다. 나는 바로 자세를 낮추고 살살 내 차량으로 이동해, 황급히 자리를 벗어났다. 백미러로 보이는 그는 계속해서 요괴의 그림을 보고 있었다. 이후에도 그는 몇 번씩 나를 찾아와서 똑같은 말만 반복했다. 시간이 지날수록 내게 걸려 오는 전화 횟수는 줄어들었지만 그 의심의 강도는 줄어들지 않았다.

세상에는 요괴들이 뿌려 놓은 그림들이 많다. 고통과 외로움에 힘들어하는 우리에게 요괴는 그림을 보여 주며 영혼을 빼앗으려 한다. 그런 의뢰인들을 도와줄 방법이 무엇일까 수없이 생각해 봤지만, 뚜렷한 답을 찾기 힘들었다. 한 가지 비책이 있긴 하다. 더이상 사진을 못 보게 하면 된다. 실수든 고의든 일단 악마의 그림을 제거해야 했다. 내가 직접 지우면 법적 문제를 제기할 수 있기에 의뢰인더러 직접 지우게 해야 했다.

마침 유사한 용건으로 어느 의뢰인이 나를 찾아왔다. 의뢰인은 60대 정도의 여성이었다.

"사진 따로 복사한 거 있나요? 컴퓨터에 저장했거나 다른 사람한테 전달했거나 하셨나요?"

그녀는 손을 휘저으며 말했다.

"핸드폰도 잘 사용할 줄 모르는데 어떻게 뭘 해요. 내가 그 핸드폰으로 촬영한 사진이에요. 저기 보이죠. 남자 성기와 여자가 웃고 있는 것들."

비책을 옮기기에 적합한 인물이었다. 그녀가 보여 준 사진을 보니 각종 영상에서 흔히 발견되는 노이즈일 뿐 사람은 없었다. 내 컴퓨터로 사진을 옮겨서 프로그램에 돌려 보았지만, 검출되는 것은 없었다. 이제 요괴를 처리할 수 있는 비장의 무기를 사용해 보기로 했다. 과거의 사례들을 보여 주며, 이런 경우 99.9% 착시라는 설명을 한 시간가량 했다. 정성을 들여 설명하자 그녀는 나를 믿기 시작했다. 더 강한 믿음을 주기 위해, 그간 다녀간 의뢰인들의 계약서와 의뢰 비용도 보여 주었다. 그리고 기존 의뢰인들처럼 돈을 받지 않을 테니 하나만 부탁한다고 했다.

"그 사진 속에 남자나 여자는 없어요. 착시예요. 자꾸 보면 더 나쁜 것들이 보여요. 저를 믿고 그 사진 지우시면 마음이 편해질 수 있어요. 한번 해 보실래요? 저를 믿고. 선생님을 구하고 싶어요."

간절히 부탁하는 내 모습에 그녀는 말했다.

"돈도 안 받으시고 이렇게 분석해 주셔서 정말 감사드려요. 저도 이 사진 때문에 미치겠어요. 박사님 말대로 지워 볼까요. 잊고 살게요."

나는 신이 나서, 그녀의 손을 잡아 핸드폰을 들게 했다. 그녀는 몇 번 망설였다.

"저를 믿으세요. 버튼 누르시면 예전으로 돌아갈 수 있어요. 행복했던 시절, 웃고 즐거웠던 시절로 가야죠."

이 말에 그녀는 눈을 감고 삭제 확인 버튼을 눌렀다.

"박사님, 지우니깐 마음이 편해요. 좀 살 것 같아요. 고맙습니다. 그래도 돈을 좀 드려야 할 것 같은데요."

돈은 중요하지 않았다. 나를 믿어준 것이 감사해서 엘리베이터까지 배웅했다. 요괴를 이겼다고 생각하니 발걸음이 가벼웠다. 그런데…

2주 정도 지났을까? 출근해서 연구소 회의실을 보니 그녀가 앉아 있었다. 그녀에게 다가가 왜 오셨냐고 물었다. 그녀는 대답했다.

"핸드폰으로 지운 것들 모두 복원했어요. 확실히 남편과 그 년이 있어요. 정식으로 분석을 의뢰할 테니 정밀하게 봐 주세요. 비용은 얼마든지 좋아요."

이번엔 계약서를 들고 올 수밖에 없었다. 이렇게 영상 분석가는 요괴에게 2패를 당했다. 두고 보자 요괴들아. 반드시 완벽한 퇴마 방법을 찾고 말 것이다.

No. 028

간절한 사람

꿈을 꾸었다. 꿈에서 노트에 아주 선명하게 적힌 여러 숫자와 도식을 봤다. 나는 여기가 꿈인 것을 인지하고 어떻게 해서든 노트에 적힌 내용을 외우려고 노력했다. 심지어 꿈에서 빨리 깨어나 펜을 들고 아무 데나 기억나는 대로 적고 싶어서 몸부림을 쳐 봤다. 하지만 꿈에 깊이 빠진 나머지 내가 할 수 있는 것은 없었다. 그것을 외우고 싶지만 꿈은 희미해지고 점점 장면이 사라지며 깜깜해졌다. 아침에 일어난 내 머릿속에 남아 있는 잔상에는 디테일한 숫자나 도식은 없었다. 내가 만든 위변조 분석 프로그램이 잘 작동되어 사진 속에 위변조된 영역이 검출되는 장면뿐이었다. 노트에 적힌 내용을 기억하지 못한 내 머리에 화가 나, 주먹으로 쥐어박았다. 그리고 매일 밤, 그 꿈을 다시 꾸게 될지도 모르니 침대 머리맡에 종이와 펜을 준비해 놓고 잠들었다. 신기하게도 몇 번 똑같은 꿈을 꾸었지만 꿈에서 깨지 못하는 건 마찬가지였다. 아침에 일어나면 잉크가 번져 얼룩진 침대 시트를 닦는 일과 펜촉에 구멍 난 시트를 와이프에게 걸리지 않게 가리는 것이 어느덧 일상이 되었다.

대학원생 때는 연구실에서 다양한 프로젝트를 진행했다. 주로 담당했던 프로젝트는 지금 하고 있는 법영상 관련 연구들이었다. 우리나라에서 법영상은 생소한 학문이었기에 전공으로 다루고 있는 학교나 기관은 따로 없었다. 그래서 관련된 국내 연구 논문은 전무한 상태였고, 내가 하는 일을 학회나 세미나에 소개할 때면 다들 그게 쓸모가 있는 학문이냐고 비아냥거리기도 했다. 그들은 전통 있는 학문을 이어가고 있었고 실제 취업과도 연관되는 연구를 하고 있었지만, 내가 하는 연구는 기초 자료도 없고 앞날에 대한 확실한 보장도 없는 미개척 길이였기 때문에 그렇게 따져 물을 만도 했다. 그래도 나는 내가 하는 연구를 사랑했다.

아무도 하지 않으려는 연구, 아무도 해 본 적 없는 연구,
아무도 관심 없는 연구, 아무도 미래를 알 수 없는 연구.
즉, 쓸데없는 연구는 위대한 과학자를 만든다.

뉴턴은 사과가 왜 떨어지는지에 대해 관심을 가졌고, 갈릴레오는 별을 보며 지구는 둥글고 돌고 있다는 것에 관심을 가졌다. 이 위대한 과학자들은 아무도 하지 않는 쓸데없는 일에 관심을 가진 사람들이다. 그때 주변 과학자들은 이들을 보면서 비아냥거렸을 것이다. 그 당시에는 사과가 땅에 떨어지거나 말거나 사과를 잘 키울 수 있는 방법이 중요했고, 지구가 돌거나 말거나 농사를 잘 되게 하는 방법이 중요했을 것이다. 나도 이 위대한 위인들처럼 남들이 관심을 두지 않는 쓸데없는 연구에 관심을 가지고 싶었고, 나아가 이 연구를 통해 개척자가 되고 싶었다. 그래서 법영상을 공부하기 시작했다. 해외 논문을 찾아 헤매고, 어려운 전문 분야의 영단어를 마주칠 때면 그 단어를 이해하기 위해 수일에 걸쳐 영어 공부를 했고, 수식이 나올 때면 거의 한 달 동안 수학 공부를 했다.

너무 막막할 때면 혹시 이 분야의 전문가가 이미 있지 않을까? 하는 생각에 포털에 글을 올려 도움을 청하기도 했다. 하지만 내 글에는 아무도 관심을 주지 않았다. 이 학문을 연구할수록 너무나도 외로웠다. 어느 날은 열정이 끓어올라 연구에 박차를 가하다가도 이런 노력을 누군가가 알아주기는 할까, 하는 외로움이 들이닥칠 때면 모든 걸 그만두고 싶었던 게 한두 번이 아니다. 그러다 보니 연구에 진척이 없어 프로젝트 발표 날이면 호되게 야단을 맞아 전의를 상실한 상태로 술만 마셨고, 매주 있는 프로젝트 발표 날이 두려워서 전날 밤에 잠을 이루지 못했다. 이 상태가 오래되다 보니 스트레스성 위염이 생겼고 아침에 연구실로 향할 때면 구역질이 심해 토하기까지 했었다.

다행히 모교에 대학 병원이 있어서 정밀 검사를 받았다. 나는 십이지장 궤양 판명을 받아 몇 달간 치료를 받았다. 이런 나의 상태를 아는지 모르는지 담당 의사는 자기 연구를 위해 나의 치료 기록을 논문에 기재하고 싶다고 샘플이 되어 달라고 했다. 최근에 도입된 약의 성능을 테스트해 보고 싶다는 것이다. 내 연구에 코가 석 자인데 이 사람이 나를 놀리나? 하는 생각에 빠져 있는데 병원비 할인 혜택을 준다는 말에 나도 모르게 네, 라고 대답했다. 정말 바보 같았고 창피했다. 메스꺼움을 참으며 처방전을 들고 연구실에 돌아와 외로운 전장에 다시 발을 내디뎠다. 처방에는 몸을 나른하게 하는 약이 있었는지 잠이 자주 왔다. 그날 밤에도 약을 먹었고, 그 꿈을 꿨다.

꿈에서는 내가 개발한 프로그램이 정상적으로 돌아가서 사진 속 위변조된 영역을 잘 검출해 내고 있었다. 아침에 일어나 간밤의 꿈을 생각하니 내가 얼마나 간절한 상태인지 알게 되었다. 나도 내가 이 정도인지 몰랐다. 이 간절함을 느꼈기에 꿈으로나마 그것을 이루고 싶은 희망이 표출된 것이다.

나의 간절함은 나를 외롭게 만들기보단 열정적이게 만들어 주었다. 꿈까지 꾸는 마당에 결과야 어떻게 되든 그 꿈을 향해 반보만 가 보자. 반보도 힘들면 반의 반보라도 가 보자. 그것도 힘들면 쓰러져도 그 방향으로 쓰러져 보자는 생각이 들었다. 꿈을 위해 아주 작은 것이라도 좋으니 뭔가를 해 보자는 긍정적인 마음이 싹트기 시작한 것이다. 그 원천은 언제나 간절함이었다. 박사, 변호사, 판사, 의사 등은 모두 꿈꿀 수 있는 것들이다. 하지만 이 꿈을 위해 아무것도 하지 않으면 그저 아무나 꿀 수 있는 꿈이 될 뿐이다. 간절함에 뭐라도 해 봐야 그게 비로소 내 꿈이 된다.

그래서 나는 연구실에 앉아 모든 걸 다시 시작하기로 했다. 빠르게 할 필요는 없으니 그저 천천히 그 길만 가면 된다고 마음을 가다듬었다. 지난 시간 동안 해 왔던 실험 데이터와 공식을 검토하며 무엇이 문제인지를 찾기 시작했다. 그리고 하나씩 문제점을 찾아 수정했다. 마음이 편안해지니 내가 놓쳤던 부분들이 보이기 시작했다. 오류를 보완하니 프로그램이 조금씩 작동되었다. 처음으로 뭔가 된다는 생각에 신이 났다. 설마 하는 생각에 무리수를 두고 공격적으로 프로그램을 수정해 보았다. 내가 설계한 프로그램의 공식과 흐름도가 노트에 빽빽해지기 시작했고 한 권으로 부족할 정도가 되었다. 다빈치 노트가 이렇게 탄생하는구나, 할 정도로 말도 안 되는 아이디어들이 떠올랐다. 몇 년간 이 과정을 거치며 나는 조금씩 꿈에 가까워졌다. 그리고 어느 날 밤, 혼자 있는 연구실에서 최종 결과가 나왔다. 내가 꿈에서 본 그 광경이 모니터에 띄워져 있었다. 전율이 내 몸을 휘감았다. 이 결과를 사방에 알리고 싶어 입이 근질근질했지만 주변에는 아무도 없었다. 그날 밤 나는 꿈을 꾸었다. 아늑한 숲속에서 햇살 한 줄기가 벤치를 밝혔고 치마 입은 여인이 그곳에 앉아서 책을 읽고 있었다. 상당히 평온해 보였다.

내 연구는 미국 법과학 학회지, 호주 법과학 학회지에 실렸다. 이외에도 수십 편의 논문이 여러 학회에 게재되었다. 내 간절함은 아주 작은 '반걸음'에서 시작되었다. 아니, 내 발을 그곳을 향해 내딛는 동작만으로도 꿈은 가까워지고 있었다. 간절함은 나를 뭐든지 하게 만들었다.

어느 세미나에서 삐딱선이 심한 명문대 공대생을 마주친 적이 있었다. 그 공대생은 수학을 꽤 하는지, 내 알고리즘 수식이 기초적이고 간단하다며 혹평했다. 그때 나는 "당신은 결과물만 보며 그 과정이 쉬웠다고 생각하겠지만, 그 결과물을 만들기 위해 내가 얼마나 간절했는지는 모를 것입니다."라고 대답하며 다음과 같은 말을 덧붙였다.

"연필을 만드는 것은 아주 간단합니다. 나무토막에 흑연만 넣으면 돼요. 그런데 당신은 연필이 존재하기 전에 이런 걸 만들 생각을 할 수 있었나요? 그런 간절함을 가져 봤나요?"

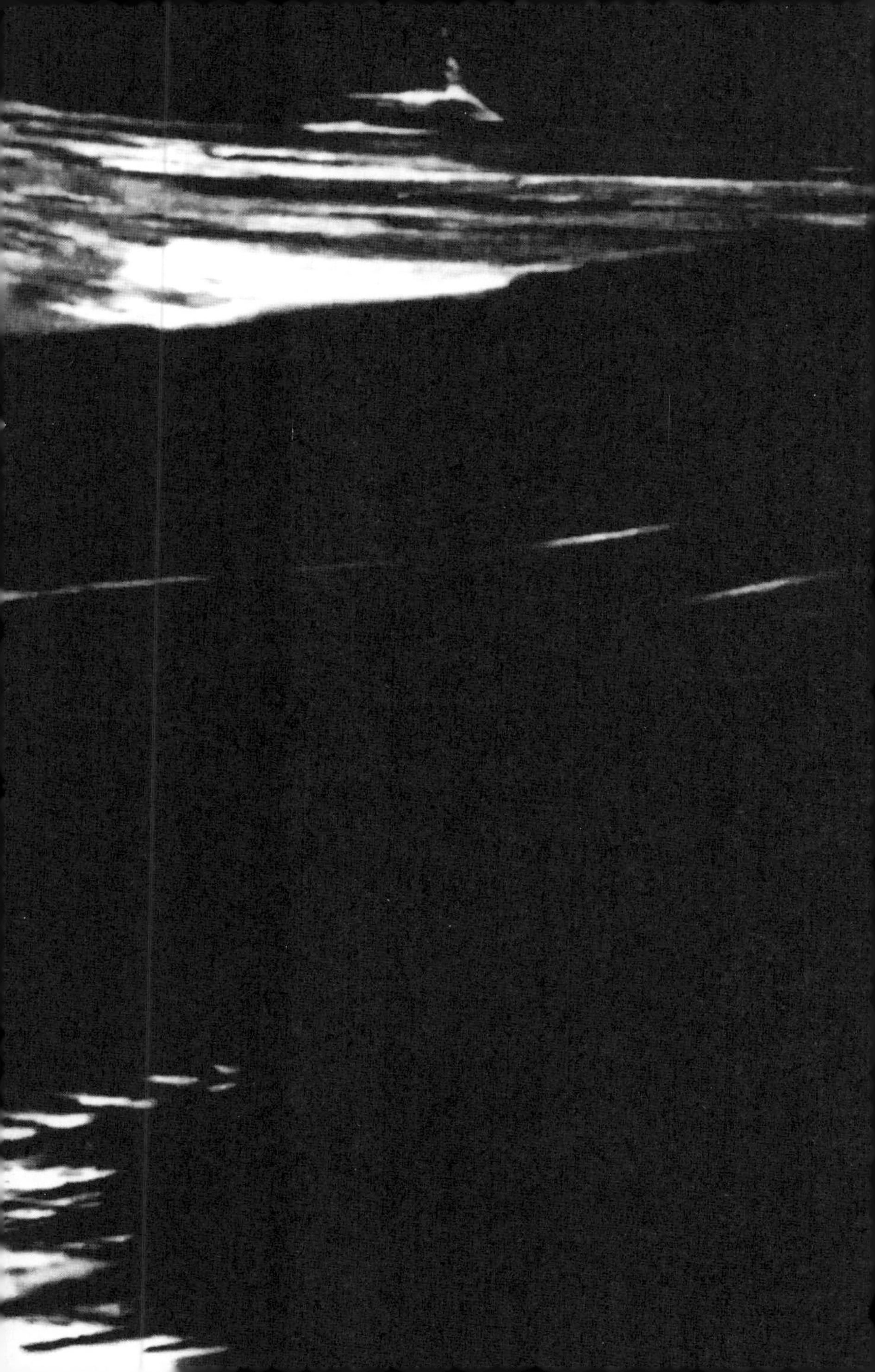

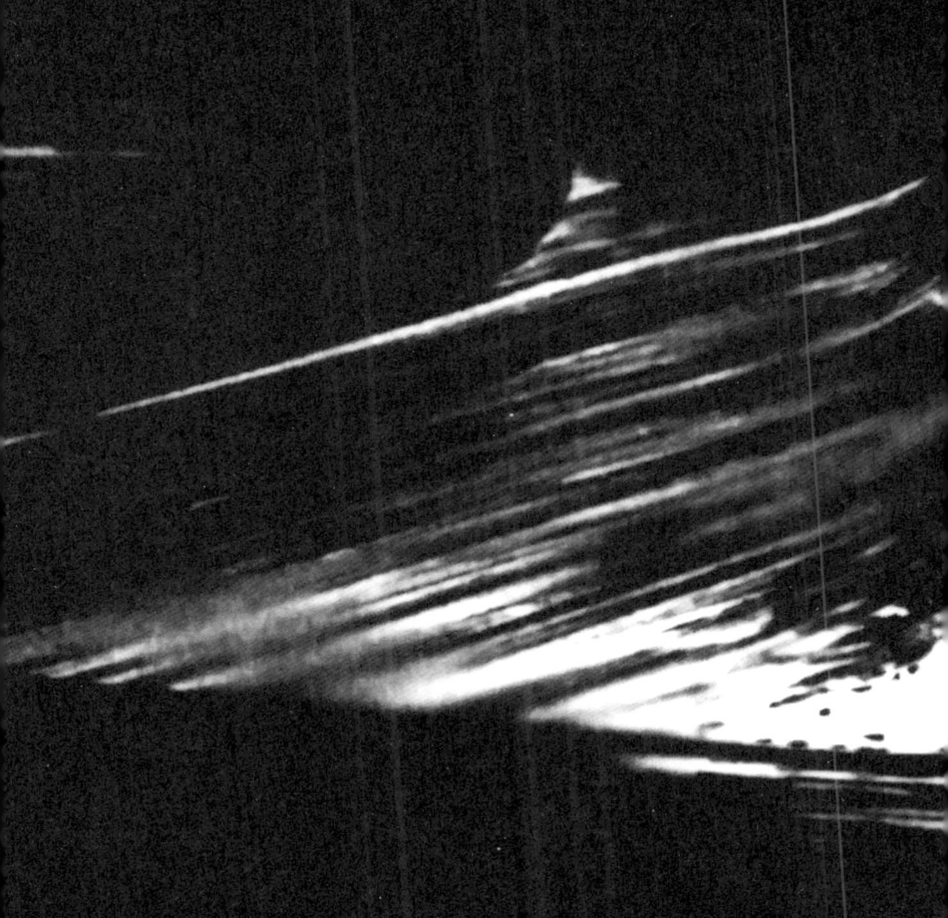

PART 3 감정서에 적지 못한 날

No. 029

천사와 악마

어느 날, 재판이 끝나고 나와 핸드폰을 확인하니 방송 작가의 긴급 문자가 들어와 있었다. 「박사님. 시간 되실 때 전화 부탁드립니다.」 나는 통화 버튼을 누른 후 핸드폰을 귀에 댔다.

"박사님, 시간 내주셔서 너무 감사드려요."

"아니에요. 무슨 일이시죠?"

작가는 다급한 목소리로 나를 찾은 이유를 설명했다.

"우리 탐사 프로그램에 제보된 내용인데요. 제보자의 아이가 실종돼서 찾아 달라는 내용이에요. 경찰에도 제보했지만 마냥 기다릴 수 없다네요."

아이가 실종됐다는 말을 듣고 순간적으로 발걸음을 멈췄다.

"아이가 지방 여러 장소에서 발견됐는데, 같은 아이인지 봐주실 수 있을까요?"

작가의 말을 경청하며 발걸음을 지하철로 옮겼다. 자세한 사항은 메일로 보내준다고 했다. 나는 흔들리는 지하철에서 메일이 들어오기만을 기다렸다. 아이가 실종됐다는 말에 내 모든 영상 분석 능력을 끌어올릴 채비를 하며.

몇 분 후, 기다리던 메일이 왔다. 빠르게 사건 파일을 열었더니 강아지 사진 십여 장이 보였다. 강아지 외에 아이 사진은 없었다. 글을 천천히 읽어 보니 작가가 말한 아이가 강아지라는 것을 알게 되었다. 나는 허탈해서 정신 나간 사람처럼 웃어 버렸다. 수십 마리의 강아지를 보고 있으니 멀미가 나기 시작해서 핸드폰 화면을 닫고 눈을 감았다. 수십 마리의 강아지들이 혓바닥을 내밀고 나를 쳐다보는 잔상이 아른거렸다. 집에 도착하자마자 피곤함을 제쳐두고 노트북을 열었다. 실종된 아이를 찾아야 했다. 작은 노트북으로 이미지를 보다 보니 눈에 초점이 흐려져 더이상 분석이 어려웠다.

다음날 출근과 동시에 모니터 화면을 강아지들로 가득 채우고 분석을 시작했다. 자료들은 제보자가 그동안 촬영한 강아지 사진과 실종된 강아지와 유사하다고 제보받은 사진들이었다. 모니터는 말 그대로 개판이었다. 십 년 넘게 같이 산 주인도 못 알아보는 걸 내가 알아볼 수 있을까? 하는 생각도 들었다. 쉽지 않았다. 강아지 종이 모두 같고 크기도 비슷한 것들이라 얼굴만으로 동일견을 가려내기가 쉽지 않았다. 하지만 이대로 끝낼 수는 없었다. 나는 강아지 주인에게 그동안 아이와 촬영했던 사진들을 전부 보내 달라고 요청했다. 실종된 아이만 갖고 있는 표식을 찾아야 했다. 그리고 씨름 끝에, 아이의 코에 있는 돌기와 점의 패턴에 독특한 형태적 특징이 있는 것을 발견할 수 있었다. 화질 개선을 진행해서 확대한 결과를 바탕으로 다른 강아지들과의 대조 실험을 진행했다. 개 사육장 같은 울타리 안에서 비에 쫄딱 젖어 털에 온통 흙탕물이 묻은, 처량한 표정으로 카메라를 바라보고 있는 강아지. 이 강아지가 실종된 아이였다. 확실했다. 이제 이 아이를 구할 수 있다는 희소식을 작가에게 전달하기로 했다. 분석 결과를 받은 작가는 취재진을 대동해서 아이의 부모와 함께 현장에 찾아가 아이를 구조할 계획이라고 했다.

며칠이 지난 후 작가는 죄송하다면서 전화를 걸어왔다.

"박사님. 너무 신경 써 주셨는데 강아지를 찾지 못했어요. 아니요, 찾았는데……."

작가는 더이상 말을 잇지 못했다.

"무슨 일이 있나요? 찾으신 거죠?"

나는 결과를 듣고 싶어 작가를 재촉했지만 그녀는 망설였다. 그녀의 반응에 아이가 이미 세상에 존재하지 않을 수도 있겠다는 추측이 머릿속에 맴돌기 시작했다.

"박사님, 너무 속상해요. 현장에 도착해서 아이는 찾았는데…뼈만 찾았어요."

예측이 적중하자 실망감에 기운이 빠졌다.

"부모들이 현장에 도착했을 때 아이는 사육장 울타리 안에 없었고 뒷산에 화장되어 파묻힌 상태로 발견됐어요. 사육장 주인에게 사진을 보여 주고 행방을 물었거든요. 그러니까 병에 걸려 죽어 있길래 전염될 것 같아 화장해서 뒷산에 묻었다고 했대요."

하지만 그가 거짓말을 했다는 걸 나는 안다. 아니나 다를까 이후의 경찰 조사 결과, 타다 남은 털에서 다량의 혈액이 발견됐다고 한다. 취재진의 압박과 경찰 수사에서 형사 처벌될 것이 두려워 증거를 인멸했을 가능성이 매우 높았다. 부모를 잃어버리고 길거리를 헤매던 아이를 끌고 와서 식용으로 키우다가, 이 사실이 밝혀질까 두려워 강아지를 죽였을 거다. 짐승만도 못한 인간이 벌인 악행에 치가 떨렸다. 그리고 생각했다. 신이 정말 있는 것인지.

요즘 들어 짐승만도 못한 인간들이 나를 괴롭힌다. 고양이를 케이지에 가두고 휘발유를 뿌린 후 불을 붙이는 인간도 보았고, 아파트에서 강아지를 던지는 인간도 보았다. 악마의 탈을 쓴 인간들이 주변에서 나를 너무 괴롭힌다. 나는 악마도 천사도 아니고, 평범하게 살고 싶은 중간계의 사람이다. 그런데 악마들이 눈에 띄기 시작하면서 나는 중간계를 이탈해야만 했다. 고통 속에 온몸을 떨며 신음하는 생명체를 본 이상 더는 중간계에 있을 수 없었다. 나는 천사가 되어 악마를 처단하기로 했다. 그들의 만행을 도저히 참고 볼 수가 없다. 아무런 반항도 하지 못하는 생명체를 본인의 즐거움과 과시욕을 위해 살생한다는 건 악마이기에 가능한 일이다. 히틀러 암살 계획에 참여했다가 실패해 종전 직전에 사형당한 본회퍼Dietrich Bonhoeffer 목사는 이런 말을 남겼다.

"악을 보고 침묵하는 것 자체가 악이다. 하느님은 그런 이에게 죄가 없다고 하지 않을 것이다. 악에 맞서 목소리를 내지 않는 건 악에 동의하는 것이다. 악에 맞서 행동하지 않는 것은 악을 위해 행동하는 것이다."

악마와 싸우기 위해 신이 내게 주신 무기는 영상 분석이다. 이 무기는 영상 속 그들의 위치를 추적할 수 있고, 촬영 장비, 촬영 날짜와 시간을 특정할 수 있다. 나아가 촬영 중 실수로 노출되는 악마의 손이 비칠 때면 손에 있는 점의 위치까지 특정해 수사 기관에 넘길 수 있다. 악마와 싸우는데 이만한 무기가 있을까? 악마들은 영상 분석가가 중간계를 이탈해 천사들에게 합류한 것에 두려움을 느껴야 할 것이다.

내 주변에는 악마와 싸울 천사들이 많다. 동물의 생명을 구하기 위해 일하시는 동물 보호 단체 관계자들, 인터넷 카페를 만들어 동물 보호 기금을 모으는 사람들, 이들을 후원하는 사람들, 그리고 커뮤니티에 악마를 경멸하며 글을 남기는 사람들. 이들은 모두 천사들이고 나와 함께 악마와 싸우는 사람들이다.

동물 보호 단체 관계자에게 연락이 왔다. 고양이를 케이지에 가두고 불을 붙인 원본 영상을 확보했다는 것이다. 악마는 인터넷에 영상을 공개하며 다른 살생을 예고했다. 그리고 영상을 올릴 때 해외 서버를 이용했기에 자신을 찾지 못할 것이라고 했다.

내가 신이 주신 무기를 휘두르기 시작하자 영상 속에서 악마의 신원을 알 수 있는 무수한 단서들이 나타나기 시작했다. 살생 현장의 위치와 사용된 차종과 색상까지 나왔다. 나는 이 단서를 경찰에 제공했다. 수사에서 범인을 검거하는 데에 결정적으로 활용될 것들이었다. 그리고 이 내용은 언론을 타고 여기저기 퍼지기 시작했다. 악마는 더이상 살생 영상을 올리지 않고 있다. 아마도 지금은 겁에 질려 오줌을 질질 싸며 어딘가에 숨어 지낼 것이다. 잠도 제대로 못 자고, 초인종이 울릴 때면 가슴이 철렁할 것이다. 그를 옥죄는 죄명은 '야생생물 보호 및 관리에 관한 법률 위반'으로, 잡히면 징역 3년 이하의 징역 또는 300만 원 이상 3,000만 원 이하의 벌금에 처해진다. 그들에게 살 수 있는 방법을 알려 주고 싶다.

지옥에서 벗어나고 싶으면
자수하고 아이들에게 용서를 구해라, 악마야.

No. 030

전국 10대 무속인

아이들과 마술 공연에 갈 때면 항상 보이는 문구가 있다. 「절대 촬영을 금지합니다.」 마술 퍼포먼스와 콘텐츠 보안을 위한 조치일 거다. 하지만 이제 나에게 '촬영 금지'는 행여나 촬영본에서 마술 트릭이 걸릴까 봐 걱정하고 두려워하는 말로 들린다. 어렸을 때는 마술이 속임수 없는 신비 세계라고 믿었다. 하지만 어른이 되고 사기를 당한 여러 피해자들의 영상을 분석하면서 내 동심은 산산이 부서졌다. 마술은 속임수에 가깝다고 보는 게 맞을 것 같다. 이런 속임수에 사람들이 환호하고 놀라는 이유는 마술사들의 숙련된 손은 우리의 눈보다 빠르기 때문이다. 하지만 영상은 손보다 빠르다. 보통 0.033초에 한 프레임씩 기록하기 때문에 마술사가 영상에서 그들의 손놀림을 들키지 않으려면 인간을 뛰어넘는 초인이 되어야 한다. 하지만 아직까지 그런 종족을 발견하진 못했다.

어느 방송국에서 신년 특집 프로그램으로 전국 10대 무속인들의 신기神氣에 대한 진실을 찾는 프로그램을 방영했다. 방송국 작가는 나에게 특정 무속인 한 명에 대한 분석을 의뢰했다. 다른 무속인들의 퍼포먼스 비밀은 모두 밝혀냈지만 딱 한 명만 비밀을 풀지 못했다고 했다. 영상 속 문제의 무속인은 양손에 징을 들고 뭐라고 중얼거리며 주문을 외고 있었다. 방방 뛰며 신이 내려온 듯 허공에서 징을 든 양손을 흔들더니 어느 순간 빠르게 징을 치며 멈췄다. 그리고 맞닿아 있는 징을 빠르게 위아래로 흔들어 비비자 벌려진 징 사이로 쌀알이 무더기로 떨어지는 장면이 나왔다. 나는 영상을 보자마자 한참을 웃었다. 이 무속인은 신력神力으로 허공에 떠다니는 신이 주신 증표를 잡아 쌀로 변환시킨다는 터무니없는 주장을 하고 있었다. 그리고 영상 속 신도들은 무속인의 행동과 쌀알들을 보며 하염없이 울부짖거나 환호하고 있었다. 나는 영상을 보던 제작진에게 이분은 무속 생활을 하지 말고 쌀장사를 하면 돈을 많이 벌겠다고 말하자 모두 빵 터져 웃음바다가 되었다. 난 진심으로 말했는데 말이다.

제작진은 무속인의 비밀을 풀기 위해 고해상도 카메라를 신당 곳곳에 숨겨 놓았고 밀착 촬영까지 했지만 무수히 많은 쌀알의 정체를 도저히 찾을 수 없었다고 했다. 일부 몇 명은 진짜 신기가 있는 것이 아니냐며 미심쩍은 마음을 표출하기도 했다. 나는 세상에 그런 건 없다고 단호하게 말했다. 분석은 5분도 걸리지 않았다. 영상을 0.033초 간격으로 출력해서 쌀알이 떨어지는 방향을 트래킹하자, 징을 잡고 있는 손 틈 사이사이에서 쌀알이 튀어나오는 것이 잡혔다. 무속인은 손에 쌀을 쥐고 있는 것이 분명했다. 하지만 방심하면 안 된다. 내가 발견한 내용이 무속인에게 전달된다면 그는 컨디션이 좋지 않아 신내림이 오지 않는다는 핑계를 대며 그날은 퍼포먼스를 하지 않으려고 할 것이다. 현행범을 잡는 가장 효과적인 방법은 다시 재현을 시킨 후, 시작 직전 그녀의 손을 펴보는 것이다. 나는 이 작전을 제작진에게 귀띔해 주었다.

무속인 특집 방송이 방영되는 날이었다. 내가 분석한 내용이 순서상 가장 마지막이었다. 영상 속에서 무속인은 천막이 세워진 공터에 징을 들고 서 있었다. 그곳에 모인 신도들은 무속인의 신기를 믿고, 그의 예언과 치유 능력을 신뢰하고 있었기 때문에 확신에 가득 찬 표정을 짓고 있었다. 그녀가 본격적인 신내림을 하려고 자세를 잡았을 때 진행자가 다가가서 다정한 목소리로 말했다.

"잠시 손을 펴 보실 수 있을까요?"

서서히 그녀의 표정이 어두워지며 눈가가 떨렸다. 손을 폈을 때 그 안에 뭐가 들었을지 난 이미 알고 있었다. 내 분석이 들어맞은 것이다. 손을 펴지 않으려고 어찌나 주먹을 꼭 쥐고 있던 건지, 그녀의 팔이 부들부들 떨리기 시작했다. 진행자는 무속인의 손을 강제로 폈다. 손바닥에는 하얀 쌀들이 소복이 쌓여 있었다. 출연자는 이게 뭐냐고 물었고, 무속인은 덜덜 떨며 이렇게 말했다.

"그러게, 이 쌀들이 왜 여기에 있을까? 벌써 신이 오셨네. 이걸 어떻게 증명하지?"

그 말을 듣는 순간 도리어 내가 다 창피해서 어디라도 숨어버리고 싶었다. 진행자가 무속인의 옷을 털고 신발을 벗기자 계속해서 쌀이 쏟아져 나왔다. 그런데도 그녀는 계속 신이 오신다고 혼자 중얼거렸다. 그 옆에 신도는 그 광경을 지켜보았으나 그저 절을 하며 기도하고 있었다. 믿고 싶지 않은 것인지 아니면 같은 편인지 모르겠으나 그들의 어이없는 행동에 제작진과 진행자는 한 시간가량 그들을 지켜만 보았다. 몸에서 쌀을 다 빼낸 이후, 징에서는 쌀이 단 한 톨도 나오지 않았다. 보다 못한 진행자가 그만하라고 말리며 촬영을 끝냈다.

무속이 나쁜 것은 아니다. 옛날 할머니, 할아버지들이 믿는 토속 신앙은 사람의 마음을 치유하는 방법으로 활용되었다. 새벽에 흰옷을 입고 사발에 물을 채우고 "비나이다, 비나이다." 하셨던 우리네 조상님들의 의식에는 누군가의 치유를 바라는 간절한 소원이 담겨 있었다. 그런데 지금 우리들 주변을 둘러보면 조상의 얼이 담긴 '사람다움'을 이용해서 돈벌이를 하려는 인간들이 너무도 많다. 신기가 있는 물을 먹으면 암이 치료된다, 손에서 기가 나와 상처를 치료한다, 부적을 써서 화를 막는다 등등.

사이비 무속인이나 종교를 찾는 사람들의 눈에서는 지난 수년간 나를 찾아왔던 의뢰인들의 눈빛이 보인다. 그들은 가족에게도, 친구에게도, 심지어 자신에게조차 소외되었기 때문에 존재하지 않는 것을 믿으려 한다. 그들이 무엇을 믿든 나는 개의치 않는다. 달님을 믿어도, 산신령을 믿어도, 징에서 쌀을 만드는 무속을 믿어도 좋다. 우리는 각자만의 방식으로 자신의 상처를 치유해 줄 존재를 찾는다. 아무도 그들에게 손가락질할 수 없고 나무랄 수도 없다. 하지만 그들에게 거짓말을 해서 돈을 갈취하려는 악랄한 자들은 내가 손을 좀 봐 줄 필요가 있지 않을까.

No. 031

에프킬라

가끔 말을 험악하게 하는 사람들이 있다. 내 주변에도 아무 생각 없이 말을 내뱉는 종족들이 있다. 그의 말에 주변 사람들은 긴장해야 하고 결론은 항상 좋게 끝나지 않는다. 말이나 글은 본인의 심경을 표출하는 수단 중 하나다. 말 중에서 가장 나쁜 말은 흥분한 상태로 혼자만의 독단적인 생각에 빠져서 자제 없이 내뱉는 말이다. 그 말에는 배려, 이해, 관심은 없고 내가 화났으니 너희들은 그냥 들어야 한다는 강요의 표출일 뿐이라서 그냥 떼쓰는 것과 다름없다. 나는 이러한 종족들을 너무나도 싫어한 나머지 혹여나 마주칠 때면 에프킬라로 박멸하고 싶다는 생각까지 한다. '치익' 하면서 내뿜는 살충제에 '웽' 하면서 입 닫고 쓰러지는 종족들을 그려 보면 속이 뻥 뚫릴 것 같았다. 살충제 이야기를 하다 보니 몇 년 전 보았던 그 종족이 떠오른다.

KTX 고객 라운지에서 한 중년 여성이 어린 여자 직원에게 소리를 지르고 있었다.

"너 어디 학교 나왔어? 부모가 그렇게 가르쳤어? 사장 나오라고 해!"

직원을 아랫사람 다루듯이 말하는 투가 거슬리기 시작했다.

"차렷. 똑바로 서란 말이야. 고개 처박고."

내가 제일 싫어하는 종족이다. 그날 가방에 살충제가 없어서 다행이었다. 만약에 살충제가 있었다면 나도 모르게 그녀에게 다가가 발사 버튼을 누르고 있었을 것이다.

얼마 전 어느 의뢰인이 예약도 없이 연구소에 나타나 나를 찾았다. 나는 외부 강의나 법원 출장 및 세미나 등으로 연구소에 없는 날이 종종 있어서 가능하면 여유 있게 상담할 수 있는 날을 예약하고 오라고 한다. 하지만 그는 제멋대로였다. 문을 열고 들어온 의뢰인은 다짜고짜 서서 자기 사건 이야기를 풀어 놓았다. 직원은 그를 상담실로 데려갔다. 의뢰인에게 진정할 시간을 주려고 나는 어느 정도 여유를 두고 상담실에 들어갔다. 그는 나를 보자마자 공격적인 태도를 보였다. 인사도 없었고 자기소개도 없었다.

"내가 사진을 공부해서 아는데, 이런 건 구태여 돈 들여 이런데 맡길 필요 없지만 그래도 경찰이나 법원에서는 내가 말하면 믿어 주지 않으니 여기서 해 줘야겠어요."

나는 에프킬라를 준비해야겠다는 생각이 들었다. 당시 사건을 설명하면서도 빈번히 사람 긁는 소리를 해댔다. 꽁지머리에 수염을 길렀으며 눈썹이 진한 인상이었다. 그는 다리를 꼬고 앉아서 입안에 사탕을 한가득 넣은 것처럼 혓바닥을 내내 입안에서 굴리고 있었다.

그의 독설에 불쾌해져서 이 사건에 관심이 싹 가셨다. 너무나도 하기 싫은 나머지 어떻게 하면 사건을 맡지 않을지 고심하기도 했지만, 독설에 간간이 섞인 '억울해요.'라는 말을 지나칠 수 없어서 사건을 맡게 되었다. 사건 내용은 의뢰인이 문 앞에서 가해자와 실랑이를 하다가 가해자가 본인의 어깨를 밀치는 폭행을 했다는 것이다. 그런데 가해자는 밀치지 않았다고 주장하는 중이라고 했다. 가해자는 문밖에 있어서 의뢰인을 밀쳤는지 아닌지 식별되지 않았다. 인물의 행동 패턴을 분석해 보면 자세와 방향, 무게 중심 이동 및 기울어짐 등의 특정 요소를 통해 밀쳐진 행위인지 아닌지 명확하게 판단할 수 있었다. 그는 문밖을 나서면서도 그 입을 다물지 못하고 "어려운 거 아니잖아요. 금방 되죠?"라고 그 종족의 인증을 찍고 갔다.

분석 결과는 의뢰인의 주장처럼 피해자가 밀침에 의해 상체의 무게 중심을 잃고 뒤로 밀리는 장면이 해석되어 그 결과를 분석 보고서에 담아 의뢰인에게 전달했다. 분석 결과가 맘에 들었을까? 일주일이 지나도록 특별한 회신이 오지 않았다. 얼마 후

직원은 나에게 한글 파일 하나를 전달해 주었고 읽어 보시고 회신 부탁한다고 했다. 글을 쓴 사람은 앞선 사건의 의뢰인이었다. 그의 글에는 불만이 한가득이었다. 보통은 분석 결과가 의뢰인의 주장과 반대로 나왔을 때 전화나 메일로 나를 쥐 잡듯이 닦달하곤 하는데, 이게 뭔가 했다. 글 속에는 뼈가 있었다. 밀친 것은 알겠는데 어디를 밀쳤는지를 써 주지 않았다는 게 그의 불만이었다. 글에는 '분석 결과가 무책임하다.', '나도 이 분야의 전문가다.', '이런 식이면 계약 해지다.' 등의 심기를 건드리는 표현들이 즐비했다.

의뢰인의 주장처럼 가해자가 의뢰인의 어깨를 밀었다고 써 줄 수 있었다. 영상 속 행동 패턴 상 충분히 식별되었기 때문이다. 더욱이 내가 아닌 일반인이 보더라도 밀쳐지는 위치가 어깨이기 때문에 감정서에 특별히 언급을 안 했던 것이 내 잘못이라면 잘못이다. 그런데 의뢰인의 글은 나를 대역죄인으로 몰고 있었다. 글을 읽고 더러워진 기분을 달래기 위해 며칠간 그를 무시하기로 했다. 하지만 그는 무시할 시간도 주지 않고 직원에게 전화해서 회신을 빨리 주지 않는다고 야단법석을 쳤다. 그와 싸워봤자 시간 낭비고 스트레스만 받게 된다는 걸 알기에 장문의 회신을 보냈다. 회신에는 간접적으로 무례하다는 문장을 넣어 놨다. 정상적인 성인이라면 그 문장을 읽고 이를 눈치챌 것이지만 그는 미지수였다.

이와 반대로 선량하고 정중하며 매너 있게 말하는 의뢰인들이 다수인 것은 사실이다. 분석에 문제가 있어 이를 해결하기 위해 연락을 해야 할 때면 그들은 정중한 태도로 나를 대한다. 그러면 서로 유쾌하게, 더 나은 방법을 찾아 결과의 질을 높이곤 한다. 하지만 무례하게 아무 말이나 내뱉는 의뢰인을 만날 때면 더 나은 방법을 찾아도 더이상 전화로 물어보고 싶지 않다. 왜냐하면 그와 또 대화해야 하기 때문이다. 대화 자체가 곤욕이기에 메일로 내용을 간단히 정리해서 의사를 묻는 식으로 진행한다. 당연히 메일은 대화보다는 이해도가 떨어지기에 그들은 시키는 거나 하라는 식의 회신을 준다. 결국 그들은 말본새로 분석 결과의 질을 떨어뜨렸고, 더 나은 길이 있다 한들 아무도 그들을 도와주려 하지 않을 거다. 그들은 내 머릿속에 이렇게 정리되어 있다.

다가가기 싫은 사람.
관심 주기 싫은 사람.
에프킬라가 필요한 사람.

No. 032

고문이 필요할 때

나의 대학 생활은 학과에서 보낸 시간보다 사진 동아리에서 보낸 시간이 더 많았다. 그래서인지 학과 선배들보다 동아리 선배들하고 더 친했다. 이것 때문에 가끔 학과 선배에게 꾸중을 들었지만 동아리는 이상하게도 묘한 매력이 있는 곳이어서 빠져나올 수가 없었다. 특히 동아리 방은 우리에게 휴식 공간이 되기도 하고, 식당이 되기도 하고, 술집이 되기도 하는 낭만적인 공간이었다. 하지만 우리 동아리의 가장 큰 단점은 선배들이 술을 너무나도 사랑한다는 것이었다. 저녁만 되면 만날 술판이었고 심지어는 아침부터 새벽까지 술을 마셔대기도 했다.

나는 고등학교 시절 술과 담배를 하지 않았다. 학창시절에는 운동만 좋아했기에 성인들의 기호 식품에 별 관심이 없었다. 술은 그냥 해서는 안 되는 금기의 단어로 여겼고 몸도 안 받아줬기에 죽을 때까지 술과 함께 하지 않을 것을 맹세했었다. 이를 깬 건 이놈의 동아리였고, 술을 찬양하는 광신도 선배들 때문이었다. 이 광신도들은 가끔 알코올 중독이 아닌가, 하고 의심스러울 정도였다. 일주일에 5일은 술판을 벌였던 것 같다. 나와의 맹세를 깨지 않기 위해 나는 술자리에 참석은 했으나 술은 입에도 대지 않았다. 초창기에 이런 나의 모습을 본 선배들은 인상을 쓰며 핀잔을 줬다. 하지만 술을 나의 입에 넣지는 못했다. 키 190㎝에 몸무게가 100kg 가까이 되는 동아리 고문 복학생 선배를 만나기 전까지는.

동아리 고문은 지식과 경험을 바탕으로 동아리 운영진에게 자문해 주는 일을 하는 직책이다. 고문은 졸업하신 선배들이 뽑았다. 그래서인지 동아리에서 가장 연장자이고 나이도 많으며 홍선대원군처럼 상왕[1]적인 존재였다. 고문 선배의 신체는 삼국지의 장비에 비할 만했다. 목소리까지 걸걸해서 같이 있으면 위압감이 드는 선배였다. 이 선배가 나타나면 모두 고개를 조아렸다. 허튼짓을 해서는 안 됐다. 어느 날 술을 꺼리는 나의 모습이 고문 선배의 눈에 띄게 됐다. 주변 선배들은 나에게 충고하듯 술을 빼지 말고 조금이라도 먹으라고 했다. 많은 술꾼들이 얘기하는 '먹다 보면 내성이 생긴다.'라는 말도 안 되는 논리까지 들어가며 술을 먹어 달라 부탁했다. 고문 선배는 내가 선배들이 권하는 술을 거부하는 걸 가만히 지켜보다가 나를 불렀다. 자신의

1 上王. 자리를 물려주고 들어앉은 임금.

옆에 앉으라고 말하고는 후배들에게 소주병을 가져오라 지시했다. 소주를 대령하자 그는 팔꿈치로 소주병 하단을 강하게 탁탁 탁 치고 뚜껑을 열어 나에게 술을 받으라고 했다. 나는 똑같은 말을 반복했다.

"먹기 싫은데요. 술 먹으면 몸이 아파요."

하지만 그는 끄떡도 하지 않고 술병을 들고 있었다. 그는 단호하게 한마디만 했다.

"받아. 팔 아프다."

서로 신경전이 오고 가는 것을 보고 주변의 2학년 선배들은 나에게 귓속말을 했다.

"야. 일단 받기만 해. 분위기 봐서 안 마시면 되잖아."

하지만 이런 모습을 본 고문 선배는 아무 말 없이 술병을 내려놓고 깊은 한숨을 내쉬었다. 그러자 2학년 선배들은 자리를 피했고 주변의 시선은 나에게로 모였다.

"안 마실 거냐? 계속 뺑끼칠 거지?"

이 말이 끝나자마자 장비는 이를 악문 채로 나의 팔을 잡고 강하게 비틀었다. 소문으로만 듣던 필살기, 빨래 짜기였다. 양손으로 나의 한쪽 팔을 잡고 빨래를 짜듯이 비틀면 피부가 서로 반대 방향으로 밀리면서 살갗이 찢어질 것 같은 고통이 밀려 왔다. 너무 아파서 비명이 자연스레 입 밖으로 나올 정도였다. 내 비명에도 선배들은 아무 관심이 없었다. 이런 일을 당한 게 내가 처음이 아니었고, 내가 이렇게 될 것을 그들은 알고 있었기 때문이었다. 얼마나 아팠는지 지금 누군가에게 똑같이 당한다면 바로 폭행죄로 고소할 사안이었다. 그 정도 고통에는 합의금도 필요 없다.

나는 술자리마다 이 고문을 버티는 데 한계를 느꼈고 이러다 좋아하는 사진을 그만둬야 하는 것 아닌가 하는 생각이 들 정도의 위기까지 처했다. 고문顧問 선배는 진짜 고문拷問 전문가이다. 그래서 술을 마시다 보면 내성이 생긴다는 이론을 믿기로 했다. 여느 때와 같이 고문 선배가 나를 불러서 팔을 비틀 자세를 취하자 나는 술잔을 들어 입에 털어 넣었다. 목이 타들어 가는 느낌에 물을 마셨다. 목에 걸려 넘어가지 않는 술을 강제로 집어넣었다. 물론 기침과 통곡에 가까운 눈물도 신체 반응으로 나타났다. 고문 선배는 놀라면서도 기특해했다. 결국, 그날 나는 눈물의 오바이트라는 것을 처음 하고 말았다. 그 후, 점차 선배들 말대로 술에 내성이 생겼는지 구토 증상과 메스꺼움 같은 신체 반응이 줄어들기 시작했고 저녁만 되면 가끔 술이 당기기도 했다. 이게 내성인지 중독인지는 아직까지 미스터리다.

군에 입대하고 병영 생활을 하던 중, 행정관이 급한 전보라며 나를 찾았고 적힌 번호로 전화해 보라고 말했다. 나는 혹시 집에 상상도 하기 싫은 일이 생겼을까 불안해하며 연락처를 확인하였다. 그런데 연락처는 대학교 친구의 번호였다. 자주 연락하던 사이라 뒷번호만 봐도 누군지 알 수 있었다.

전화를 받은 친구는 펑펑 울며 고문 선배가 사망했다고 했다. 그렇게 건강하고 맨손으로 돌도 부술 것 같았던 장비 같은 선배가 돌아가시다니. 나는 눈앞이 깜깜했다. 돌아가신 이유를 묻자 새벽 3시까지 동아리방에서 선후배들과 술을 먹던 중, 고문 선배가 잠깐 바람을 쐬러 나갔다가 운동장 단상 계단에서 굴러 뇌출혈로 사망했다는 것이다. 아침에 청소하던 청소부가 선배를 발견하고 119에 신고했지만 이미 사망한 상태였다고 했다. 나는 그날 술을 먹었던 선배와 후배들이 원망스러워 주먹이 부들거렸다. 사람이 나가서 들어오지 않으면 찾아봐야 하는데 선배가 집에 간 줄 알았다고 말했기 때문이다. 나는 훈련 기간이라 휴가를 쓸 수 없어서 선배의 마지막 가는 길을 보지 못했다. 경계 근무를 서던 중, 밤하늘에 수많은 별을 보며 선배에 대한 그리움에 눈물이 났다. 한 달간 이 슬픔은 지속되었고 그가 사무치게 보고 싶은 나머지 선배가 주는 술을 받으며 건배하는 꿈까지 꿨다. 선배의 부모님은 동아리를 너무 사랑한 아들의 진심을 알기에 그가 후배들을 가까이서 지켜볼 수 있도록 선배의 유골가루를 학교 뒷산에 뿌렸다고 했다. 군 복무를 마치고 복학한 나는 소주 한 병을 사 들고 그의 유골이 뿌려진 곳에 소주를 올리며 큰절을 했다. “민구 왔어요, 선배.” 하며 울기도 했다. 나에게 처음으로 술을 가르쳐 준 사람. 처음으로 사진을 가르쳐 준 사람. 그의 이름은 ‘이현소’이다.

시간이 지나 사회생활을 하던 내가 힘들 때 가끔씩 그리워했던 사람은 나를 고문했던 현소 형이다. 현대 사회에서는 가족 이외의 사람들은 내가 아프든 즐겁든 슬프든 행복하든 내게 별다른 관심을 보이지 않는다. 내가 드라마 〈전원일기〉를 좋아하는 이유도 여기에 있다. 〈전원일기〉 속 모든 내용은 관심에서 시작된다. 동네에서 누구에게 불화가 찾아오면 온 동네가 관심을 갖고 어려운 사람을 도와주려 하고, 누구에게 행복한 일이 생기면 관심을 갖고 진심으로 축하해 준다. 이 모든 것의 시작은 관심에 있다. 현대인 중 나와 가족 이외에 〈전원일기〉처럼, 남에게 관심을 가지는 이들이 있을까? 현소 형은 나에게 관심을 보였고, 관심을 줬다. 고문 선배는 본인이 속한 이 동아리의 술 문화가 과거부터 이어온 것이기에 바꿀 수 없다는 것을 누구보다 잘 알고 있었다. 그리고 이 술 문화를 거부하면서 동아리 활동을 버티지 못하고 탈퇴하는 후배들이 많다는 것도 알고 있었다. 나는 사진을 좋아했고 그 누구보다 사진에 관심이 높다는 것을 전해들은 현소 형은 나를 붙잡고 싶었던 것이다. 함께하고 싶고 후배로 남기고 싶은 나머지 내 팔을 빨래 짜기 하면서까지 술을 먹인 것이다. 덕분에 술에 대한 내성은 강화되어 소주 4병 정도는 끄떡없었다. 지금 그렇게 마시면 내 인생에 다음 날은 없는 날이 되겠지만.

오늘도 의뢰인 미팅이 있었다. 영상을 틀어 보이며 나에게 억울함을 토로한다. 자신은 피해자를 밀지 않았다고 한다. 피해자가 스스로 넘어지면서 할리우드 액션을 해 자기를 무고誣告한다고 주장한다. 영상을 확대해 보여 주며 "봐라, 혼자 넘어지지 않느냐?"라고 숨겨진 진실을 찾는 듯 혼자 흥분한다. 나는 그런 의뢰인에게 관심을 쏟는다. 그런데 내 눈에는 의뢰인의 양손이 피해자의 가슴을 밀치는 장면이 너무 명확해서 분석할 필요가 없었다. 의뢰인은 집요하게 주장한다. 자신이 손을 뻗은 것은 맞지만 접촉하지 않았다고. 화질 개선해서 같이 확인하자 손이 닿는 장면이 식별된다. 그래도 의뢰인은 닿은 것은 맞지만 피해자가 할리우드 액션을 한 것이라고 분석 보고서에 써달라 강요한다. 돈이면 원하는 대로 써주는 줄 알고 현금도 내보인다. 혼자 크게 떠들며 흥분한 의뢰인의 목소리는 이제 들리지도 않는다. 그저 의뢰인의 팔에만 눈이 간다. 빨래 짜기가 하고 싶어지는 날이다.

No. 033

피고인이 된 영상 분석가

11시 40분에서 50분 사이는 우체국 집배원이 연구소에 우편물을 전달하는 시간이다. 연구소로 오는 등기 우편들은 법원에서 오는 감정 촉탁서, 사실 조회서, 증인 소환장 등이 대부분이다. 이 중에서 증인 소환장은 가장 받기 싫은 우편물이다. 나의 바쁜 일정은 고려하지 않고 정해진 재판일 당일에 참석하지 않으면 과태료를 내거나 구금한다는 내용이 있기 때문이다. 반강제적인 문서다. 내가 분석한 내용에 관해 물어볼 것이 많을 때, 검사나 변호인이 증인 신문을 요청한다. 법원은 전국에 있기에 증인으로 채택되면 내 스케줄에서 꼬박 하루를 빼야 한다. 재판 기일에 선약이 있어도 취소하고 법원으로 가야 한다. 상당히 부조리한 시스템이다.

오전 외부 미팅을 마친 후, 연구소에 도착해서 컴퓨터를 켜고 업무 준비를 시작하며 내 자리를 둘러 보았다. 자리에는 대봉투에 사건 번호가 적힌, 수백 페이지의 두꺼운 서류 뭉치들이 있었다. 내가 없는 사이 우편물이 왔나 보다 했다. 나는 봉투에 있는 두꺼운 서류들을 꺼내 읽기 시작했다. 사건 번호와 원고, 피고의 이름을 스치듯 흘깃 보고 다음 페이지로 넘기는 순간, 낯익은 이름이 내 머리에 잔상으로 남았다. 피고가 황민구였다. 나는 법원에서 감정인과 피고인 표기를 실수로 오기誤記했나 싶었다. 나도 모르게 서류들을 빠르게 읽어 내려갔고 중간쯤 읽었을 때, 피고가 황민구인 게 맞았다는 걸 알아차렸다. 정확히 황민구가 피고인이다. 원고는 종교단체 대표였다.

내게 전달된 서류는 원고가 피고 황민구에게 보낸 소장이다. 소장의 내용은 피고가 원고를 명예 훼손 했으니 그 피해 보상 금액으로 3천만 원을 요구한다는 내용이었다. 피고가 된 영문을 확인하기 위해 내용을 살피던 중, '황민구'라고 정리된 녹취록을 확인했다. 모 방송국의 <S 탐사 보도>에서 내가 분석하여 말했던 내용이 그대로 옮겨진 녹취록이었다. 나는 그제야 영문을 알게 되었다. 어이가 없어 웃음만 나왔다. 나 이외에 방송국 사장 및 <S 탐사 보도>에 출연한 모든 이들이 피고 명단으로 기재되어 있었다.

소장을 받기 6개월 전, <S 탐사 보도>팀에서 해괴한 영상을 보내준 적이 있다. 한 남자가 걸어가는 도중 머리에서 피를 흘린다거나 온몸에 알 수 없는 상처들이 자연적으로 생기는 현상을 겪었다며 그 증거를 기록한 영상들이었다. 더 나아가 본인에게 메시아의 영혼이 들어왔고 악마들이 자신을 해치기 위해 몸을 물어뜯은 상처라고 주장하는 장면들도 있다. 머리에서 피가 흐르는 것은 예수님이 느낀 월계관의 고통이 본인에게 전도된 것이라고 했고, 신도들 앞에서 예수님의 강령을 증빙하는 여러 퍼포먼스를 하고 있었다. 21세기에 아직도 이런 작자가 있다는 게 한심스러웠다. 이걸 믿는 신자의 수는 상당해 보였고, 나는 영상 속 그들이 안쓰러웠다.

〈S 탐사 보도〉 제작진은 이러한 영상을 보여 주며 교주가 퍼포먼스하는 과정에서 특이점이 있는지를 찾아 달라고 했다. 나는 내가 가진 기술로 그 사이비를 혼내 주기로 결심했다. 내가 아는 모든 지식을 동원해서 진실을 규명하겠다고. 아니나 다를까 영상 속에는 상당한 허점들이 존재했다. 딱 걸린 것이다.

교주의 머리에서 피가 흐르는 장면을 확대했다. 화질 개선을 하여 프레임 단위로 혈흔의 연속성을 판독하였다. 희한하게 피는 물방울을 떨어트린 것과 같이 몽우리져 있었고 머리에서 분출되어 샘솟는 혈액이 없었다. 교주가 머리를 만질 때마다 피가 많아지며 몽우리가 커져서 흐르기 시작했다. 손을 확인해 보니, 무언가를 꽉 숨기고 있었다. 들키지 않으려고 너무 세게 쥔 나머지 주먹을 떠는 느낌마저 들었다. 교주는 손을 계속 머리에 가져다 댄다. 머리에 통증이 있다며 손을 머리에 수차례 가져다 댄다. 당장이라도 영상으로 들어가 그 손을 펴 보고 싶은 마음이 굴뚝같았다.

영상을 편집한 흔적도 다수 발견됐다. 교주가 행하는 퍼포먼스 속 영상들은 원본이 아니라 중간이 모두 잘려져 있는 영상이었다. 교주는 머리를 잡고 고통을 느끼며 쓰러진 후 피를 흘리고, 다시 일어난다. 그러다 영상이 끊기고 교주가 다른 곳으로 이동하다가 다시 머리를 잡고 쓰러지며 피를 흘리는 장면이 반복된다. 일반인들은 편집된 영상에서 어느 구간이 잘려 있는지 알지 못한다. 영화를 보더라도 내용에 집중하다 보면 영상이 어느 시점에 바뀌는지 알 수 없는 것과 같다. 하지만 나는 영상 분석가이기에 바로 알아차릴 수 있었다. 만약 머리에서 자연적으로 피가 흐르는 것이라면, 그 부분을 확대해서 피부에서 분출하는 장면을 담으면 나와 같은 불신자를 설득하는 데 아주 효과적일 텐데 그러한 장면은 하나도 없다. 결과적으로 과정은 없고 결과만 있는 전형적인 사기꾼들의 영상 편집 기술이었다. 이외에도 어깨와 다리를 악마가 물었다는 상흔을 촬영한 영상들도 엉성하기 그지없었다. 화장실에서 우당탕하는 소리와 비명이 들리자 거실에 있던 촬영자는 화장실 문을 연다. 쓰러져 있는 교주의 배에는 이빨에 물린 자국이 있다. 촬영자는 이를 클로즈업해서 영상에 담았다. 일반적인 상황에서는 비명 소리와 넘어지는 소리가 들리면 바로 달려간다. 하지만 이 영상은 마치 무슨 일이 벌어질 것인지 알고 있었던 것처럼, 화장실 문을 열기 직전에 의도적으로 녹화 버튼을 누르고 있다. 역시 아마추어들이다. 이러한 사실을 제작진에게 전달했고 인터뷰를 했다. 이 영상을 분석하고 인터뷰한 것이 내가 피고가 된 이유이다.

나는 피고가 되고서야 세상엔 악마들이 정말 많다는 사실을 깨달았다. 교주는 본인이 사기꾼이라는 것을 누구보다 잘 알고 있을 것이다. 이 사건을 담당하는 교주의 변호사도 교주의 행위가 말도 안 된다는 것을 알고 있을 것이다. 그런데도 수임료를 받기 위해 나를 고소한 것이다. 진실을 밝히려고 노력한 나를 사기꾼들이 고소한 것이다. 더 화가 나는 것은 신도들에게 자기를 모함한 황민구를 명예 훼손으로 고소했다고 홍보하고 있다는 것이다. 방송에 나온 이야기들은 모두 거짓이고 자신의 무결함을 입증하기 위해 고소를 했다는 내용을 자랑하고 있었다. 더욱이 그는 자신이 황민구를 잡을 것이라는 엄포도 빼놓지 않았다.

교주는 그가 믿는 신에게 세 가지의 죄를 범했다. 거짓으로 메시아 행세를 하여 신도를 속인 것. 그로써 신도들의 돈을 갈취한 것. 본인의 거짓을 알면서 진실을 밝힌 자에게 누명을 씌운 것. 화가 치밀고 당장이라도 달려가 머리를 들이박고 싶었지만 이성적으로 대응하기로 했다. 나는 그가 명예 훼손으로 형사 고소를 하지 않고 민사 소송을 제기한 이유를 너무나도 잘 안다. 형사 고소가 될 경우, 내가 명예 훼손죄에 해당하는지 확인하기 위해 경찰은 고소인 행위의 사실 관계를 조사하게 될 것이다. 그러면 교주는 골치 아파진다. 메시아의 행위가 사실이라는 것을 경찰에게 입증해야만 하기 때문이다. 아울러 경찰은 교주를 내사할 수도 있다. 결과적으로 형사 고소는 자책골이 될 수 있으니 민사 소송을 제기한 것이다. 치사하고 더러운 행태이다. 나는 <S 탐사 보도> PD에게 전화해서 내가 처한 사항을 이야기했다. PD는 다 알고 있었는지 태연하게 나를 안심시켰다. 방송국 법무팀에서 알아서 처리할 계획이니 위임장만 사인해서 보내달라고 했다. 나는 메일로 받은 위임장에 날인한 후 담당 법무팀에 보냈다.

모든 일의 해결에 필요한 것은 시간이다. 재판 결과도 그렇다. 가족에게는 피고가 된 사실을 알리지 않았다. 나는 경험상으로 내가 승소할 것을 알고 있으면서도 가끔 법원 사이트에 들어가 사건 번호를 입력하여 진행 상황을 살폈다. 4개월 정도가 지났을 때, 집배원이 법원에서 온 등기 봉투를 내게 건넸다. 피고 황민구라고 적혀 있는 내용물에는 판결문이 담겨 있었다. 사이비 교주가 패소했고 피고 측 변호사 비용을 지불하라는 주문이었다. 내가 이겼고, 교주는 졌다. 나는 함박웃음을 지으며 기념으로 남기기 위해 판결문을 촬영했다. 재판도 끝났기에 나는 어떻게든 사이비 교주에게 복수하고 싶었다. 복수를 위해 교주의 조작질을 분석하는 장면의 편집본을 만들었다. 나는 이 자료를 대학교 강의, 외부 강의, 지인들, 홍보 자료 및 분석 사례로 여기저기 활용하는 복수극을 펼치고 있다. 이 복수는 이 일을 그만둘 때까지 이어갈 것이다.

No. 034

전문가

전문가專門家는 '어떤 분야를 연구하거나 그 일에 종사하여 그 분야에 상당한 지식과 경험을 가진 사람'이라는 뜻이다. 의뢰인들은 나를 박사님, 소장님, 교수님 등으로 호칭했지만 지금까지 '전문가님'이라고 부르는 사람은 없었다. 나에게 누군가 전문가라고 부르면 상당히 부담이 될 것 같다. 모 TV 프로그램에 출연해서 진행자가 나에게 "호칭을 어떻게 할까요?"라고 물었던 적이 있다. 사회자 대본에 '황민구 전문가님'이라고 적혀져 있는 것을 보았다. 나는 창피를 무릅쓰고 적힌 대로 전문가로 호칭하시라고 했다. 지금 생각해 보니 아직도 부끄럽고 위험한 시도였다.

나는 어쩔 수 없이 사람 간에 발생하는 형사 사건, 민사 사건에 직간접적인 영향을 미친다. 변호인처럼 의뢰인을 변호하는 일도 아니고 물건을 만들어 파는 일도 아니다. 그러나 나의 분석 결과에 따라 사건의 향방이 좌지우지되고, 한 사람이 감옥에 가거나 감옥에서 나올 수 있다. 그래서 항상 불안하고 무서운 일이 감정서를 쓰는 일이다. 내 일의 무게를 깨달을수록 나는 점점 소심해진다. 모든 사건 심리를 통한 결정은 판사가 하지만 그 결정에 영향을 주는 일이기에 조심스러울 수밖에 없다.

전문가라고 불리는 많은 분들은 방송이나 언론 매체에서 자신의 전문 분야 기술을 멋지게 뽐내며 자신감을 보인다. 내가 봐도 멋져 보인다. 하지만 나는 많은 사건을 다루면 다룰수록 더 움츠러든다. 수많은 사람의 눈물과 절규를 보았기 때문이다. 내가 실수를 하면 어떡하지? 내가 분석한 게 맞는 것인가? 내가 놓친 부분은 없을까? 나 때문에 억울한 피해자가 나오는 건 아닐까? 이런 생각은 영상을 분석할 때, 감정서를 작성할 때, 직원에게 검수를 맡길 때, 최종 의뢰인에게 감정서를 보낼 때, 심지어 자거나 기상할 때도 문득 내 머리를 스쳐 간다.

'실수를 할 수도 있다는 마인드'와 '실수를 인정할 수 있는 용기'가 있어야만 진정한 전문가가 된다. 그래야 그들 자신에게 분노할 수 있고 이를 극복하기 위해 자기 발전을 할 수 있기 때문이다. 그리고 그 과정을 통해 그들은 진화한다. 전문가는 죽을 때까지 진화해야 한다. 그런데 종종 전문가라는 사람들은 자기 지식에 반하는 내용의 토론이나 언쟁이 있을 때 절대 실수나 오류를 인정하지 않는다. 문제점을 지적하는 사람을 적대시하다 못해 혐오의 대상으로 분류한다. 나는 그러한 바보 같은 짓을 하지 않으려고 노력한다. 그 노력의 방법은 바로 진화하는 것이다.

나는 대학원에서 디지털 이미지 위변조 내용으로 박사 학위를 받았다. 박사 논문을 위해 미국 법과학 학회, 호주 법과학 학회 등에 위변조 관련 연구로 SCI 논문 세 편을 쓰고 나서야 박사 심사를 받을 수 있었다. 이 때문에 영상 매체 위변조 분석에는 전문가로서 자부심이 강했다. 이 분야의 내용으로는 누구와든 싸워서 이길 수 있을 정도의 자신감이 생겼다. 내게 맡겨진 위변조 사건들도 내가 알고 있는 전문가의 능력을 발휘하여 모두 해결했다.

그러던 어느 날 한 법무법인으로부터 전화가 걸려왔다. 늘 있는 위변조 분석 관련 의뢰였다. 나는 내 능력대로 이 사건도 처리했다. 순조롭고 쉬웠다. 이제는 도사가 된 것 같은 기분도 들었다. 해당 사건의 영상은 내 분석상으로는 조작되지 않은 원본 영상이라고 판독하여 회신하였다.

얼마 후 법무법인에서 이 사건을 담당하는 변호사가 샘플 영상 하나를 보내줬다. 기존에 분석했던 감정물과 같지만 영상 뒷부분이 잘려서 전체 시간이 줄어든 상태의 위변조 샘플이었다. 이것에 대해 다시 같은 방법으로 위변조 실험 요청을 하였다. 결과는 놀라웠고 나는 좌절감에 빠졌다. 실험 결과, 조작된 영상임에도 불구하고 원본 영상으로 검출된 것이다.

머릿속이 하얗게 변했다. 나도 다른 전문가들처럼 어려운 말로 이렇게 저렇게 둘러댈까? 아니면 인정할까? 고민의 연속이었다. 나는 그래도 제대로 된 전문가의 길을 택하기로 했다. 변호사에게 정중한 메일을 보내고 통화를 했다.

"안녕하세요. 이번 분석에서 제 기술에 한계가 있던 부분이 있어 죄송하게 생각합니다."

나는 정중하게 잘못을 시인했다. 그런데 변호사는 대수롭지 않은 듯 말했다.

"아닙니다. 저희가 무례했죠."

무례라는 말에 호기심이 생겨 변호사의 말에 귀를 기울였다.

"조작한 위변조 샘플은 S 회사의 핸드폰을 만드는 전문가에게 의뢰해서 영상 편집 프로그램 없이 데이터를 변형한 것입니다. 영상 분석상 학회에 보고되지 않은 새로운 방법이에요."

나의 실력을 테스트하기 위한 것은 아니었다. 법원에 상대측 증거물이 영상 분석상 위변조를 검출하지 못할 가능성이 있다는 것을 보여주기 위한 참고 용도라는 설명이었다. 그는 본인의 무례한 감정을 받아 주셔서 감사하다는 말까지 덧붙였다. 그래도 나에게는 위안이 되지 않았다.

이러한 일이 누구에게 알려지는 것이 부끄러웠다. 분노와 부끄러움이 반복되어 내 가슴에 상처를 주는 내내 나는 한 가지만 생각했다. 지난 것은 인정하고, 저렇게 조작한 샘플도 위변조 분석을 통해 조작 여부를 판독할 수 있는 기법을 개발하도록 진화하자. 그리고 나는 졸업하고 쓰지 않았던 펜을 들었다. 대학원 때처럼 매년 실험하고 연구하자. 그리고 논문으로 당당히 인정을 받아 이 치욕을 만회하자. 지금은 그때의 경험을 밑거름으로 영상 위변조 논문을 수개월에서 일 년 넘게 심사받고, 매년 내 논문이 한 편씩, 전 세계에서 읽히는 저명한 학술지에 실릴 수 있게 되었다.

그때의 상처는 조금씩 치유가 되었고, 지금은 완치되었다. 자신감도 전보다 넘친다. 하지만 언젠가는 그 변호사와 같은 사람을 만날 것을 언제나 기다리고 있다. 언젠가는 같은 상황이 반복될 것을 준비하여 펜을 놓지 않고 있을 예정이다. 펜을 놓는 날은 이 일을 그만두는 날이 될 것이다. 노후 자금을 준비할 때까지는 버텨 봐야 한다.

No. 035

기억의 습작

최근 들어 기억력이 감퇴하고 있는 것이 확연하게 느껴진다. 며칠 전에 있었던 미팅을 누구와 했는지 가물가물하고, 어제 먹은 점심 메뉴도 몇 초간 곰곰이 생각해야 떠오른다. 예전에는 여러 스케줄이 있어도 따로 메모하지 않고 기억력에 의존하면서 잘 살아왔다. 하지만 지금은 내 기억력을 믿고 살다가는 실수가 잦아질 것 같아 기억해야 할 내용을 메신저에 깨알같이 적어 둔다. 전날 술을 먹거나 바쁜 일이 있어 정신을 놓았을 때, 적어 둔 메신저 내용이 낯설어 내가 적은 것이 맞는지 갸우뚱할 때가 있다. 지금의 기억은 하루 이상 지나면 신뢰할 수 없는 상태가 되기에 이제는 기억에 의존하지 않으려고 노력한다. 가끔 누구 말이 맞는지에 대한 의견으로 와이프와 말싸움하게 될 때면, 나도 모르게 죽어가는 뇌세포가 재생되면서 기억이 뚜렷해지곤 한다. 예전에 우리가 갔던 식당이 어디였는지 얘기하다가 말싸움이 난 적도 있다. 지금 생각해 보면 참 별것도 아닌 것을 갖고 싸웠던 것 같다. 제주도였는지, 포항이었는지를 가지고 와이프와 논쟁을 벌였다. 서로 기억 속에 있는 증거를 하나씩 꺼내어 상대방의 심기를 건드렸고 쉬이 항복하는 사람은 없었다. 심지어 목격자인 아이들에게 증언을 요구하기도 했다. 아이러니하게도 논쟁이 시작되면 당시의 상황이 더욱 생생하게 기억난다. 그런데 이 생생한 기억은 정말 진실에 가까울까?

기억은 억울함이 만들어 낸 허상일 수도 있다. 우리는 존재하지도 않은 것을 기억으로 만들어 낼 수 있다. 기억에 의존한 나머지.

그날은 내리쬐는 햇볕에 살이 타들어 갈 것 같아서 산책을 중간에 포기하고 사무실로 돌아왔었다. 잠시 에어컨 바람을 쐬고 있는데 한 중년 남성이 목발을 짚고 절뚝이며 사무실 문을 열고 들어왔다. 보통 나는 예약하지 않으면 상담을 진행하지 않지만, 목발까지 짚은 몸으로 더위를 뚫고 여기까지 찾아오셨으니 그냥 보내드리면 안 될 것 같았다. 그는 고맙다며 준비된 물을 한잔 마시고는 본인의 억울한 사연을 늘어놓았다.

의뢰인은 문화 센터에서 관리자들과 시비가 붙었다고 했다. 센터 가입비 정산이 잘못되어 환급을 요청했는데, 직원들은 정산엔 문제가 없다고 했다는 것이다. 이내 실랑이가 시작되었고 도중 화가 나서 책상을 몇 번 내리친 것이 전부라고 했다. 나는 그를 바라보며 죄명이 무엇인지 물었다. 그의 죄명은 폭행죄로 벌금 100만 원에 약식 명령이 내려져서, 정식 재판으로 억울함을 풀려고 나를 찾아왔다고 했다. 책상을 한번 내리친 것으로 벌금이 100만 원이나 나왔을까? 하는 의심을 갖고 그가 가져온 USB를 컴퓨터에 연결했다.

CCTV 속 인물은 난폭하고 과격했다. 직원들의 멱살을 잡는가 하면 주먹을 들어 센터장에게 마구 휘두르는 장면이 보였다. 심지어는 발로 의자를 차서 옆에 있는 여직원이 다치기까지 했다. 영상을 보는 내내 말을 잘못 했다가는 저 꼴을 당할 것 같은 불길한 예감이 들어 잠시 확인할 게 있다며 내 컴퓨터에 다녀온다고 했다. 무슨 일이 생기면 경찰에 전화하라고 직원에게 신신당부한 뒤에 나는 자리로 돌아와 천천히 운을 뗐다.

"선생님. 아까는 책상을 한번 친 것이 전부라면서요?"

그러자 그는 인상을 쓰며 말했다.

"저건 내가 아니에요. 저놈들이 전부 조작해서 나를 음해하는 겁니다. 박사님은 딱 보시면 알잖아요. 영상 속에 저 사람이 내가 아니라는 것을 보면 몰라요?"

나는 어리둥절해서 무슨 말을 해야 할지 망설였다. 그런데 노인의 눈빛은 너무나도 억울해 보였다.

"그럼 영상 속의 인물이 선생님이 아니라면 누구죠? 그러니까 센터 직원들이 영상을 합성해서 선생님이 폭행한 것처럼 꾸몄다는 건가요?"

그는 자신이 하고 싶은 이야기를 내가 이해했다는 것에 환호하며 큰소리로 외쳤다.

"그렇죠. 바로 그거야. 여기 오길 잘했네."

나는 눈을 지그시 감고, 그를 조용히 돌려보낼 방법을 찾으려 노력했다.

CCTV 속 폭군을 합성으로 만들어 내려면 단순한 그래픽 작업으로는 불가능하다. 영화 촬영장 같은 세트를 만들고 의뢰인 얼굴을 메이킹해야 하며 블루 스크린에 폭군의 행동을 재연시킨 후 누끼를 따서 합성해야만 한다. 그것뿐일까? 센터 직원들도 모두 연기를 해야 한다. 영화 한 편을 만드는 것이 더 빠를 수 있다. 물리적으로 저런 영상을 합성해서 만든다는 것은 어마어마한 비용이 발생하고, 많은 인물들이 연출되어야 하므로 비밀이 누설될 수도 있다. 그리고 수없이 많은 위변조 영상들을 봐 온 경험으로 봤을 때, 조작된 영상으로 판단할 만한 여지가 없어 보였다. 의뢰인이 이야기를 하는 동안 나는 몰래 영상의 데이터 정보도 확인했다. 많은 정밀 분석이 진행되어야 정확한 진위를 가릴 수 있겠으나, 상담 당시에는 위변조의 흔적들이 존재하지 않았다.

"가능하죠? 내 기억에는 진실밖에 없어요. 저는 기독교 신자이고 제 말이 거짓말이면 지옥에 가겠습니다. 예수님께 맹세코 저는 그날 책상 한번 친 것이 전부이고, 몇 마디 정도 언성을 높였지만 저런 행동은 한 적이 없어요."

영상을 확인하는 내내 그는 같은 말을 반복했다.

"그럼 의뢰하시죠. 다만 분석 결과가 조작이 안 됐다고 나올 수도 있어요. 계약서와 의뢰서를 보면 결과에 이의를 제기하지 않는다는 문장이 있는데 날인하실 건가요?"

나는 원칙대로 대답했다. 아무리 머리를 굴려도 이 상황을 벗어날 수 있는 방법은 논문을 통해 영상의 진위를 판단해 주는 것밖에 없었다.

"그럴 일 없을 겁니다. 내 기억은 너무 또렷해서 그 장면을 그릴 수도 있어요. 제 영혼을 담아 진실된 기억만을 말씀드린 것이니 영상 분석 결과도 그렇게 나올 거라 장담합니다. 분명히 저 놈들이 CG로 영상에 장난을 친 거니까요. 내 기억을 의심하지 않습니다. 절대로요."

그는 천천히 계약서와 의뢰서를 읽어 보고는 모두 날인했다.

나는 여러 가지 실험을 진행하였다. 각각의 실험에서 출력된 데이터들은 그것이 명확하게 원본 영상이라는 것을 증명해 주고 있었다. 조작된 흔적은 단 하나도 검출되지 않았다. 영상은 조작되지 않았지만, 그의 기억은 조작되었다. 이 결과를 의뢰인에게 전달하면 무슨 봉변을 당할지 몰라 불안한 하루하루를 보내고 있었다. 직원은 의뢰인에게 메일과 우편으로 분석 보고서를 보냈다.

몇 주가 지난 후 의뢰인은 인상을 쓴 채 절뚝거리며 나를 찾아왔다. 그는 나를 보자마자 큰소리로 쏘아붙였고 나는 방어를 위한 자세를 갖췄다.

"박사님을 믿었는데 너무 실망했습니다. 이런 엉터리 결과를 보내 주시니 도저히 참을 수가 없어 다시 왔습니다."

전문가의 포스를 보여 주기 위해 최대한 침착하게 말했다.

"분석 보고서에 있는 내용들은 논문이나 학회에 보고된 정상적인 위변조 분석 기법을 활용했습니다. 어떤 문제가 있다는 것인지 모르겠네요."

그는 내 말을 들을 생각 자체가 없어 보였다.

"난 그 어려운 논문이나 실험들은 모르겠고, 하늘과 땅과 예수님과 내가 아는 사실을 이따위 실험들로 가득 채운 것 자체가 사기인 거요. 기억보다 명확하고 사실인 것이 어디 있다고 이런 말도 안 되는 과학으로 나를 모욕하는 거요? 그러고도 당신이 박사요? 참 웃기는 사람이네!"

의뢰인은 점점 흥분하기 시작해서, 곧 목발을 들어 나를 때릴 것 같았다.

"제 분석 결과, 이 영상은 조작되지 않았어요. 제 분석에 문제가 있다면 그것에 대해서만 말씀하시죠. 선생님의 기억이 반드시 옳다는 말만 하시면 대화가 되지 않습니다. 기록된 것과 기억 중 신뢰도가 높은 건 기록이에요. 그 기록된 것이 조작되지 않았다면 선생님의 기억을 다시 살필 필요가 있어요."

내가 지금까지 일하면서 경험했던 내용에 살을 붙여 설득을 시도했지만 말이 끝나면 다시 처음으로 돌아왔다.

"그럼 내 기억은 뭐예요? 내 머릿속에 있는 이 생생한 기억은 어떻게 된 거란 말이요. 내가 미친놈이라는 거요? 당신이 지금 나를 그렇게 보는 거요?"

이렇게 3시간 가까이 실랑이가 오갔고 나는 지쳐서 더이상 말할 기운이 없었다. 그는 일주일간 기회를 줄 테니 다시 분석한 뒤에 그 결과를 보내라고 했다. 그리고 책상을 내리치며 나를 매섭게 노려보았다.

나는 그가 시킨 대로 재분석을 진행하였다. 하지만 조작되지 않은 원본 영상이라는 확신만 더 명확하게 들었다. 다시 야단맞을 준비를 하고 분석 결과를 그에게 전달했다. 그도 지쳤는지 여기까지 올 힘이 없다며 전화를 걸어왔다. 그의 첫마디는 이것이었다.

"자꾸 이런 식일 거면 환불이나 해 주시오."

"환불은 어렵습니다. 저도 이 사건으로 몇 주를 보냈는데, 제 일의 대가는 받아야죠."

내 대답에 의뢰인은 목소리를 높이며 소리를 질러 대기 시작했다.

"내 기억이 진실이고 참인데, 당신은 거짓말을 하면서 뭔 대가를 바라는 거요. 만약 환불을 안 해 주면 광화문에서 1인 시위를 할 테니 그리 알고 있으쇼. 알겠소?"

나는 무거운 분위기를 다잡기 위해 재치를 발휘했다.

"날이 너무 더워서 쓰러지실 수 있어요. 가능하면 가을에 하시고 피켓에 연구소 이름 좀 크게 넣어 주세요. 저도 억울해서요. 피켓 보고 오시는 분들 있으면 하소연하고 싶어요."

그러자 그는 "뭐야?"라는 외마디만 남기고 전화를 끊었다.

이것이 기억의 실체다. 이놈이 얼마나 무서운 녀석인지 의뢰인을 통해 깨달을 수 있었다. 기억은 진실을 말하기도 하지만 상황에 따라 거짓으로 채워질 수 있다. 내가 보고 싶은 것, 그래야만 하는 것이 간절해지면 기억은 어느 순간 왜곡으로 가득 채워진다. 정신병도 아니고 질환도 아니다. 나의 상처가 아물 수 있게 기억이 변하는 것은 정상적인 것이다. 다만 이 기억을 다른 사람에게 강요해서는 안 된다. 기억보다 사실을 더 잘 말해 주는 기록 장치가 있기 때문이다. 나는 그 기록 장치를 분석하는 사람이지 의뢰인의 기억을 분석하지는 않는다. 사람은 자기 심신이 힘들지 않은 방향으로 기억을 변형해서 자신을 보살피려는 경향이 있다.

내 기억 속에 와이프와 갔던 식당의 위치도 그 당시 논쟁에서 이기기 위해 변형된 기억일 수도 있다고 생각하니 와이프한테 미안하다. 이제 기억 가지고 싸우지 말아야겠다는 생각이 든다. 다만 아직도 그 식당이 어디에 있던 건지는 미스터리로 남아 있다.

No. 036

경운기에 실려 가지 않으려면

군대는 참으로 시간이 흐르지 않는 곳이다. 지금 생각해 보면 2년 2개월은 눈 깜박할 사이의 시간이지만, 군대 안에서의 그 시간은 20년은 되는 것 같이 느껴졌다. 매일 같이 반복되는 훈련과 근무로 나는 점점 장난감 병정이 되어가는 것 같았다. 그리고 그때는 왜 그렇게 고참들이 후임병을 괴롭히고 때렸는지, 지금 만나면 고소라도 하고 싶은 심정이다. 한번은 지하철에서 나를 괴롭혔던 고참을 우연히 만난 적이 있었다. 나는 애써 그와 마주치지 않기 위해 얼굴을 피하려 했지만, 그는 나의 어깨를 잡아당기며 말했다.

"야! 황민구."

갑자기 군대에서 그가 나를 괴롭혔던 장면이 스쳐 지나가 분노가 치밀었다. 고참은 잘 지냈냐고 내게 안부를 물으며 악수까지 청했다. 그가 웃으며 내 손을 덥석 잡고 흔들자 나는 격분한 나머지 손을 뿌리치며 등을 돌렸고, 나도 모르게 말했다.

"뭐야 이 새끼는."

지하철 반대편으로 걸어가면서 그가 어떤 표정을 하고 있을지 궁금해서 살짝 뒤를 돌아봤다. 그는 망연자실한 듯 멍하니 내 뒷모습을 쳐다보고 있었다. 나는 뭔가 대단한 복수를 한 사람처럼 뿌듯해서 어깨가 들썩거렸다. 그날 밤, 썩은 표정을 짓고 있는 그의 얼굴을 그리며 깊은 잠을 잤고 아침에 깼을 때 너무 상쾌했다.

군대에서 상병이 되기 전까지는 자유 시간이 거의 없었다. 쉬는 꼴을 보기 싫어하는 고참들은 일부러 일거리를 만들어 후임을 괴롭혔기 때문이다. 어떤 고참은 양말을 신을 때 앉지 못하게 했다. 그래서 상병 밑으로는 선 채로 양말을 신다 보니 한발로 껑충거리며 토끼춤을 추게 되었다. 지금 생각하면 사이코패스에 가까운 인간들이었다.

상병 말 호봉이 되었을 때, 나를 건드렸던 고참들은 대부분 전역했다. 내무반에서 서열이 5위 안에 들었을 때부터 나는 이런 악습들을 철폐하기 시작했고, 후임들은 좋아했다. 후임들을 괴롭히지 않으니 나도 괜한 데 신경 쓰지 않아 좋았지만 아직 남아 있는 네 명의 고참들이 나를 못마땅해하며 자꾸 핀잔을 줬다. 하지만 나도 곧 병장이었기에 전쟁에 가까운 선을 넘지는 않았다.

점점 내무반이 정상화되면서 후임들이 기타를 치기도 하고 그걸 배우고 싶어 하는 고참이 신기한 듯 후임을 지켜보는 현상도 생겼다. 나도 남는 시간에 무엇인가를 해야 할 것 같은 생각이 들어 여러 가지 고민을 하며 관물대를 정리하는 중, <관세음보살>이라고 적혀 있는 책을 발견했다. 종교 활동으로 불교에 갔을 때 스님이 주신 책이었다. 책을 열어 보니 전부 한자라 관물대 한구석에 처박아 놓은 것을 이제야 발견한 것이었다. 나는 책을 한 장 한 장 넘기며 내가 아는 한자 지식을 이용해 해석해 보려고 했으나, 모르는 한자가 대부분이라 한 장을 채 넘기지 못하고 책을 접었다.

드디어 할 일이 생겼다. 한자를 공부해서 저 글을 다 읽고 싶은 도전 정신이 생긴 것이다. 단순히 한자만 공부하면 재미가 없을 것 같아 한자 2급 자격증을 따기로 마음 먹었다. 군대에서 자격증을 딴다는 목표에 들떠서 휴가 때 사 온 교재로 열심히 공부했다. 총 한자는 2,350자나 되고, 읽고 쓸 줄도 알아야 합격하는 시험이었다. 매일같이 종이가 깜지가 되도록 한자를 쓰고 외웠다. 심지어 훈련 중에도 쉬는 시간에 나뭇가지를 주워 바닥에 한자를 쓰며 외웠다. 내 눈에 보이는 한글들을 모두 한자로 바꿔 보는 연습도 병행했다. 그리고 시험 날짜에 맞춰 휴가를 내고 시험을 봤다. 두 달 후 부대 내 공중전화로 합격 여부를 조회하니 축하한다고 말하는 ARS 음성이 들렸다.

그때 배운 한자 덕에 대학교에서 어려운 한자 해석은 내가 도맡아 했다. 한자로 된 모든 글을 한글로 술술 읽어 주면 후배들은 받아 적으며 존경스럽다는 표정을 지었다. 나중에는 다들 너무 귀찮게 해서 한자 해석을 안 하겠다고 엄포를 놓았지만, 여자 후배들이 사주는 음료수에 해석 일을 계속하게 되었다. 어느 날 후배가 <논어의 지혜>라는 책을 가져왔다. 책의 한 챕터를 해석하는 과제를 부탁하기 위해 나를 찾은 것이다. 제목만 봐도 따분하기 그지없는 책인 것을 눈치챌 수 있었다. 하지만 이 책에서 나는 나의 인생을 바꿔 놓을 사자성어를 찾았다. 덕필유린德必有鄰이라는 말이었다. 내 인생의 갈피를 잡아주는 이 사자성어의 해석은 간단하다.

「덕이 있으면 따르는 사람이 있어 외롭지 않다.」

그 많고 많은 한자 중 저 말만큼 인생을 살아가는 데 도움을 주는 단어가 있을까? 우리가 살아가는 이유는 돈을 많이 벌기 위해서도 아니고 일하기 위해서도 아니다. 행복을 찾기 위해서다. 그 행복은 초호화 유람선을 타고 세계 여행을 한다고 이루어지는 것이 아니다. 그 옆에 누군가 같이 행복해해 줄 사람이 있어야만 진정한 행복을 찾을 수 있다. 수천 억을 가진 재벌이라도 혼자라면 행복은 오래가지 않는다. 그래서 우리는 덕을 가져야 외롭지 않을 수 있다. 그 덕은 돈보다 귀하고, 금보다 가치 있으며, 우리가 세상을 살아가는 원천이 되어 준다. 역사 속 위대한 인물들을 살펴보면 덕을 가진 사람들이 많다. 세종대왕은 백성을 사랑하고 베푸는 마음으로 한글을 창시했으며, 링컨은 노예를 사랑하는 마음으로 노예 해방 선언을 하였다. 이들이 가진 덕은 남을 배려하고 사랑하며 베푸는 데 있다.

어느 날 무심결에 채널을 돌리던 중 내가 좋아하는 한국 최장수 프로인 <전원일기>가 방영되는 걸 보았다. 내용은 이러했다. 한 시골 노인이 건강이 좋지 않아 오늘내일하며 몸져누우셨다. 그는 자식들을 불러, 소 한 마리를 잡아 동네 잔치를 열라고 했다. 하지만 자식들은 노인의 소원을 들어줄 만한 형편이 되지 못했다. 그러자 노인은 노하며 눈물을 흘렸고 이불을 뒤집어쓴 채 입을 닫았다. 동네 주민들은 노인이 걱정돼 몸에 좋은 음식들을 가져왔지만, 노인은 아무 말도 하지 않은 채 이불을 뒤집어쓴 벙어리가 되어 버렸다. 이 소식이 전해지자 노인과 가장 가까운 사람이 그를 찾아왔다.

"어르신, 어디가 불편하신지 말씀을 하셔야 알죠?"

그가 사정하며 달래자 노인은 얇은 목소리로 입을 열었다.

"나는 농사를 지으며 경운기를 몰아 곡식을 나르는 일을 평생 했는데 말이야. 내가 죽으면 내 관이 경운기에 짐처럼 실려서 장지로 바로 갈 걸 생각하니 끔찍하네."

노인은 작은 목소리로 울먹이며 말을 이었다.

"덕이 있으면 서로 상여를 들어 주겠다고 장지까지 가는 데 하루가 걸린다는데. 난 덕이 없어서 경운기에 짐처럼 태워져 장지로 바로 갈 걸 생각하니 인생을 잘못 산 것 같아 가슴이 찢어져. 그래서 소라도 한 마리 잡아서 동네 주민에게 베풀고 가고 싶네그려."

나는 이 대사를 보고 덕필유린이 다시 생각났다. 덕 없이 산 이들은 죽어서 경운기에 짐짝처럼 실려 묻힐 것이고, 덕이 있는 자는 사람들이 서로 상여를 들어 주며 고인의 죽음을 위로하려 할 것이다. 이게 덕필유린이다. 이 사자성어를 가슴에 잘 새겨 놓고 살고 있다. 내가 좀 손해 보고, 조금만 갖고, 나머지는 베풀며, 남에게 작게나마 도움을 줄 수 있는 일을 하는 것이 모두 덕에서 나온다고 생각한다. 그 판단은 후세가 하겠으나 나는 열심히 덕을 쌓으며 살고 있다. 그렇지 못하고 남에게 눈물을 흘리게 하고, 상처를 주며 덕을 쌓지 못하는 사람은 지하철에서 만난 고참처럼 쌍욕을 먹게 될 것이다. 아주 찰지게. 그리고 죽으면 경운기를 타야 한다. 급행 경운기로.

No. 037

괜찮아 해치지 않아

어렸을 때, 할머니가 해 주신 귀신 이야기를 들으면서 누나와 손을 잡고 이불 속에서 벌벌 떨었던 기억이 있다. 공포 영화를 볼 때면 언제 귀신이 나올지 몰라 두 손으로 눈을 가린 채, 손가락 사이로 화면을 훔쳐보곤 했다. 신기하게도 손으로 눈을 가리면 무서움이 반 이상 사라지는 것은 왜일까? 심리적으로 공포스러운 장면을 볼 때면 우리는 무언가에 의지하게 되기 때문일까.

아들이 초등학생 때 귀신의 집에 가자고 떼를 썼던 날이 기억난다. 이 녀석은 만화를 많이 봐서 그런지 아니면 남자라는 동물의 본능인지 도전 정신이 투철했다. 무서워서 오줌 쌀 수 있으니 잘 생각해 보라고 몇 번씩 말했지만 아랑곳하지 않고 아들은 내 손을 잡고 해골이 입을 벌리고 있는 귀신의 집 입구로 나를 이끌었다. 씩씩하고 자신감 넘치던 아들은 귀신의 집을 빠져나온 후, 겁에 질려 놀란 기색이 역력했다. 문득 손이 아파 오기 시작했다. 안에서는 몰랐지만 나와서 아들을 진정시키고 보니,

아들의 손톱이 내 손의 살을 파고들어 피부가 다 까져 있었다. 그 녀석은 내 손을 있는 힘껏 잡고 공포를 이겨냈던 것이다.

한 예능 프로그램에서 연락이 왔다. 심령 사진 제보였다. 사진에는 사람 형상을 한 흰색 피사체가 숲속에 덩그러니 서서 카메라를 바라보고 있었다. 주변에는 아무도 없었는데 우연히 귀신이 촬영되었다는 것이다. 제작진 측에서는 귀신인지 아닌지 판단해 달라고 하며, 이러한 현상을 어떻게 설명할 수 있는지 물었다. 나는 귀신을 본 적이 없다. 많은 괴담의 단골 배경인 군대에서도 귀신같은 고참은 봤지만 다른 귀신을 본 적은 없었다.

종종 이렇게 귀신에 대한 문의가 오기도 한다. 흥미를 끄는 콘텐츠를 만들고자 하는 방송 측의 연락도 있지만, 정말 진심으로 공포에 떨며 내게 의뢰하는 사람들도 있다. 이런 이야기를 하는 사람들 대부분을 정신병자라고 치부하지만, 나는 그렇게만 보진 않는다. 아들이 내 손에 만든 손톱자국을 기억하고 있기 때문에 그들을 조금이나마 도와주고 싶은 마음이 든다.

그날도 말도 안 되는 심령 영상을 보고 있었다. 사진학, 광학, 영상 처리 등의 이론에 타당성이 있는 것인지를 살피는 것은 어렵지 않았다. 가장 어려운 것은 이 내용을 당사자에게 이해시켜야 한다는 것이다. 영상 속엔 흰색 피사체가 슬금슬금 움직이며 의뢰인의 집 주변을 돌고 있었다. CCTV 속 의뢰인의 집 주변을 돌고 있는 흰색 피사체는 유령처럼 투명하고 형체가 수시로 바뀌며 지붕으로 갔다가 문으로 오기도 하고, 심지어는 의뢰인이 걸어 다니는 동선을 따라다니는 패턴도 보였다. 의뢰인은 누군가가 자신을 쫓아다니는 느낌이 들었고 아니나 다를까 CCTV를 확인해보니 귀신이 자신의 집에 붙어살고 있는 걸 봤다고 말했다. 그날부터 몸도 아프고 기력이 없으며 불안함에 뜬눈으로 잠을 설친다고 했다. 아무도 자기 말을 들으려 하지 않아서 자기는 조금씩 죽어가고 있다며 나에게 도움을 청한 것이다.

형사 처벌을 받는 중범죄 사건 속 피해자, 피고인이나 막대한 금액이 걸린 민사 소송의 원고, 피고들의 영상 분석을 생각하면 이런 귀신 영상을 분석하는 것은 엄청난 시간 낭비다. 그때 아들이 내 손을 움켜잡으며 만든 손톱자국만 아니면 절대로 의뢰받지 않았을 일이다. 영상을 분석해 보니 답은 명확했다. 밤에만 보이고, 피사체가 초점이 맞지 않아 뿌연 상태이며 적외선 촬영 모드에서만 발광하는 피사체. 이것은 CCTV 렌즈 앞에 거미줄을 치고 벌레를 찾아 움직이는 거미일 가능성이 높았다. 나는 의뢰인에게 카메라 렌즈를 빗자루나 걸레로 닦아 보라고 전했다. 그 뒤에도 그런 현상이 발생하면 회신을 달라고 했다.

얼마 후 그는 신기하게도 박사님 말대로 한 후에는 그 귀신이 나타나지 않는다고 연락해 왔다. 순간, 나는 내 귀를 의심했다. '그 귀신은 나타나지 않는다.' 그럼 다른 귀신이 있다는 소리인데…. 나는 설마 하며 더이상 깊게 생각하지 않으려 했지만 그의 다음 말에 한숨을 내쉬고 말았다.

"박사님. 대신에 다른 이상한 귀신이 보여요. 점으로 변한 수많은 알갱이가 우수수 우리 집으로 쏟아져 내려요."

나는 인내심을 갖고 그가 보낸 영상을 틀었다. 왜 이런 증상이 나타나는지는 단박에 알 수 있었다.

"새벽 이슬이 적외선에 반사되어 보이는 현상이에요. 촬영 메커니즘에 의한 현상이요."

의뢰인에게 천천히 설명해 주자 그는 알았다고 하며 더이상 연락하지 않았다. 그런데 어느 날, 방송국 측에서 취재 중이라며 나에게 심령 영상을 보냈다. 영상 속에 나오는 집의 구조물을 보고 나는 누가 이 영상을 제보했는지 바로 알아차렸다. 바로 귀신이 자신을 괴롭힌다고 연락해 온 그 사람이었다. 제작진에게 의뢰인과 그간 있었던 일들을 설명하자 제보자가 너무나도 큰 심적 고통을 받고 있어서 이렇게 연락드리게 됐다고 제작진이 죄송함을 표했다.

사진과 영상 속에 귀신이 보인다고 의뢰해 온 사람은 종종 있었다. 지금까지 일하면서 수없이 많은 심령 사진과 영상을 보았지만, 미스터리로 남는 사건은 없었다. 그러면서 나는 심령 사진에 공포를 느끼는 사람들에겐 공통점이 있다는 것을 알게 되었다.

'그들은 귀신을 물리치기 위해 의지할 손이 필요할 뿐, 과학자는 필요하지 않다.'

그렇다. 그들은 귀신을 물리칠 수 있게 손을 내밀어 줄 사람이 필요한 것이다. 그 형상이 귀신인지 아닌지를 과학적으로 검증하는 것은 그들에게 아무런 도움이 되지 못한다. 도리어 진실을 증명한 과학자는 자신을 정신병자 취급하는 못된 이가 되고 만다.

생각해 보면 나는 아들에게도 귀신이 없다고 과학적으로 설득한 적이 없었다. 아들은 귀신을 믿고 있었고 초자연적인 현상에 관심이 많았다. 이제 딸까지도 합세하여 귀신과 관련된 영상을 찾아 본다. 한동안 아들은 핸드폰 카메라로 허공 어딘가를 이것저것 촬영하면서 "아빠 이것 봐요. 이상한 것이 있어요. 귀신 아니에요?" 하며 동생과 귀신 찾기 놀이를 했다. 아들이 무료 분석을 요구할 때 거절 의사를 내비치면 옆에서 와이프가 따갑게 쳐다봐서 어쩔 수 없이 협상 테이블에 앉게 된다. 집에서는 영상 분석을 하고 싶지 않았지만 자꾸 따져 묻는 애들 앞에서 본때를 보여 주고 싶은 마음도 있었기에 그 현상을 자세히 설명했다. 하지만 애들은 낄낄거리며 나를 비웃었고 아무리 이해시키려 해도 아빠의 말을 죽어도 믿으려 하지 않았다. 나는 자연스레 주먹을 쥐고 꿀밤을 때릴 채비를 하지만, 불현듯 옆에 와이프가 있다는 것을 인지하고는 손을 스르륵 내린다.

이런 분석에서 승자는 항상 애들이고 아빠는 바보 과학자다. 애들과 한바탕하고 나면 나만 바보가 되는 기묘한 상태에 빠지게 된다. 우리 애들은 그저 즐거워한다. 귀신을 무서워하지 않고 오히려 카메라로 찾아 헤맨다. 귀신을 무서워하는 의뢰인과 우리 애들의 차이점은 명확하다. 의뢰인은 옆에서 손을 잡아 주고 귀신을 무섭지 않게 해 줄 바보 과학자가 없기 때문이다. 이제는 심령 사진이나 귀신으로 무서움에 떠는 의뢰인이 있다면 이렇게 말하며 손을 잡아 줘야겠다.

"진짜 귀신일 수도 있죠. 그런데 괜찮아요. 우리 애들 주변에도 있어요. 해치지 않아요. 저를 만났으니까 이제 괜찮아질 거예요."

No. 038

덤

재능 기부는 내가 가진 기술을 무료로 사회에 나눠준다는 점에서 세상을 조금씩 바꾸는 토양이 된다. 나도 세상에 일조하고 싶다는 마음으로 어려운 사람이나 정의 사회 구현에 힘쓰는 공공기관에 재능을 나눠주는 일을 해 오고 있다. 요즘 들어 TV에 내 얼굴이 자주 등장하면서 나를 찾는 공공기관이 더 많아졌다. 분석 가능 여부를 실험할 사전 테스트 폴더에는 경찰서, 소방서에서 보내준 공문이 즐비하다. 그들에게 내가 요구하는 것은 공문 한 장 이외에는 없다. 가끔 사건을 의뢰하는 공무원들은 낮은 목소리로 분석 비용이 어떻게 되는지부터 물었다. 나는 웃으면서 따로 돈을 받지 않을 테니 공문만 보내라고 대답한다. 그러면 그들은 들떠서 웃으며 이런 곳을 진작 알았으면 많이 의뢰했을 텐데 아쉽다고 말한다. 그런 말을 들으면 순간 상당히 무례하다는 생각이 든다.

그날도 경찰서에서 들어온 팩스들이 보였다. 전화 한 통 없이 사건 관련 공문과 서류들만 책상에 빼곡히 쌓이는 것을 보면 내가 마치 공무원이 된 것 같은 착각이 든다. 언젠가는 꼭 분석료를 청구하는 공문을 보내야겠다는 생각을 하며 그날도 공문 속 영상을 집중해서 보고 있다. 누군가 죽거나 다치는 영상을.

연구소의 수익 구조는 대부분 사건 당사자들의 의뢰로부터 발생한다. 개인 간의 분쟁이나 민형사 소송 당사자들이 주된 의뢰인들이다. 사실 공공기관의 사건에 무료로 재능을 기부하지 않는다면, 차후에 사건이 법원으로 넘겨져서 사건 당사자인 피고인이나 피해자가 나한테 사건을 맡길 가능성이 크다. 하지만 그것의 수익까지 계산하면서 연구소를 운영하고 싶지는 않았다. 수학자가 자기 앞에 놓인 신기한 수학 문제를 봤다고 생각해 보자. 아마도 그는 당장 노트를 꺼내 여러 가지 방법으로 문제를 풀어 가며 정답을 찾을 것이다. 식사를 하거나 잠을 자는 것은 나중의 일일 것이다. '천천히 하면 되지. 다음 주에 하면 되지. 언젠가 풀면 되겠지.'라는 생각은 그들의 무서운 집념을 몰라서 하는 이야기이다. 나도 어찌 보면 그런 수학자와 똑같다. 운전하면서도 사건을 회상하고, 자면서도 영상 속 단서를 찾는다. 그래서 내게 나중이란 없다. 하지만 이런 가치관이 흔들리는 사건이 발생했다.

"황민구 바꿔. 당장 황민구 바꾸라고! 어서 당장!"

직원이 들고 있는 수화기 속에서 성난 중년 여성이 소리를 질러대고 있었다. 당장이라도 전화기에서 튀어나와 내 멱살을 잡고 내리칠 것 같은 살벌한 목소리였다. 직원은 내 눈을 보며 전화를 바꿀지 고민하다가 일단 그녀를 진정시키기 위해 수화기를 내려놓았다. 나는 가만히 수화기를 쳐다보았다. 아직도 그녀가 튀어나올 것 같았다. 듣자 하니 전화기 속 성난 여성은 내가 얼마 전에 분석한 화재 사건에서 화재가 최초로 발생한 위치라고 추정한 건물의 소유주였다. 그 사건은 지방에 있는 소방서에서 내게 분석을 요청한 것으로 다른 공공기관 사건과 마찬가지로 분석료를 받지 않고 재능 기부를 한 사건 중 하나였다. 당시 영상 분석상 최초 섬광과 연기가 식별되는 위치가 그 건물로 특정되었으며, 나는 이를 객관화하여 소방서에 소견서를 제출했다. 영상 화질을 개선해 보니 빛의 방향과 그림자의 패턴 및 섬광의 좌표가 명확하게 식별되었기 때문에 그녀의 건물에서 화재가 발생했다는 것에는 누구도 이견이 없을 정도로 확실했다.

사건 파일을 열고 내가 실수한 것이 있는지 살펴보았다. 아무리 봐도 문제 될 게 없었다. 당장 그녀와 통화하면 귀청이 떨어져라 소리를 질러댈 것 같아 안정을 취할 시간을 주기로 하고 다음 날 전화를 걸었다. 그녀는 나에 대해서 많이 들어 알고 있다며 입을 뗐다. 아무 말도 하지 않고 일단 듣기로 했다. 그런데 그녀의 목소리가 다시 높아지기 시작하며 짧은 반말이 섞이기 시작했다. 호칭 없이 '당신', '황민구 씨' 등의 비아냥거리는 빈도가 높아져서 이대로 듣고만 있으면 주도권을 뺏길 것 같아 선수를 치기로 했다. 나는 그녀의 말을 끊고, '황민구 박사님'이라는 호칭을 쓰지 않고 계속 이렇게 반말을 하시면 전화를 끊겠다고 으름장을 놓았다. 주도권은 내게 있다. 의뢰인들이 나한테 전화를 걸어 항의하는 이유는 딱 하나이다. 원하는 결과로 바꿔 달라고 부탁하기 위해서다. 이때 주도권이 누구한테 있는지 간접적으로 보여 주면 의뢰인들의 태도가 180도 바뀐다. 그녀도 갑자기 고분고분해졌다. "왜 그러세요, 박사님. 제가 좀 흥분했네요. 이해해 주세요. 너무 억울해서 그래요."라고 차분한 말투를 유지했다. 이런저런 이야기를 전부 들어보니 결국 핵심은 소방서에서 조작된 영상을 나한테 보냈고 내가 그 영상을 분석했기 때문에 본인들이 재판에 져서 억울하다는 것이었다.

나는 그녀에게 물었다.

"제가 소방서에 의뢰받은 것은 화재 위치였지 위변조 분석이 아니었습니다. 근데 왜 직원에게 소리를 지르고 난리를 치시는 거죠? 우리가 무슨 잘못을 했나요?"

그녀는 복받쳐 오르는 목소리로 말했다.

"소방서하고 한편 아니에요? 소방서에서 돈 주고 맡겼을 거잖아요. 그러니깐 위변조 분석도 안 하고 이렇게 엉망으로 해서 억울한 피해자를 만든 거 아니에요?"

그제야 그녀가 화가 난 이유를 알 수 있었다. 소방서가 나한테 돈을 주고 허위로 영상 분석 의뢰를 맡겼으니 한패라는 것이다. 그녀에게 진실을 알리기 위해 다음과 같이 말했다.

"제가 무료로 재능 기부한 사건이라고 말하면 믿으시겠어요? 정말로 진실 추구 차원에서 공공기관에 재능을 기부한 건데 믿으시겠어요?"

그녀는 잠시 머뭇거리며 말했다.

"뭐라고요? 뭐라고요?"

의아한 나머지 같은 말을 반복해서 말하던 그녀가 침묵에 빠졌다. 잠시 후 그녀의 대답에 눈이 깜깜해졌다.

"그럼 거기가 공공기관이라는 거예요? 그럼 같이 짜고 치는 거네."

그녀의 말은 내 가슴을 송곳으로 찌르는 것 같았다. 너무 억한 나머지 주먹이 절로 쥐어지고 이마에서는 혈관이 튀어 오르는 것 같았다. 그럼 어떻게 해 주길 원하냐고 물었다.

"영상이 위변조되었으니 그 사실을 분석 보고서에 담고, 기존 소견서는 위변조된 영상으로 분석한 것이니 잘못된 소견서라는 사실 조회서를 써 주세요."

이게 그녀가 원하는 답이었다. 그러면서 위변조의 증거들을 정리한 문서를 메일로 보내왔다. 문서를 열어 분석한 내용을 읽다가 실소를 금치 못했다. 해상도가 다르니 위변조다, 자막의 위치가 다르니 위변조다, 밝기 차가 있으니 위변조다, 라는 내용만 가득했다. 영상 촬영 메커니즘 상 설정 상태에 따라 변형이 발생하기도 하는 정상적인 현상이 모두 위변조의 흔적이라고 기재되어 있었다. 이 모든 원흉은 어떤 엉터리 감정인 때문이었다. 그 감정인은 그녀가 말하는 모든 것들을 위변조의 의심 증상이라고 분석한 것이다. 총체적 난국이었다. 나는 그녀에게 그 감정인한테 분석 결과를 받아 재판에 활용하라고 했다. 하지만 그녀는 황민구한테 분석 보고서를 받아야겠다고 땡깡을 피웠다. 꼭 황민구여야 한단다.

이 사건 영상을 열어 데이터를 분석하고 영상 처리를 통해 위변조의 흔적이 있는지를 살폈다. 분석 결과, 위변조되지 않은 원본 파일로 검출되었다. 이 사실을 그녀에게 전달하고 나는 그만 사건에서 손을 떼기로 했다. 어떻게 보면 또 재능 기부를 한 것이다. 그녀가 나에게 감사의 마음을 보인대도 내 답답함을 풀 수 있을까 말까였다.

얼마 후 사무실 전화벨이 울렸다. 그녀는 또 소리를 지르며 황민구를 바꾸라고 했다. 전화가 받기 싫어 문의 사항은 메일로 남기라고 전달했다. 그리고 이 사건 담당 소방서 김 모 직원에게 전화를 걸어 현재 상황을 알렸고 그는 무심하게 대답했다.

"그냥 무시하시면 됩니다."

나는 이 시크한 대답이 못마땅했다. 당장이라도 찾아가서 "김 모 직원 나와!" 하고 그녀처럼 고함을 지르고 싶었다. 이후 그녀에게 수많은 전화가 왔지만 무시로 일관했고 그 뒤로부터는 더이상 연락이 오지 않았다.

이 사건 이후, 나는 더이상 재능 기부를 하고 싶지 않아졌다. 공공기관에서 온 사건 파일은 열어 보고 싶지 않았다. 혹시나 파일을 열고 영상에 관심을 가지면 나도 모르게 집중하게 될까 봐 무서웠다. 주변 지인들에게 나의 상황을 설명하며 어떻게 하면 좋을 것 같은지 물어봤다. 대부분은 나보고 미친놈이라고 했다. 왜 재능 기부를 하느냐고, 정당한 대가를 받으라고 했다. 그래도 조금이나마 나를 아는 친한 지인들은 네가 힘들면 하지 않는 것이 좋을 것 같다고 나를 토닥여 주었다. 모든 대답이 마음에 들지 않았다.

어느 날 밤, 술에 취해 집으로 걸어오는데 길가에 세워진 트럭 뒤에서 호두과자를 팔고 있는 할머니를 발견했다. 트럭으로 다가가 할머니에게 삼천 원어치 땅콩 빵을 달라고 했다. 할머니는 장갑 낀 손으로 종이봉투에 땅콩 빵을 세어 보지도 않고 마구 담아 주셨다. 종이봉투가 반쯤 채워졌을 때 할머니는 호두과자를 한 움큼 쥐어 종이봉투에 가득 채우셨다. 나는 할머니를 보며 땅콩 빵 삼천 원어치라고 반복해서 말했지만, 할머니는 대답이 없었다. 귀가 좋지 않으신 분이라 생각하고 만원을 꺼내 드렸다. 묵직한 빵 봉투를 안고 돌아서려는데, 할머니는 나에게 잔돈 칠천 원을 가져가라고 손짓했다. 할머니에게 다가가 왜 이렇게 많이 주셨냐고 물었다.

"남아서 그래. 이제 들어갈 거야. 이거 버리기에는 아깝잖아. 덤이야 덤."

그 묵직한 종이봉투에는 삼천 원어치 보다 덤으로 주신 것이 더 많았다. 신기하지 않은가? 돈 낸 것보다 덤이 더 많다니. 도대체 덤이란 게 뭔지, 땅콩 빵을 먹으며 곰곰이 생각해 보았다. 덤은 원래 상품과 다를 것이 없다. 그런데 아무나 줄 수는 없다. 뭔가를 사야만 줄 수 있다. 그리고 덤은 산 것보다 더 많을 수 있다. 주는 사람과 받는 사람이 모두 행복한 것이 덤이다. 이것이 내가 내린 결론이다.

나의 힘든 고민을 호두과자 할머니를 통해 해결하게 되었다. 이제 나에게 재능 기부는 없다. 할 만큼 했고 나도 좀 살아야겠다. 대신 '덤'이라는 개념을 도입하기로 했다. 첫째, 간단한 사건은 덤처럼 여유가 있을 때 해 줄 것이다. 여유가 없으면 그건 덤이라고 할 수 없다. 기존에 맡은 다른 사건들이 있으면 분석 기간을 상당히 여유 있게 잡을 것이고, 아예 안 할 수도 있다. 둘째, 그냥 주지는 않는다. 단돈 10만 원이라도 받기로 했다. 그러면 나도 조금이나마 의무감이 생겨서 20만 원, 30만 원어치를 더 담아 줄 수 있다.

그러고 보니 인생을 살다 보면 덤으로 줄 게 많은 것 같다. 생활비가 있는데 외식비를 내 지갑에서 내는 것에 환하게 웃는 와이프를 보면, 덤은 참 행복한 것이다. 다만 그 행복은 내가 여유가 있을 때, 공짜가 아니라 대가를 받고 덤으로 줄 수 있을 때만 느낄 수 있다. 억지로 하는 재능 기부는 전혀 행복하지 않다.

No. 039

시간의 상대성 사용법

어렸을 땐 명절만 되면 시골 할머니 집에서 친척들과 함께 뛰어놀며 시간을 보냈다. 어른들은 방안에서 오랜만에 본 친인척들과 술을 마시며 담소를 나누느라 우리를 신경 쓸 겨를이 없었다. 우리들이 심심하다고 말하면 부모님은 주머니에서 동전 몇 개를 꺼내 주시며 가게에 가서 과자를 사 먹고 놀다 오라고 하셨다.

우리는 동전을 모아서 가게를 찾아 떠나기 위한 원정대를 만들었다. 나이가 많은 형이나 누나들이 어린 동생들의 손을 잡고 가게를 향해 떠났다. 그 길이 굉장히 길었던 게 아직도 기억난다. 가게까지 가려면 약간의 풀숲을 헤쳐야 했고, 길가에 뛰어다니는 개구리를 모두 다 함께 관찰하는 시간을 가져야 했다. 일행 중 한 명이 나뭇가지로 개구리를 콕 찌르면 개구리는 놀라서 팔짝 뛰어올랐다. 그게 하필 막내의 얼굴에 찰싹 붙는 바람에 막내는 놀라 자빠졌다. 그 광경에 모두 왁자지껄 웃느라 한동안 가던 길을 멈추기도 했다. 조금 더 걷다 보면 컹컹 짖는 심술쟁이 개들을 만났다. 용감한 형들은 개보다 더 크게 소리를 지르며 뛰어 지나가거나 겁을 먹고 떠는 동생들의 눈을 손으로 가려주고 껴안아 주었다. 가게에 다다를 때쯤 우리는 낡은 교회를 발견했다. 나무에 매달린 그네를 본 원정대원들은 먼저 그네에 타려고 뛰기 시작했다. 먼저 도착한 형들은 동생들을 배려해서 조금만 타고 양보해 줬다. 그렇게 도착한 작은 시골 가게에는 과자가 열 종류도 안 되었지만 모두 일생일대의 선택을 하듯 신중해졌다. 선택을 돕는 이는 항상 무서운 가게 아주머니였다.

이제는 어른들이 돌아가셔서 친척들끼리 잘 모이지 않는다. 대학생 때, 과거가 생각나서 그 길을 다시 걸어 본 적이 있었다. 할머니 집에서 가게까지 가는 데에 5분 정도가 걸렸다. 너무나도 짧은 거리였지만 혼자 멍하니 걷자니 5분도 길게만 느껴졌다. 그때의 우리는 그 5분 거리를 1시간이나 걸려 도착했지만 그 시간은 너무나도 빨리 지나갔다. 나는 아인슈타인처럼 수학으로 시간의 상대성을 해석하진 못하지만 몸으로 체험할 수 있었다. 그리고 나를 찾는 의뢰인에게 가끔 상대성 이론을 활용하곤 한다.

어느 중년 여성이 찾아왔다. 경찰들이 짜고 자기를 음해하고 있다며 이게 그 증거라고 서류 뭉치들을 풀어헤쳐 보였다. 나는 그 서류들을 모아 정렬하고는 내가 알아서 볼 테니 그만 흩뜨리라고 말했다. 하지만 늘 그렇듯 흥분한 의뢰인들은 사람 말을 잘 들으려 하지 않는다. 나는 그녀에게 더이상 말하지 마시고 이제 내가 질문하겠다고 했다. 예전에는 의뢰인의 말을 전부 들어 주었지만 이제는 노하우가 생겨서 그런지 몇 마디 질문이면 그들이 내게서 필요한 게 무엇인지 알 수 있었다.

이번에도 내 예상은 적중했다. 그녀는 신호 위반으로 피해자에게 상해를 입힌 교통사고 가해자였고, 경찰에 입건되어 피의자가 되었으며, 검찰이 약식 기소하여 벌금형에 처해진 상태였다. 그녀가 온 이유는 명확했다. 원본 영상을 경찰 측이 조작해서 마치 본인이 신호 위반을 한 것처럼 꾸몄다는 것이다. 나는 그녀에게 증거 영상을 보여 달라고 했다. 하지만 그녀가 나에게 보여 준 것은 보고서 속 사진과 사건 장면이 나오는 모니터를 핸드폰으로 촬영한 것이 전부였다.

나는 단호하게 검찰을 통해 원본 영상 파일을 확보해 달라고 요청했다. 모니터에서 재생되는 영상을 본인의 핸드폰으로 촬영한 것은 원본이 아니기에 분석이 안 된다고 말했으나 그녀는 이해하지 못했다. 지금은 정식 재판이 아니라 약식 명령이기 때문에 원본 영상을 받아볼 수 없지만 변호사를 선임해서 정식 재판으로 가게 되면 원본 영상을 받아볼 수 있다고. 그러니 그때 다시 오라고 그녀에게 설명해 주었다. 그러자 그녀는 곧바로 변호사 사무실에 전화를 걸었다. 앞에 설명한 과정 역시 번갯불에 콩 볶듯 바로 이뤄지는 게 아니라, 절차에는 시간이 좀 걸린다고 내가 말렸으나 그녀는 막무가내였다. 통화 내용을 엿들으니 서울에 있는 변호사 사무실에 약속을 잡아 놓은 것 같았다. 그러면서도 내게 이것저것 물어보기에 천천히 시간을 갖고 변호사를 찾아가서 의견을 구하라고 했다. 그녀는 충혈된 눈으로 부들거리며 이 사건으로 몇 달째 잠도 못 자고 신경 안정제를 먹는 중이라고 했다. 그녀는 상담 중 나를 보며 이런 말을 계속했다.

"이 모든 걸 빨리 끝내고 싶어요. 어떻게 해야 빨리 끝낼 수 있을까요?"

이 질문에 대한 대답은 하나다. 시간을 갖고 기다리는 것. 검사나 판사나 변호사나 나나, 이 사건만 맡은 게 아니다. 모든 것에는 절차가 있고 시간이 필요하다. 하지만 그녀는 하루하루가 너무 길다는 것이다. 심지어 파손된 본인의 차량은 증거 확보를 위해 수리하지 않고 집에 보관 중이라고 했다. 파손된 차량을 보존하더라도 신호 위반 분석과는 무관하기에 차를 어서 수리해서 타고 다니라고 했다. 그녀는 계속해서 내게 이 긴 시간을 벗어나게 해 달라고 했지만 나에게는 그런 능력이 없다. 그래도 그녀를 조금이나마 달래기 위해 내가 터득한 시간의 상대성을 이용하기로 했다. 그것으로 그녀의 시계를 빨리 움직이게만 하면 되니까.

나는 그녀에게 흥미로운 일거리를 주겠다고 말했다. 그 시발점은 내가 아직 의뢰인의 원본 영상을 보진 못했으나 간혹 조작된 영상들이 확인되기도 한다는 희망의 불씨를 심어 주는 것이었다. 순간, 그녀는 눈을 번쩍 뜨고 내 말을 경청하기 시작했다. 일단 원본 영상이 확보되면 그 신호 체계와 신호 변동 시간이 일치하는지를 봐야 하니 현장에서 여러 시간대의 신호를 촬영하고 시간을 수치화해 달라고 했다. 그녀는 가져온 노트가 구멍이 날 정도로 내 말을 열심히 받아 적었다. 나는 필요한 것들을 더 얘기했다. 주변에 다른 신호 체계도 샘플로 있어야 하고, 도로 교통 관리 공단이나 경찰청에 가서, 사고 현장 신호 체계 및 시간이 기록된 자료 요청 서류를 작성하라고 했다. 고장 나서 녹화되지 않았다던 차량의 블랙박스를 복원할 수 있는 업체들을 몇 군데 소개해 줬으며, 포털에 올라와 있는 수십 개의 복원 업체를 보여 줬다. 진실에 다가갈 수 있다는 희망과 즐거움이 생겼는지 본인이 할 수 있는 다른 것들을 더 말해 달라고 해서 나는 몇 가지를 더 알려 주었다. 곧 있을 다른 상담 때문에 여기까지 해야 할 것 같다고 얘기하자 그녀는 손목시계를 보며 깜짝 놀란 표정을 지었다.

"시간이 이렇게 된 줄 몰랐어요. 박사님, 너무 많은 시간을 뺏어서 죄송해요."

시간의 상대성을 이용한 것이 먹히는 순간이었다. 그녀는 발걸음이 바빴다. 할 일이 너무 많은 나머지 시간에 쫓기듯 고개 인사만 하고 나갔다. 내가 그녀에게 준 일은 못 해도 두세 달은 걸릴 것이다. 그녀는 매일 같이 신호등에서 신호 체계를 공부할 것이고 블랙박스 복원 업체를 찾아 다니느라 정신이 없을 것이다. 내가 요청한 내용들이 영상 분석에 얼마나 도움이 될지는 모르다. 하지만 의뢰인이 원본 영상을 받을 때까지 기다림에 지쳐 힘들어할 일은 없을 것이다. 아마 시간이 부족할지도 모르겠다. 이 사건으로 해야 할 목록을 헤아려 보니, 아직 반밖에 말해 주지 못한 것 같다. 시간이 안 간다고 다시 연락이 오면 나머지 반을 풀어 주기 위해 붉은색 별 표시를 해 둬야겠다.

No. 040

싸우지 좀 마

운전하다 말다툼을 벌이는 상인들을 보았다. 고성과 삿대질이 오가자 주변에 사람들이 모여들어 그 광경을 지켜봤다. 영상 속에서도 싸우는 사람들을 지겹게 봤는데 실물로 또 보려니 짜증이 났다. 시선을 멀리 둬서 멱살잡이하는 그들을 보지 않으려고 노력했다. 노래를 크게 틀어 고성도 차단했다.

집에 들어와 저녁을 먹고 소파에 앉아서 핸드폰을 만지작거렸다. 화면 상단에 굵은 텍스트로 쓰인 최근 사건 이슈가 보였다. 술 먹고 길 가는 행인과 시비가 붙어 한 명이 사망했다는 기사다. 가해자는 고등학생이란다. 조만간 이 사건으로 나를 찾아올 유가족의 얼굴이 그려졌다. 쉴 때만큼은 이런 뉴스를 보기 싫어서 영화 채널을 틀었다.

미치겠다. 영화 속에서 여자들이 머리채를 잡고 쌍욕을 하며 싸우고 있다. 오늘은 아무것도 보지 않고 일찍 잠자리에 누웠다. 고요한 잠에 빠지려고 하는 찰나, 창밖에서 만취해 쌍욕을 하며 동네 주민과 싸우는 남자의 목소리가 들린다. 제발, 제발 싸우지 좀 마….

사람들은 왜 싸울까? 어린아이들이나 철없는 청소년들은 아직 이성으로 본인을 통제할 수 없으니 싸울 수도 있다. 그런데 다 큰 성인들은 왜 싸우는 걸까? 영상 속에서 싸우는 장면들을 수없이 보면서 문득, 사람들이 왜 저럴까 하는 생각에 빠진 적이 있다. CCTV 속 싸움 장면은 영화 같지 않다. 주먹이 바람을 가르고 발이 허공에 날아다니는 그런 환상적인 싸움은 없다. 누가 보기에도 창피할 정도로 허접하고 어설픈 촌극에 가깝다.

며칠 전, 기가 막힌 싸움을 봤다. 사건 접수된 영상에는 두 여성이 서로 핸드폰으로 촬영하며 고성을 지르는 장면이 담겨 있었다. 그들은 핸드폰을 들고 각자의 행동을 적나라하게 녹화하고 있었다. 그러다가 핸드폰끼리 부딪치기도 했다. 마치 동물의 왕국에서 들소들이 암컷을 차지하기 위해 서로 머리를 들이밀며 힘겨루기를 하는 행위와 흡사해 보였다. 머리가 아니라 핸드폰이라는 게 다르지만 그 장면은 참 한심해 보였다. 영상 속에는 폭행의 흔적이 존재하지 않았다. 그런데 이게 형사 사건이 됐다. 두 들소 중 한 명이 고소하고 한 명은 경찰서에서 조사를 받는 상황이란다. 영상을 여러 번 봤지만 폭행으로 볼 만한 행위는 없었다.

직원이 설명해 준 사건 의뢰 내용을 듣고 세상엔 참 다양한 일들이 있구나, 하는 생각이 들었다. 의뢰 내용은 핸드폰끼리 맞닿아 신경전을 하는 과정에서 상대의 핸드폰이 피해자의 손가락에 접촉하였는지 아닌지의 여부였다. 핸드폰으로 신경전을 벌이던 중 핸드폰 본체가 상대의 손가락에 닿았는지 분석해 달라는 말에 어안이 벙벙했다. 의뢰 내용을 보고는 한숨이 절로 나왔다. 이러려고 영상 분석을 공부했나, 하는 후회도 들었다. 영상이라는 게 개발되지 않았다면 이런 볼썽사나운 장면을 볼 일도 없었을 것 아닌가. 이 사건의 의뢰인은 거금을 들여 영상 분석을 의뢰하였다. 이게 뭐라고 돈을 들여 분석해야 하는지 모르겠지만 일은 일이니 맡기로 했고, 최종적으로 핸드폰에 손이 닿을 수 없다는 결과를 도출해 냈다.

이와 같은 사건은 한둘이 아니다. 영상이 없었다면 사건의 진실은 서로의 기억에만 의존해야 하기 때문에 누구의 말이 참인지 가려내기가 쉽지 않다. 그래서 진술 이외에 특별한 물증이 없으면 증거 불충분으로 사건이 종결되는 경우가 많다. 하지만 영상 매체가 각자의 주장을 뒷받침하는 용도로 활용되면서 내 일은 점점 늘어만 가고 있다. 남들은 일이 많아서 좋은 것이 아니냐고 하지만 나는 이런 촌극을 보고 싶지는 않다. 싸우는 과정에서 넘어진 사람이 할리우드 액션을 한 것인지 혼자 넘어진 것인지, 옷은 잡았지만 피부를 손상하지 않았는지, 누가 먼저 밀쳤는지, 손을 올린 것이 방어의 자세인지 아닌지 등을 가리는 사건을 무수히 봤다. 일이 많아서 좋겠다는 사람들에게 묻고 싶다. 당신의 가족에게 이런 장면을 하루에 수십 번씩 보게 한다면 어떨지. 간혹 집에서 급한 사건을 처리하다 보면 아들이 슬그머니 와서 내 모니터를 훔쳐본다. 나는 큰소리로 "저리 가." 하고 그 녀석에게 호통을 친다. 나에게는 본능적이고 당연한 반응이다.

상담을 해 보면 서로 싸우는 이유도 너무 다양하다. 더워서 선풍기를 쐬고 있는데 다른 손님이 자기한테 방향을 옮겼다고. 술집에서 큰 소리로 떠들었다고. 이런 의뢰인들은 나를 찾아와 항상 하는 소리가 있다.

"나는 잘못한 것이 없어요. 상대가 먼저 시비를 걸었고 나는 싸울 의사가 없었어요."

이 말은 모두 거짓에 가까웠다. 영상 속의 진실은 그들의 억울한 사연과는 너무나 상이했다. 영상 속에서 그들은 서로에게 시비를 걸었고 싸울 태세를 모두 갖추고 있었다. 그리고 일촉즉발의 상황에서 누가 먼저 선을 넘느냐에 따라 전쟁이 발발할지 말지가 결정됐다. 이런 사건의 의뢰인이 오면 영상 분석을 하지 말고 합의해서 화해하실 것을 추천해 드린다. 영상 분석 비용이 벌금보다도 더 많이 나오는데 이것을 꼭 해야겠냐고 물으면 돌아오는 대답은 '억울하다.'이다.

그들이 과연 억울할까? 영상 속에서 식별되는 싸움은 일방적인 경우가 없다. 미치광이 사이코패스가 아닌 이상, 일반적인 싸움에는 각자의 원인과 동기 및 서로 간의 앙금이 항상 존재했다. 따라서 그들은 링 위의 선수들처럼 언제든지 서로를 향해 잽을 날릴 준비가 되어있었다. 내가 본 영상 속 싸움은 그렇다.

그렇다면 이들의 싸움을 말릴 방법은 없을까? 이런 의뢰인들은 영상을 보면 항상 "아이고." 하면서 한숨을 쉰다. 이때 이것만 안 했으면, 하면서 내뿜는 안타까운 한숨이다. 영상 속 싸움이 있기 전에 양측 중 한 명이라도 참을성이 있는 어른이었다면 큰 싸움으로 번지는 일은 없었을 것이다. 상대방이 욕을 할 때 의자를 들지 않았으면 유혈사태까지 벌어지지 않는 것이고, 상대방이 손가락질할 때 손가락을 잡지 않았으면 큰 싸움을 피할 수 있었을 거다. 이런 것들이 싸움의 도화선이 된다. 간혹 당시를 반성한다며 그때 그것만 하지 않았다면, 하는 후회의 눈물을 흘리신 분도 있다. 그분 말이 맞다. 딱 하나만 참으면 된다. 그리고 뒤돌아서 자리를 떠나면 된다.

화가 나도 참고 돌아서서 아무것도 하지 말 것. 적이 계속 소리치고 도발해도 성인이라면 참고 뒤를 돌아 당당히 문밖으로 나갈 것. 그러면 싸울 일은 없다. 상대방은 자기가 승리한 것처럼 으쓱거리며 주변을 쳐다보겠지만, 그건 착각이다. 주변 사람들은 그를 몰상식하고 매너 없는 사람이라고 생각할 것이고, 자리를 떠난 당신은 선량한 지성인이라고 생각할 거다.

얼마 전 카페에서 30대 중반의 남성이 60대 부부와 심한 말다툼을 하는 것을 보았다. 사회적 거리 두기로 자리를 떨어져 앉아야 하는데 30대 남성이 부부의 바로 옆에 앉았고 60대 여성이 이 자리는 착석 금지라고 남성에게 이야기하면서 말다툼이 일어난 것이다.

"내가 병균이야?"

그 남성이 큰소리를 쳤다.

"나도 백신 맞았어. 당신이 뭔데."

그는 쉴 새 없이 고래고래 소리를 질렀고 보다 못한 매장 관리자가 나와서 싸움을 말렸다. 60대 부부는 가만히 있는데 남성은 부모뻘 되는 분들한테 당신, 당신 하면서 달려들다가 주변을 둘러보며 말했다.

"이 사람들이 나를 벌레 취급해요. 어이가 없어서."

남자는 억울하다며 주변 사람들을 붙잡고 60대 부부를 손가락질해댔다.

"저 사람들을 보시라니까요. 제가 뭘 잘못했다고 이런 수모를 당해야 하나요."

부부는 짐을 챙겨 조용히 매장을 빠져나갔다. 그 광경을 본 남성은 어딜 도망가냐며, 자기가 이긴 양 의기양양하게 웃어댔다. 카운터에서 음료를 주문하고 있는 나에게 벌레 남성이 가까이 와서 큰 소리로 말을 걸었다.

"사장님, 제 말이 맞죠? 안 그래요?"

남자의 말에 주변 사람들이 전부 나를 쳐다봤다. 나는 대화를 이어나가기 싫어서 이렇게 대답했다.

"What's wrong?" 무슨 일 있어요?

한국어로 주문하는 나를 봤던 카운터 직원은 웃음을 터뜨렸다. 그 벌레는 눈을 껌벅거리다니 내가 외국인인 줄 알고 황급히 자리를 떠났다. 모두들 그 벌레의 뒷모습을 보고 한마디씩 했다. 만약 그 부부와 남성이 서로 손가락질을 하고 싸웠다면 어땠을까? 같은 급으로 보이게 될 것이 뻔하다. 하지만 그분들은 지성인의 모습을 보여 줬다. 그 벌레는 이번엔 운이 좋았으나 다른 곳에서 본인 같은 종족을 만나면 아마 큰 싸움을 벌여서 나를 찾아올 것이다. "억울해요." 하면서.

No. 041

면접 후기

새 정장과 구두를 신고 현관을 나섰다. 와이프는 잘하고 오라며 옷의 주름을 펴 주었다. 지하철을 타고 가는 내내 나는 옷이 구겨질세라 구석 한 편에 서 있었고, 다른 사람이 내 근처로 오면 구두를 밟힐 것 같아서 자세를 틀어 일정한 거리를 유지했다.

내가 도착한 곳은 경찰청 본청이었다. 면접시험보다 30분 일찍 도착해서 예상 질문을 생각하며 주변 거리를 맴돌았다. 10년 전, 공무원 시험에 도전했던 날이다. 박사 학위를 마치면서 돈을 벌어야 했기에 어디든 취업을 해야만 했다. 그렇게 면접을 본 곳은 경찰청 5급 경력 채용이었다. 형사처럼 수사를 직접 하는 직위가 아니라 경찰청 산하 연구소에서 과학 수사에 필요한 연구 정책을 다루는 자리였다. 내가 지원하게 된 계기는 지원 공고 분야에 '영상 분석'이 있었기 때문이다. 면접이 떨리거나 두렵진 않았다. 수많은 학회와 세미나 등을 거치면서 영상 분석에 관한 모든 이슈와 논쟁거리들을 알고 있었기 때문이다. 특히 법영상 분야가 해외와는 달리 우리나라에서 빨리 성장하지 못하는 이유도 명확하게 알고 있었기에 모든 질문에 열변하면서 대답할 자신이 있었다.

하지만 나는 처음부터 복병을 만났다. 심사 위원장으로 보이는 한 분이 내 연구 계획서를 보며 이렇게 질문했다.

"여기 적은 내용들은 모두 지금 하고 있는 건데, 이걸 왜 한다고 하나요?"

나는 어이가 없어서 뭐라고 답변을 해야 할지 알 수 없었다. 말하는 화법과 복장, 안경을 내려 눈을 위로 치켜뜨면서 질문하는 스타일 등으로 보았을 때 그는 쉽게 넘어갈 사람이 아니라는 것을 짐작할 수 있었다. 내 연구 계획서는 현재 하고 있는 영상 분석 기법을 경찰청에 도입해서 실무화해야 하며, 기술 개발을 통해 경찰청에 첨단 과학 수사 요원을 배양해야 한다는 내용을 담고 있었다. 내가 잠시 머뭇머뭇하는 사이 그는 말했다.

"제안하는 내용은 현재 경찰청에서 하고 있는 것이고, 모든 기술들이 다 갖춰져 있어요. 〈CSI〉 같은 것을 보면 다 되잖아요? 화질 개선도 되고 동일인 분석도 되고…."

나는 천천히 답변을, 아니 설명을 해 주었다. 영화에 있는 내용은 모두 허구이고 실제로는 갈 길이 멀다는 것을 전달해야만 했다.

"말씀하신 것과 같이 영화처럼 단순하게 버튼을 눌러서 안 보이는 것을 또렷하게 하는 기술은 없습니다. 심지어 경찰청에도 화질 개선 프로그램, 위변조 프로그램, 동일인 식별 시스템 등은 없습니다. 그리고 중요한 건 경찰청에 있는 분석관들 중 이러한 영상 분석 기술에 대한 전문 교육을 받은 이가 거의 없다고 알고 있습니다."

최대한 차분하게 답변했지만 심사 위원은 자기 말에 반기를 든 면접자가 못마땅했는지 나를 째려보며 비아냥거리는 말투로 중얼거렸다.

"말도 안 되는 소리."

합격은 포기해야겠다는 생각이 들었다.

"최근에 있었던 ** 살인 사건을 혹시 아시나요? 그 사건 용의자를 잡았지만 CCTV 속 인물과 본인이 다른 사람이라고 주장해서 경찰들이 제게 찾아와 동일인 분석을 요청했습니다. 자꾸 경찰청에서 다 한다고 하는데 저한테 왜 이런 요청이 올까요?"

심사 위원은 다소 놀란 듯 나를 쳐다봤다.

"현재 경찰청에는 제대로 된 영상 화질 개선 프로그램조차 없어서, 저는 작년에 포토샵으로 화질 개선하는 특강을 했습니다."

나는 늘 생각했던 말들을 모두 쏟아내고 싶었다.

"그런데 대부분 포토샵도 못 하시더군요. 이것이 현재 경찰청 시스템의 문제이고, 이걸 개선하는 것이 제 계획입니다. 모든 대한민국 과학수사 요원들이 제가 가진 능력과 기술을 스스로 갖출 수 있도록요. 우리나라에서 법영상을 공부하지 않는 이유 중 하나는 취업이 안 되기 때문이라고 합니다."

심사 위원이 내 말을 끊으려고 하는 거 같아서 속도를 늦추면 안 된다는 생각에 바로 말을 이었다.

"그 방안으로 경찰청에선 인재를 육성할 수 있는 인프라 구축이 필요합니다. 뽑아 놓고 기술을 가르치는 것이 아니라 이쪽을 전공한 사람들을 많이 채용해서 전국 관할서에 배치해야 한다는 것입니다. 그래야 향후에 취업을 위해서라도 많은 인재들이 열심히 공부할 수 있으니까요."

당시 기억을 돌아보면 이렇게 이야기했던 것 같다. 다소 흥분도 했고 짜증도 나 있었던 상태였다. 도발로 들렸는지 심사 위원이 아무 말도 하지 않고 있자 다른 심사 위원이 나가 봐도 좋다고 했다. 인사를 하고 자리에서 일어났는데 나를 못살게 굴던 심사 위원이 시간을 더 줄 테니 앉으라고 했고, 나는 어중간하게 선 상태로 질문을 받았다.

"그럼 아까 동일인 분석을 하셨다고 했는데, 그 센서티비티가 어떻게 됩니까?"

동일인 분석을 해 보지 않은 그가, 영상 처리에서 쓰지 않는 단어인 '센서티비티'를 물어보니 무어라 대답해야할지 알 수 없었다. 그가 말하는 센서티비티가 정확도를 뜻하는 거 같아 정확도를 말씀하시는 거냐고 물었지만 그는 센서티비티, 센서티비티, 라는 말만 반복했다. 내가 대답을 하지 않고 있자 자신은 기계공학과 교수인데, 그쪽에서는 정밀한 정도를 센서티비티라고 말한다고 설명했다. 나는 정확도가 '약 70%' 정도 된다고 말했고, 그 말을 하자마자 아차 싶었다. 이 분야를 모르는 사람에게 '약'이라는 단어를 써 버린 것이다. 그것도 정밀을 요하는 기계공학과 교수한테. 아니나 다를까 먹이를 문 사자는 나를 마구 흔들어 놓았다.

"동일인 분석이 가능하다면서 약 70%? 그게 정확한 건가요? 가능성이 높다는 기준이 뭔가요? 70%의 근거는?"

왜 70%의 수치를 말했는지를 설명하려면 영상학부터 신호처리까지 모두 설명해야 했기에 앞이 깜깜했다. 내가 졌다. 졌어. 하지만 답을 하지 않으면 바보가 된 기분이라 간략하게 설명했다.

"실제로 촬영된 인물의 표정, 구도, 앵글, 화질 상태 등에 따라 검출률이 다를 수 있고, 제 경험상 많은 샘플들을 분석했을 때 7할 정도만 유효했던 경험이 있습니다."

내가 이렇게 대답하자 그는 또 뭐라고 중얼거렸다. 다른 심사 위원은 내게 수고하셨다고, 이제 돌아가도 좋다고 했다.

억울한 마음이 들었다. 황민구가 경찰청 연구소에 필요한 사람이라는 것을 보여 주고 싶었는데 아무것도 보여 준 것이 없었다. 나를 집요하게 붙잡고 흔든 기계공학과 교수는 미국 드라마 〈CSI〉만 보고 와서 나를 공격했다. 드라마나 영화 속 영상 분석 장면은 사실과 90%나 다르다는 것을 교수는 몰랐던 것이다. 그래서 허망하게도 나의 첫 공무원 면접은 제대로 보여 준 것도 없이 망했다. 결과는 당연히 불합격이었다. 애초부터 대화가 오갈 수 없는 상대를 건드린 내 잘못이 크지만, 그 덕에 지금은 법영상분석 전문가로 당당히 자리 잡을 수 있었다. 한편으로는 고맙기도 하다.

벌써 면접을 본 지 10년이 지났다. 10년 동안 경찰청에서는 수많은 공문을 보내 왔다. 그들을 도와 미제 사건을 해결하거나 범인을 검거하기도 했으며, 법영상 강의도 틈틈이 해 오고 있다. 이제는 해경, 국방부, 검찰, 소방서에서도 연락이 온다. 내가 만약 그때 경찰청 연구원으로 들어갔다면 할 수 없었던 일일지도 모른다. 혹시나 운이 좋아 그 자리에 갔을 때를 생각해 보았지만, 나는 지금의 내가 훨씬 좋다. 나를 더 좋은 곳으로 나아가게 하려고 심사 위원이 나를 그렇게 괴롭혔나? 하는 생각도 든다.

지금 경찰청에는 영상 분석 경력 채용을 하고 있다. 수많은 전문가가 고용되었고, 내가 아는 후배들도 분석관으로 임용되었다. 나는 몇 년 전부터 경찰수사연수원에서 과학수사 요원들에게 법영상을 강의하고 있다. 또한, 내가 강의하는 충남대학교 과학수사학과에는 법영상분석을 공부하며 경찰을 꿈꾸는 학생들이 많아지고 있다. 어제는 경찰청 영상 분석 프로그램을 구입하기 위한 업체 심사를 다녀왔다. 신기하게도 내가 10년 전에 연구하고 계획했던 것들이 하나씩 진행되고 있다. 나는 경찰청 연구원으로 채용되지는 않았지만, 그때 썼던 계획서를 먼발치에서 행동으로 옮기고 있었던 것 같다. 면접의 결과는 좋지 않았지만, 오랫동안 내가 쌓아 온 결과는 훌륭하다. 지금은 경찰청 과학수사 자문위원이 되어있으니 말이다. 5급 공무원보다 더 마음에 드는 자리다. 페이만 없을 뿐.

No. 042

후학 양성

나에게도 후계자가 있을까? 아들은 가끔 영상 분석을 배우고 싶다고 말한다. 아들에게 수학 공부를 시키다가 폭발한 적이 한두 번이 아니다. 아들이 울면서 그러지 말라고 부탁할 정도니 말해 뭐하겠나. 이런 나에게 계속해서 영상 분석을 알려달라는 그 녀석을 보면 사랑스럽다. 하지만 아무리 아들이 사랑스럽다고 하더라도 영상 분석을 가르쳐 줄 자신은 없다. 그럴 의사도 없지만 미래에 힘들어할 어두운 표정을 그려 보면 절대 전수할 수 없는 것이 내 기술이다. 잔인한 걸 보고, 아픈 사람을 보고, 싸우는 것을 보고, 죽는 걸 보는 직업이 어떻게 좋은 직업일 수 있으랴.

대학교에서 학생들에게 법영상을 강의하는 것은 그렇게 어렵지 않다. 단순히 이론과 실습 교육 과정 중 하나를 커리큘럼대로 15주간 가르치는 것이 전부이기 때문이다. 학생들은 내 수업을 좋아한다. 프로그램을 통해 화질 개선이 될 때면 '와!' 하는 소리도 들리고 사건을 설명하며 분석 기법들을 소개하면 어떻게든 따라 하려고 노력한다. 하지만 그들은 후계자가 아닌 15주간의 학생일 뿐이다. 세상에 이런 기술이 있구나. 그래서 범인을 잡고 사건을 해결할 수 있구나, 하는 정도? 그것이 전부일 뿐 내가 갈고 닦은 법영상 기술을 온전히 전수 받은 자는 없다.

방송 출연이 많아지니 내가 하는 일을 멋있게 보는 사람들이 많은 것 같다. 어떤 학생들은 법영상분석 전문가가 되고 싶다며 나를 찾아오기도 했다. 심지어 학부모가 연락하는 경우도 있었다. 대부분의 질문은 이렇다.

"어떻게 하면 박사님 같은 영상 분석 전문가가 될 수 있을까요?"

이런 질문을 받을 때면 상당히 난감해진다. 어디서부터 설명해야 할지 가늠이 되지 않는다. 그렇다고 대답 없이 둘러대기도 싫다. 나도 스스로 생각해 본다. 어떻게 영상 분석가가 되었지? 아득히 멀리에 있는 내 기억과 경험을 끄집어 내어 본다. 그런데 아무것도 보이지 않는다. 도대체 황민구가 어떻게 여기까지 왔는지 정리가 잘 안 된다. 연상되는 단어는 소신, 사명감, 정의감. 이 정도다. 내가 여기까지 온 것을 돌아보면 저것밖에 생각나지 않는다. 논문을 많이 쓰는 것은 중요하지 않다. 나보다 더 많은 논문을 게재하는 사람은 얼마든지 많다. 영상 처리, 영상학 등도 그리 중요한 요소는 아니다. 배우면 되기 때문이다. 이 자리에 내가 있는 것은 보이는 것을 보인다고 말할 줄 아는 소신, 보이는 것을 사회에 알리려는 사명감, 보이는 것으로 진실을 규명해야 한다는 정의감이 있었기 때문이 아닐까 생각한다.

"안녕하세요, 박사님."

수화기 너머로 중년 여성의 목소리가 들린다.

"박사님이 방송에서 하시는 일을 보고 우리 아이가 박사님 존경한대요."

나는 수줍으면 말을 잘하지 못하는 편이라 머쓱한 웃음소리만 냈다.

"그런데 박사님처럼 되려면 아이에게 뭘 가르치면 될까요?"

내 머리에는 정리된 단어들이 있지만, 이걸 전화로 설명한다는 건 무리였다. 소주 한잔하며 할 이야기라 애써 둘러대며 말했다.

"음… 일단 대학교에서 영상 공학, 영상학 관련 전공을 시키세요."

대답이 맘에 들지 않았는지 학부모는 좀 더 자세히 물어보기 시작했다.

"어느 대학에 어떤 과를 말씀하시는 거죠? 구체적으로 알려주시면 알아보려고요."

짜증이 올라오기 시작했다. 하지만 나를 존경한다는 아이의 어머니이기에 상냥하게 대답했다.

"제 모교도 있고요. 서울에 있는 ***대학교도 있고요. 거기 입학하시고 대학원까지 가서 박사까지 취득하면 저한테 보내세요."

학부모는 놀라며 말했다.

"그렇게 오래요?"

학부모와 몇 마디를 더 나누고 전화를 끊었다. 긴 통화 내내 이상하게 찜찜한 기분이 들었다. 어느 학교에 가야 하는지, 몇 년을 공부해야 하는지, 취업이 되는지, 돈은 얼마 버는지. 아이가 나를 존경한다고 한 것은 이런 것들 때문은 아닐 것이다. 내가 하는 일 자체에 관심을 가졌을 것이다. 하지만 학부모는 내 일을 직업으로만 좋게 봤던 것 같다. TV에도 나오고, 영상 분석해서 범인도 잡고, 사회에서 이슈도 되며, 거기에 돈도 벌 수 있으니 얼마나 좋아 보였겠나.

며칠 후에는 대학교 졸업반 학생과 직업 상담을 하기로 했다. 학생은 내 직업을 갖고 싶다고 한다. 막상 만나 보니 방법을 알고 싶다기보다는 취업시켜 달라는 것 같아 조심스러웠다.

가끔 직원은 내게 후계자를 양성하라고 한다. 빨리 뽑아서 기술을 전수해야 박사님도 편하고, 내 기술을 누군가 이어갈 수 있을 것이 아니냐고 한다. 틀린 말은 아니지만 자신이 없다. 지식을 전수하는 것은 어렵지 않다. 그러나 영상 분석가가 되기 위해서 가장 필요한 것은 지식이 아니다.

보이는 것을 보이는 대로 말하는 것

지금까지 영상 분석을 하면서 나를 있게 한 근본은 여기에 있다. 돈으로 회유하여 내 눈을 가리려고 하는 사람도 있었고, 이슈화될 것이 두려워 입 닫기를 원하는 사람들도 있었다. 하지만 나는 본 것을 그대로 말하지 못하면 극심한 스트레스를 받아 병이 나는 체질이고, 남을 속이면서 돈을 버는 것은 사기꾼이라고 생각하기에 그들과는 절대 타협을 하지 않는다. 그런데 제자가 나와 같은 체질이나 직업 정신이 없다면 어떨까?

만일 어느 날 갑자기 내 제자가 먹고살기 힘들 정도로 사정이 어려워졌다고 해 보자. 이때 한 의뢰인이 거액을 줄 테니 자신에게 유리한 결과를 내달라는 제안을 한다면 어떨까. 제자가 이를 수락하여 억울한 피해자를 만들게 된다면, 그는 그때부터 악의 세계로 빠져들어 헤어나지 못할 것이다. 악에 빠진 제자는 점점 더 돈의 노예가 될 것이고, 나는 그를 제지하기 위해 칼을 꺼내 들어야 할 것이다. 늙어서 젊은 녀석과 싸워야 할 것을 생각하니 아찔하다. 영화 같은 이야기를 주절거린 것 같지만, 이런 일 자체를 만들고 싶지 않다. 늙어서 편히 노년을 보내는 것이 내 꿈이다.

가끔 영화에서 무림 고수가 제자를 혹독하게 훈련시키는 장면을 본 적이 있을 것이다. 영화 속 수련생은 물지게를 메야 하고, 농사도 지어야 하며, 무술과 관련 없는 갖은 잡일을 수년씩 해야 한다. 이 자리에 서 보니 고수가 왜 제자를 혹독하게 대했는지 알 것도 같다. 고수는 힘든 잡일을 시키며 사람 됨됨이를 살폈던 것이다. 인내력과 참을성 그리고 오로지 무술만을 배우고 싶은 사람인지 알아보는 시간이 스승에게 필요했기 때문에. 기술만 배워 야욕을 챙길 목적으로 들어온 사람들은 스승의 테스트를 버틸 수 없을 것이다.

나도 제자가 되고 싶다는 사람이 내 앞에 나타나면 본 것을 본 대로 말할 수 있는 사람인지를 테스트해 볼 생각이다. 사무실 청소, 서류 정리와 같은 잡일만 1년 이상 시키며 됨됨이 테스트를 할 거다. 다만 지금은 21세기이기 때문에 노동법에 저촉이 되는지는 좀 살펴봐야겠다. 좋은 제자를 만들려다 쇠고랑을 차고 싶지는 않으니까.

마치며

당신의 불씨를 꺼내 보세요

원고 작업을 마치고 핸드폰 속 비밀 노트를 열어 보았다. 꿈, 체리, 기억, 디즈니, 욕심…. 등 단편적이고 다양한 단어들이 날짜와 함께 암호처럼 쓰여 있었다. 이 책을 쓰는 내내 떠오르는 아이템들을 핸드폰에 입력해 놓은 것이다. 특히 술에 취할 때면 흥미로운 주제들이 샘솟았다. 하지만 아침이면 이 단어들의 의미가 기억나지 않을 때가 많았다. 분명히 뭔가를 암시하는 것인데 그때의 감정이 되살아나지 않아서 단어의 의미가 기억나지 않았다. 주제에 관한 내용을 조금 더 길고 자세하게 썼더라면… 하는 아쉬움이 남는다.

이 책을 마무리하기 위해 기록해 둔 아이템들 중 술에 취해 일부 누락된 단어들을 떠올리기 위해 혼자 소주를 마셔 봤지만 기억은 나지 않고 몸만 괴로웠다. 취해서 기억나지 않는 내용이 더 직설적이고 흥미로울 수 있으니, 이것들까지 끄집어내 이 책에 담고 싶었다. 하지만 건강이 우선이기에 몸을 학대하지는 않기로 했다. 다만 독자 여러분들에게 드리고 싶은 말이 있어 편지를 띄워 본다.

이 책에는 영상 분석가가 만난 사람들의 이야기가 담겨 있습니다. 그들은 모두 진실을 찾기 위해 희망을 갖고 저를 찾아옵니다. 저는 그들의 간절한 마음이 꺼지지 않도록 도와주는 불씨입니다. 많은 사람들의 희망을 이뤄주는 일을 합니다. 제 불씨는 제가 일을 그만두지 않는 한 절대로 꺼지지 않습니다. 이 책이 남아 있는 한, 제 불씨는 쉽사리 꺼지지 않을 거라고 당신께 약속드리겠습니다. 누구에게도 억울함이 없는 좋은 세상이 온다면 좋겠지만, 세상은 계속해서 제 일을 필요로 합니다.

당신의 영혼 어딘가에도 아마 저와 같은 타오름이 있을 거라고 단언합니다. 그 어떤 불씨도 사소하지 않습니다. 누군가의 희망에 더 큰 박차를 가하도록 도와줄 겁니다. 당신의 불씨를 꺼내 보세요. 그 불씨로 저와 함께 세상을 바꿔 보는 건 어떨까요?

천 개의 목격자

1판 1쇄 발행 2022년 08월 31일
1판 4쇄 발행 2024년 09월 05일

지 은 이 황민구

발 행 인 정영옥
편집총괄 정해나
디 자 인 차유진

펴낸곳 (주)부크럼
전 화 070-5138-9971~3 (도서기획제작팀)
홈페이지 www.bookrum.co.kr
이메일 editor@bookrum.co.kr
인스타그램 @bookrum.official
블로그 blog.naver.com/s2mfairy
포스트 post.naver.com/s2mfairy

ISBN 979-11-6214-412-1 (03800)